문학작품
시리즈
제1권

작은 성

작은성

초판 1쇄 인쇄 2020년 3월 27일
초판 1쇄 발행 2020년 3월 31일
옮 긴 이 김승일(金勝一) · 전영매
발 행 인 김승일(金勝一)
출 판 사 경지출판사
출판등록 제 2015-000026호

잘못된 책은 바꿔드립니다.
가격은 표지 뒷면에 있습니다.

ISBN 979-11-90159-27-2
979-11-90159-26-5 (세트)

판매 및 공급처 경지출판사

주소: 서울시 도봉구 도봉로117길 5-14 **Tel**: 02-2268-9410 **Fax**: 0502-989-9415
블로그: https://blog.naver.com/jojojo4

※ 이 도서의 국립중앙도서관 출판시 도서목록(CIP)은 서지정보유통지원시스템 홈페이지(http://seoji.nl.go.kr)와 국가자료공동목록시스템에서 이용하실 수 있습니다.

작은 성

쉐타오(薛濤) 지음 | 김승일·전영매 옮김

경지출판사

자서

나는 신비롭고도 정다운 대지에 엎드려 있다

1

나는 랴오베이성(遼北省, 중국 동북지역의 옛 성 이름)의 창투(昌圖)에서 나서 자랐다.

'창투'라는 두 글자의 어원은 몽골어의 '창투어르크(常突額爾克)'인데 '푸른 초원'이라는 뜻이다. 그 곳은 200년 전까지도 몽골인의 유목구역이었는데 물과 풀이 풍족하였으며 그 덕에 짐승들이 많았다. 후에 그 곳은 한때 조정의 관외(關外) 유배지가 되었던 적이 있었다. 남방의 실의에 빠진 일부 문화인들이 그 곳에 와서는 영혼의 자아구제를 이룬 한편 현지에 남방문화와 우수가 어린 정서를 가져다주었다. 그래서 그 곳 문화의 바탕에는 언제나 비분과 처량함의 요소가 깔려 있다. 현대에 이르러 하얼빈(哈爾濱)~따롄(大連) 구간을 운행하는 하따(哈大)철도와 102국도가 나란히 그 곳을 통과하면서 현대문명을 조금씩 실어 들여왔다. 산베이(三北)의 보호림과 남부의 장백산 여맥(餘脈, 세력이 점점 줄어 허울만 남아 있는 상황 – 역자 주)은 또 짐승들의 마지막 경계를 지키고 있다.

나는 바로 그곳에서 나서 자랐다.

나의 할머니와 외할머니는 모두 만쩌우족(滿洲族)이다. 다시 말하면 내 몸에는 적어도 4분의 1의 만주족 피가 흐르고 있는 것이다. 나와 나의 두 남동생은 할머니를 따라 그 곳에서 지냈으며, 나도 동년기와 소년기를 그 곳에서 보냈다. 그 뒤 우리는 102국도 옆, 할아버지 옆에 할머니를 묻었다. 할아버지는 그 곳에서 할머니를 기다리고 있었다. 할머니보다 족히 50년이나 먼저 그 곳에서 말이다. 나의 외할머니는 그 산맥의 한 산비탈에 묻혔다. 산비탈에는 연푸른 색의 들국화와 이름 모를 들풀과 나무들이 무성하게 자라고 있었다. 나의 25살 된 큰 외삼촌이 그 곳에서 외할머니를 기다리고 있었다.

나의 아버지는 영화관 영사기사, 벽돌공장의 작업량 기록원, 102국도 삼림감시원, 개인 여관 주인 등의 직업에 종사하였었다. 아버지의 경력은 나의 성장과정의 기억을 풍부히 하였으며, 손을 대기 아까운 나의 창작소재가 되었다.

나의 문학 계몽스승은 나의 어머니시다. 어머니는 국어 교사셨다.

내가 몇 살쯤 되었을 때부터 어머니는 나의 '국어'선생님이셨으며, 나에게 글을 가르치고 책 읽는 법을 가르쳐주셨다. 어머니는 또 나에게 왼손으로 펜을 잡지 말라고 하셨다. 왼손으로 쓰면 글쓰기가 불편하다며 다른 사람들처럼 쓰는 게 좋다고 일깨워주셨다. 나는 어머니의 말씀대로 오른손으로 펜을 잡을 수 있게 되었다. 다만 펜 잡는 것만 빼고 나는 여전히 고집스러운 왼손잡이이다. 나는 또 홀로 풀이 무성한 풀숲에 누워서 책 읽기를 좋아했다. 우리가 사는 흙집 서쪽 방은 창고로 쓰고 있었다. 어느 한 번은 내가 가지고 놀 물건을 찾으려고 그 방에 들어갔다가 궤짝 안에서 책 두 권을 뒤져냈다.

한 권은 『시후의 민간 이야기(西湖民間故事)』였고 다른 한 권은 『루쉰전집(魯迅全集)』(제2권)이었다. 『시후의 민간 이야기』는 책 가운데 컬러로 된 삽화가 들어 있었고 『루쉰전집』은 앞표지에 상고머리를 한 사람의 사진이 여러 장 찍혀 있었다. 나는 너무 신기하여 그 책 두 권을 어머니에게 가지고 가서 영문을 물었다. 어머니는 그 책들은 훌륭한 책이라면서 읽을 필요가 있다고 알려 주셨다.

나는 또 중학교 시절에 만난 멍칭위안(孟慶遠)·창용페이(强永飛) 등 선생님들의 영향을 받아 고전문학에 흥미를 가지게 되었다.

소년시절에 나의 가슴 속에는 온갖 포부들로 가득 차 있었다. 화가도 되고 싶고 역사학자도 되고 싶고 심지어 철학자도 되고 싶었다. 그러다가 톄링(鐵嶺) 사범고등전문학교 중문학부에 입학하면서 작가가 되기로 결정하였다. 그 시기에 나는 아동문학작가 샤오셴즈(肖顯志) 씨를 알게 되었다. 그는 훗날 내가 아동문학 창작에 종사하는 데 큰 영향을 끼쳤다.

대학을 졸업한 뒤 나는 랴오닝성(遼寧省) 남부에 위치한 잉커우(營口) 시에서 고등학교 국어 교사, 신문의 문학면을 편집하는 일에 종사하였으며, 현재는 랴오닝 문학원에서 문학 업무를 담당하고 있다. 나의 생활 경력은 문학의 부름에 따른 것이다.

2

"콩트는 작가를 훈련시키는 가장 좋은 학교이다." 나는 무의식중에 톨스토이가 문학청년들에게 해주었던 이 말을 따른 것 같다.

나는 창작을 시작한 초기 몇 년 사이에 약 50여 편의 콩트를 발표했다. 후에 『벽에 난 눈(牆壁上的眼睛)』과 『꽃과 대화를(與花交談)』이란 두 콩트집을 출판하였으며, 『꽃과 대화를』은 재판까지 했다. 그 콩트들 중 일부가 바로 아동문학작품이다. 예를 들면 「노란 스카프(黃紗巾)」 「소녀의 따스한 겨울(女孩的

暖冬)」「겨울(冬天)」은 여러 가지 중학교 국어교과서와 대학 국어(광동[廣東]) 교과서에 각각 편입되었으며, 또 일본어로 번역되어 일본으로 가기도 했다. 이상의 작품은 모두 그 시기 나의 대표작들인데 대부분 양이 많지 않으면서 정교한 것들이다.

대체로 1995년부터 나는 아동문학 창작에 전념하기 시작하였으며, 중단편소설들도 일부 발표했다. 예를 들면 「텅 빈 빨간 나무 상자(空空的紅木匣)」「작가와 도둑(作家與小偸)」은 모두 『문학소년(文學少年)』 잡지에 발표되었으며, 자오위슈(趙郁秀)·정샤오카이(鄭小凱) 등 편집자들의 도움을 받았다. 「파랑 댕기(藍飄帶)」「탈곡장의 피리 소리(稻場笛聲)」는 『아동문학(兒童文學)』 잡지와 『소년문예(少年文藝)』 잡지에 각각 발표되었으며, 모두 일본 도쿄의 『무지개 도서실』에 번역 수록되었다. 『소년문예』(장쑤[江蘇])에 발표된 중편소설 「경자년의 빨강 수건(庚子紅巾)」은 역사를 소재로 한 작품으로서 동북지역의 의화단(義和團)운동을 배경으로 몇 명의 어린이의 성장과정을 그려낸 것이다. 이 작품도 발표된 후 일본에서 번역 발표되었다.

나의 최초의 소설문집은 『흰 새(白鳥)』이다. 이어서 또 『민들레를 따라 날아간 소녀(隨蒲公英一起飛的女孩)』가 2000년에 중국작가협회 제5회(1997~2000) 전국우수아동문학상을 수상하였고, 2009년 중국소년아동출판사에서 출판된 『쉐타오작품동네(薛濤作品坊)』(4권)에 대다수 중단편작품이 수록되었으며, 한 해 건너 이 출판사에서는 또 『쉐타오작품정선(薛濤作品精選)』을 출판했다. 나의 중단편소설은 소설의 시술과 구상의 예술을 중점적으로 탐색하여 논쟁을 불러일으켰다. 그래도 나는 계속 확고하게 탐색해나갔다.

첫 장편소설 「폐허의 주민(廢墟居民)」은 환상문학이며 1999년에 출판되었다. 그 후 나는 환상문학 작품을 여러 편 출간했다. 예를 들면 2001년에 「요정이 나타나다(精靈閃現)」를 내놓았고, 후에 또 3부곡인 「산해경의 새 전설(山海經新傳說)」 등 작품이 출간되었다. 나는 이들 작품에 중국 본토의 '문화성격'을 융합시켰으며, 환상문학의 '중국화'의 길을 탐색했다. 그 몇 부의 작품이 출판된 후 국내 십여 개 신문 · 잡지 등 간행물들에 많은 평론의 글이 실렸다.

그 후 나는 헤어날 수 없는 '자기반성'에 빠져들었으며, 창작활동을 '0에서 다시 시작'했다.

3

오랜 세월 동안 나는 하늘을 올려다보면서 창작 영감·시상이 일어나는 대로 자유롭게 날아다니게 맡겨버렸다. 나의 창작은 실제로 점점 허공에 붕 뜨고 있었다. 나도 모르는 사이에 발밑에 딛고 있는 땅을 무시해버렸으며, 땅에서 갈수록 멀어져만 갔다. 최근에야 나는 발밑에 딛고 있는 땅을 다시 보기 시작했다. 이 땅 위의 역사, 민속, 원시 신앙, 이 모든 것에 나는 푹 빠져 들었다.

나는 새 작품을 준비하면서 이 땅을 눈여겨보았다.

제일 먼저 나를 밝게 비춰준 것은 내 주변의 지명들이었다. 내가 태어난 곳은 '타이양(太陽)'이라고 하고, 102국도(國道) 남쪽에 있는 작은 마을은 '웨량(月亮, 달)'이라고 하며, 거기서 남쪽으로 더 나가면 '웨량'과 붙어 있는 '우싱(五星, 다섯 개의 별)'이라는 마을이 있다. 하따철도의 다른 한편에 있는 보호림에 숨어 있는 작은 마을은 아예 '르웨(日月)'라고 부른다. 그리고 웨량구(區), 웨량만(灣), 타이양(太陽)산 …… 더 멀리 떨어진 곳에 댐이 하나 있는데 '인허(銀河)

댐'이라고 부른다. …… 그 지명들은 감쪽같이 꾸며낸 듯 환상적인 색채가 다분하다. 놀랍게도 그 지명들은 모두 하늘에 존재하는 것들이다. 나의 조상들은 하늘 나아가 우주에 대한 자각적이고 원시적인 관심을 갖고 있었던 것이 분명하다. 나의 고향은 네이멍구(內蒙古) 커얼친좌익후기(科爾沁左翼後旗)와 인접하여 있다. 아득히 먼 연대에 그 곳에서 대대손손 살아오던 만주족과 몽골족 고대인들은 일종의 자연 종교 샤만(薩滿)을 신봉했다. 샤만의 세계에서 고대인들은 별이 총총한 하늘을 우러러보면서 가장 소박하고 가장 신비로운 우주관을 표출하곤 했다. 사람들은 하늘과 땅·해·달·별 더 나아가 은하수에 대해 소박한 경외심을 느끼고 있었다. 심지어 그들은 동물과 식물에도 그런 감정을 느끼고 있었다.

산골짜기에 사는 사나운 곰과 같은 큰 산짐승에서 수림 속의 작은 여우에 이르기까지, 산호두(山核桃)와 같은 큰 나무에서 나무 아래 작은 삼(蔘)에 이르기까지…… 그들은 으레 경외의 눈빛으로 바라보곤 했다. 나는 어렸을 때 가끔씩 샤만문화의 눈빛을 느낄 수 있었다. 그 눈빛은 온 마음으로 만물을 바라보곤 했다. 그것은 정겹고도 민감하면서도 신비로운, 그리고 우주와 생명에 대한 경외심으로 가득 찬 눈빛이었다.

나의 어린 시절 기억 속에서 샤만은 마을로 내려와서이인곡예(二人轉)를 공연하는 극단과 비슷했다. 모두 노래 부르고 춤추는 것이었는데 다만 그들의 노래와 춤 속에는 특이하고 신비로운 분위기로 가득 차있어, 나는 한 번도 가까이 다가갈 수가 없었다.

나는 멀리 떨어진 곳에 숨어서 그들의 허리에 찬 "쟁쟁" 울리는 방울소리와 "둥둥" 울리는 북소리를 들을 수 있었다. 내가 남동생의 손을 잡고 조심스레 가까이 다가가면 넋을 잃게 하는 노랫소리가 쏟아져 나오곤 했다.

그러면 나는 두 남동생을 데리고 총망히 도망치곤 했다.

샤만에 대한 기억 때문에 나는 천지간의 생명이 있는 사물을 경외하게 되었다. 이는 나의 생명관과 우주관에 직접적인 영향을 끼쳤으며, 더욱이 나의 문학관의 형성에도 큰 영향을 끼쳤다. 그리고 샤만은 나의 작품에 어떤 정서를 주입시켜 주었다. 그 정서는 마치 내가 어렸을 때 느꼈던, 샤만의 방울소리와 북소리가 울릴 때마다 마을의 길이며, 지붕이며, 짚가리에서 풍기던 은밀하면서 특이한 분위기와도 같았다.

대지는 가장 충성스러운 존재이다. 사람이 태어날 때 대지는 침대이며 결국 대지는 또 우리 유골도 거둬줄 것이다.

어린 시절의 기억과 대지의 냄새가 어느 순간에 동시에 깨어났다.

2009년에 장편소설 『산속 가득 적과 싸우다(滿山打鬼子)』가 출판되었다. 그 책은 역사와 전쟁 속의 동심에 대해 묘사한 책이다. 2010년에 그 책은 나에게 두 번째로 중국작가협회 전국 우수 아동문학상을 안겨주었다.

「작은 역(小車站)」과 「삼림감시원의 봄(護林員的春天)」은 나의 단편소설 최신작이다. 그 작품들에는 대지를 바라보는 나의 정다운 눈빛이 반짝이고 있다. 2011년에 중편소설 『허호(虛狐)』가 출판되고 중편소설 『정보새(情報鳥)』가 출판되었다. 『허호(虛狐)』는 실제로 경외심이 날이 갈수록 희미해지는 슬픈 노래였다. 『정보새(情報鳥)』에서는 함락된 도시의 한 소년전사의 이야기를 다루었다. 있지도 않은 정보가 그를 곤란하고도 초조한 처지에 빠뜨렸다. 그래서 정보를 지닌 한 마리의 새 앞에서 적아(敵我) 두 진영의 아이들 사이에 '동맹'이 결성된다……

나는 앞으로도 창작을 계속할 것이다.

나는 신비롭고도 정다운 대지에 엎드려 있다.

그 대지는 마땅히 위대한 문학을 낳아 맑은 동심에 자유와 존엄을 실어줄 것이다.

CONTENTS

Part 1

민들레를 따라 날아간 소녀

민들레를 따라 날아간 소녀

그해 나의 짝꿍인 친구 샤오치(小琪)가 우리 곁을 떠났다. 무서운 병이 샤오치를 데려간 뒤로 샤오치는 아주 오랜 시간이 지나도록 한 번도 돌아오지 않았다. 샤오치의 아빠와 엄마에게도 물어보고 다른 사람에게도 물어보았지만 아무도 분명하게 말해주지 않았다. 샤오치가 떠나고 너무 오랜 세월이 흘렀다. 그래서 나는 샤오치를 찾아보기로 마음먹었다. 어쩌면 샤오치는 허허벌판에서 길을 잃었을지도 모른다고 나는 생각했다.

샤오치는 민들레를 좋아했다. 난 그걸 알고 있었다.

샤오치는 내가 태어나 만난 사람들 중에서 제일 예쁜 소녀였다.

나는 마당을 나서서 아주 멀리까지 걸어갔다. 그때는 들판이 언제나 너무 크고 너무 멀었다. 나는 들판에 들어서기만 하면 작아지는 것 같았다. 나는 샤오치의 이름을 부르며 들판 깊숙한 곳까지 걸어 들어갔다.

나는 샤오치가 배가 많이 고플 것이라고 생각했다. 그래서 빵을 가지고 갔다.

고개를 돌려 마을을 바라보니 마을은 너무 멀리 있었다. 나는 마을에서 멀어지면 샤오치와는 가까워질 것이라고 생각했다.

한참 뒤에 나는 민들레 숲을 한 곳 발견했다. 사실은 잔디 위에 떠 있는 '작고 하얀 우산'들이었다. 나는 샤오치가 그 '작고 하얀 우산'들을 좋아할 것이라고 생각했다. 와! 예쁘다! 나는 한달음에 달려가 막 꺾으려다 말고 멈췄다. 손을 대지 않는 것이 좋겠다는 생각이 불쑥 들었다. 나는 그 자리에 쪼그리고 앉았다. 그날은 햇빛이 유난히 좋았다. 들에는 바람 한 점 없었다. 그 '작고 하얀 우산'들은 조용히 위로 떠받들린 채 거기 서 있었다. 마치 날아오를 때를 기다리고 있는 것처럼……

한참이 지나서 바람이 불어왔다. 그 '작고 하얀 우산'들은 먼저 몸을 가볍게 흔들더니 하나, 둘…… 잇따라 하늘로 날아올랐다.

그때 나는 또 샤오치를 생각했다.

나 자신에게 애써 귀띔했다. "그 애를 잊어라. 잊어라."하고……

나는 아주 가볍게 날고 있는 그 '작고 하얀 우산'들만 잠자코 바라보았다. 그런데 그중 한 '작고 하얀 우산' 아래에 샤오치가 매달려 있는 것이 분명하게 보였다.

그 소녀를 천사라고 불러야 한다는 것을 이제는 알게 되었다.

그런데 두 주일이 지난 뒤 나는 또 샤오치를 보았다.

내가 들판에서 놀고 있었는데 샤오치가 그 민들레들 속에 앉아 있는 것이었다. 햇빛이 너무 눈부셨던 탓인지 나는 아무리 애를 써도 샤오치가 똑똑히 보이지 않았다. 샤오치의 모습은 어렴풋했다.

내가 말했다.

"네가 떠난 지 여러 날이 되었어. 선생님이 너의 자리를 남겨두지 않았어.

지금은 그 자리에 한 유급생을 앉혔거든……"

샤오치의 자리 때문에 나는 선생님을 찾아간 적이 있었다. 그런데 선생님은 샤오치가 돌아오지 못할 것이라고 고집스럽게 말했다. "자리를 남겨두는 게 뭐 어떻다고……" 기실 나는 그 자리를 샤오치를 위해 남겨두고 싶었다. 나는 그 새로 온 유급생과 같이 앉는 게 싫었다.

그런데 가만히 보니 샤오치가 정말로 돌아왔다.

샤오치가 말했다.

"난 다른 곳에 갔어. 지금은 잠깐 들르러 온 거야."

나는 샤오치에게 아무 말도 하지 않았다. 화가 너무 났기 때문이다. 그동안 계속 혼자서만 놀면서 심심해 죽는 줄 알았던 터였다. 더구나 샤오치는 나에게 숙제하는데 필요한 책(全科, 초등학교 전 과목에 걸친 참고서-역자 주)을 빌려주는 유일한 친구였다.

샤오치가 없으니 숙제를 하는 것이 너무 귀찮아졌다.

샤오치는 내가 화를 내는 것을 보더니 말했다.

"화내지 마. 나도 별수 없었어. 난 내 자리로 돌아갈 수 없게 되어 버렸어!"

나는 "흥"하고 콧방귀를 뀌었다.

샤오치도 더 이상 아무 말도 하지 않았다.

나는 지금이 무슨 계절이라고 해야 할지도 알 수 없었다. 어쨌든 날씨가 그다지 덥지는 않았다. 들판에는 푸른색이 한층 더 덮혀 있었다. 바람이 불어오자 푸른 땅 위에 떠 있는 민들레가 마치 하얀 구름처럼 굴러간다. 샤오치의 몸도 바람에 몇 번 흔들렸다. 나는 샤오치가 또 그들을 따라 날아가 버릴까봐 불안

했다. 다행히도 민들레는 한 포기도 날아오르지 않았다. 나는 한시름 놓았다. 샤오치가 이번에는 민들레 한 포기를 꼭 잡고 있었기 때문일 것이다. 그건 너무 재미있는 놀이였다.

어떻게 노느냐고 내가 샤오치에게 막 물으려는데 샤오치가 또 말했다.

"사실 나는 뭘 하나 가지러 왔어."

라고 샤오치가 말했다.

나는 민들레들 속에 앉아 있는 샤오치를 힐끗 보았다. 샤오치는 역시 여기 남을 생각이 없었던 것이다.

샤오치가 계속 말했다.

"나는 병원에 갈 때 책가방을 가져가지 않아서 병원을 떠날 때도 빈손이었어. 전과가 전부 책가방 안에 있거든. 그래서 숙제는 한 페이지도 하지 못했어."

"숙제하는 건 정말 성가신 일이야."

내가 씩씩거리며 말했다.

샤오치는 민들레들 속에서 일어서더니 말했다.

"난 책가방을 가져갈 거야. 숙제를 하지 않으면 마음을 놓을 수가 없거든."

나는 아무 말도 하지 않았다. 속으로는

"참 신기한 아이이야. 나 같으면 책가방을 잃어버리면 신나 죽을 텐데……"

샤오치는 나에게 책가방을 여기까지 가져다 달라고 부탁했다. 그러나 나는 동의하지 않았다. 나는 샤오치에게 직접 가져가라고 말했다.

그러자 샤오치가 울면서 말했다.

"아빠랑 엄마가 볼까봐 두려워서 그래. 아빠랑 엄마가 이제 겨우 나를 잊으려는데 나를 보고나면 또 슬퍼할 거잖아."

나는 그 이유를 다는 알 수 없었지만 그렇다고 또 자세하게 묻지도 않았다. 그러나 샤오치가 우는 바람에 약속하고 말았다. 바람이 휙 스쳐지나가자 또 두 포기의 민들레가 '작고 하얀 우산'으로 변했다. 샤오치는 이곳의 민들레가 다 날아가 버리면 책가방을 가지러 올 수가 없으니 서둘러야 한다고 말했다.

민들레들 속에 앉아 있는 샤오치는 정말 천사 같았다. "너무 이상하잖아? 샤오치가 왜 저렇게 변했을까?"라고 생각이 들었다.

내가 다시 정원에 서 있는데 마침 몇 포기의 '작고 하얀 우산'이 바람에 날려가는 것이 보였다. 나는 서둘러야겠다고 생각했다. 그래서 막 샤오치 네 집으로 가려고 하는데 엄마가 내 앞을 가로 막았다. 나는

"샤오치에게 책가방을 가져다주려고 가지러 가요. 책가방이 없으면 그 아이가 숙제를 할 수 없으니까요."

라고 말했다. 그러자 엄마는 잔뜩 긴장한 낯빛을 해가지고 말했다.

"잠꼬대 같은 소리 그만하고 들어가서 좀 더 잠이나 자거라……"

나는 어리둥절한 채 집을 나섰다. 샤오치 네 집에 가야 했다. 민들레가 다 날아가 버리기 전에 서둘러 책가방을 샤오치에게 가져다줘야 하기 때문이었다.

샤오치 네 집은 그리 멀지 않았다. 샤오치 엄마는 집에 계셨다. 그래서 나는 샤오치의 책가방을 가져가고 싶다고 말했다.

샤오치 엄마는 눈썹을 찌푸리더니 왜 그러느냐고 물었다.

"샤오치가……"

내가 말을 다 끝맺기도 전에 샤오치 엄마는 눈이 빨갛게 되었다. 샤오치 엄마는 내가 샤오치의 책가방을 가져가는 것을 허락하지 않았다. 샤오치의 물건

은 그것 하나밖에 남지 않았기 때문이었다. 샤오치 엄마는 그 책가방을 늘 쓰다듬어보곤 했다.

"그건 샤오치가 가져오라고 해서 그래요. 샤오치가 숙제를 하겠다는 데도 허락하지 않을 거예요?"라고 말하려던 참이었다. 그런데 내가 미처 말하기도 전에 샤오치 엄마가 또 눈물을 흘리기 시작했다. 나는 마음이 약해져서 그냥 나와 버렸다.

내가 책가방을 가져오지 못한 것을 보고 샤오치는 안달을 했다.

"나 너무 오랫동안 숙제를 못했어. 아마도 나쁜 아이가 되고 말 것 같아. 너무 두려워! 사실 나도 숙제하는 걸 싫어하거든. 노는 게 더 좋기는 해!"

샤오치가 말했다. 샤오치와 같은 모범생도 숙제하는 걸 싫어한다니 너무 뜻밖이었다. 이제는 나 자신을 용서할 수 있을 것 같았다. "모범생 샤오치마저도 그런데 내가 두려울 게 뭐야……"하고 생각했다.

샤오치가 손으로 민들레를 건드리자 그 민들레가 떨어져 날아갔다.

어렴풋이 보이는 샤오치가 또 울었다.

샤오치의 그런 모습을 본 나는 무슨 일이 있어도 그 아이의 책가방을 가져오기로 작심했다.

들판을 벗어나면서 나는 생각했다. "아이 참~! 전학하는 건 너무 성가셔. 책가방도 숙제 책도 어느 것도 빠뜨리면 안 되는데 말이야." 나는 샤오치에게 지금 다니는 학교는 어떠냐고 묻고 싶었다. 그런데 고개를 돌려 보니 민들레들이 바람을 따라 하늘거리고 있었고 샤오치는 보이지 않았다. 샤오치는 정말 빨리도 가버렸다.

샤오치 네 집에 가서 책가방을 훔쳐오는 건 어렵지 않았다. 창문으로 기어들어가니 그만이었다. 그런데 정원을 벗어나기도 전에 엄마에게 잡히고 말았다. 엄마는 요 며칠 내가 숙제를 별로 하지 않는다는 것을 발견하였던 것이다. 엄마는 펜과 공책을 꺼내 펴놓고는 옆에 앉아서 뜨개질을 하기 시작했다. 시간은 1분1초 흘러가고 있었다. 샤오치가 초조해서 기다리고 있을 게 뻔했다. 나는 겨우 몇 줄을 쓰다말고 엄마에게 나 좀 놓아달라고 애걸했다. 샤오치가 책가방을 가져다주기를 기다리고 있다면서 말이다.

그 말에 엄마가 깜짝 놀라는 것이었다.

"아니, 그게 말이 되는 소리니? 헛소리 좀 그만 해라!"

하는 수 없이 나는 집에 그냥 있어야 했다. 그 후 날이 어두워지고 바람까지 불기 시작했다. 바람이 세차게 불었다. 샤오치는 틀림없이 떠났을 것 같았다. 워낙 잘 우는 아이니까…… 아마도 울면서 민들레를 따라 날아갔을 것이다.

이튿날 점심 때 나는 학교가 끝나기가 바쁘게 샤오치 네 집으로 부랴부랴 달려가 샤오치 네 창문을 넘어 방으로 기어들어갔다.

책가방이 너무 무거웠다. 이전에 내가 그 책가방 안에 벌레를 집어넣은 적이 있었다. 그때 샤오치가 너무 놀라서 오래오래 울었었다. 그래도 그 후부터 우리는 짝꿍이 되었다.

나는 들판으로 달려갔다. 그런데 길을 잃어버리고 말았다. 눈처럼 새하얀 민들레들이 자란 곳을 찾을 수가 없어 초조해졌다.

오랫동안 찾아 헤매고 나서야 나는 끝내 샤오치가 와서 앉아 있던 곳을 찾아

냈다. 그곳에는 민들레 줄기들만 앙상하게 남아 있었다. 어젯밤 바람에 민들레들이 죄다 하늘로 날아올라 흩어져버렸던 것이다. 눈앞에는 샤오치가 무력하게 바람에 날려 가는 모습이 떠올랐다. 샤오치가 많이 울었을 것이었다.

나는 말없이 샤오치의 책가방을 손에 들었다. 샤오치는 이제 다시 오지 못할 것이다. 민들레가 죄다 날아가 버렸으니. 하지만 샤오치에게는 저렇게 날아다니는 민들레가 있어야만 했다. 그런 걸 몰랐던 나는 참 바보였다!

갑자기 눈앞이 환해졌다. 별로 눈에 띄지 않는 구석진 곳에 키가 작은 민들레가 한 포기 자라나 있었다. 그 작고 하얀 꽃은 너무나 작았다. 나는 기쁜 나머지 샤오치의 이름을 불렀다. 그런데 하필 그때 또 바람이 불어 그 마지막 한 포기의 민들레도 바람에 뽑혀 순식간에 하늘로 날아올랐다. 내가 나는 듯이 달려가 쫓아갔으나 그 민들레는 순식간에 사라져버렸다. 이제 들판에는 민들레가 한 포기도 남아 있지 않았다.

바람에 실려 날아다니는 민들레가 보이지 않으니 들판이 너무 깨끗해졌다.

나는 들판에 오래오래 앉아 있었다. 그리고 그 곳을 떠나면서 나는 울었다. 소리 없이 울었다. 나는 처음으로 샤오치 때문에 울었다. 그러나 내년을 생각하자 나는 다시 기분이 좋아지기 시작했다. 내년에도 민들레에서는 다시 '작고 하얀 우산'이 생겨날 것이다. "샤오치야! 내년에 꼭 다시 와야 해……"하고 마음 속으로 소리쳐 불렀다.

나는 소리 내어 엉엉 울고 말았다. 그리고는 마침내 기분이 좋아졌다.

탈곡장의 피리 소리

"헤이즈 라고 불리던
소년의 어린 시절 사랑이야기."

"헤이즈 라고 불리던 소년의 어린 시절 사랑이야기."

그해 가을 어느 날 오후, 나는 내가 타올(桃兒)이라고 부르는 여자아이를 좋아하고 있음을 알았다.

햇빛도 황금빛이었고 짚가리도 황금빛이었다. 나는 햇볕이 쨍쨍 내리쬐는 탈곡장에 서 있었다. 그렇게 서서 스스로에게 귀띔하고 있었다. "갠 귀여운 데가 없어. 남을 놀리기 좋아하는 그깟 못된 계집애…… 갠 귀여운 데가 없어."

그러면서도 '좋아해'라는 생각을 떨쳐버릴 수가 없었다. 오히려 그런 생각을 떨쳐버리려고 하면 할수록 점점 더 집요하게 파고들어왔다.

타올은 다른 아이들과 깔깔 대며 뛰어다니면서 놀고 있었다. 아이들은 황금빛 짚가리들 사이에서 보일락 말락 하다가 때로는 한 사람도 보이지 않곤 했다. 그럴 때면 탈곡장은 텅 빈 것만 같았다. 그리고 군데군데 쌓아놓은 짚가리들은 마치 듬직한 노인들이 우두커니 앉아 있는 것 같았다. 그러면서도 아무도 나에게 말 한 마디를 걸어주지 않았다.

나는 남에게 귀여움을 받지 못하는 남자아이였다. 나는 짚가리를 우두커니 바라보면서 속으로 중얼거렸다. "난 저 계집아이가 좋아졌어. 정말 좋아졌어."

왜 그런지 명확히 말할 수도 없이 그날 그 가을의 오후 나는 유난히 우울해 있었다. 나에게 소원이 생기면 그것이 큰 소원이든 작은 소원이든, 실현될 수 있는 것이든 실현될 수 없는 것이든 언제나 기분이 우울해지곤 했다. 왜냐하면 나에게 소원이 생기는 순간부터 실현될 수 없음이 숙명적으로 정해져 있었기 때문이었다. 나는 그것을 굳게 믿어 의심치 않았다.

나 헤이즈(黑子)는 운명적으로 운이 나쁜 애였다.

그들은 한 가을 내내 탈곡장에서 놀이를 하고 있었다. 처음에는 나도 끼고 싶었다. 어찌됐건 탈곡장에서 하는 놀이는 너무 재미있어 보였다. 나도 다른 아이들처럼 즐겁게 놀고 싶었다.

"나도 끼어 줄래?."

하고 나는 주눅이 든 어조로 말했다. 나 자신도 이런 내 모습이 너무 싫었다. 그러니 다른 사람이 어떤 느낌일지는 말하지 않아도 짐작할 수 있을 것이다.

그들은 모두 반대했다.

"우린 지금 너무 신나게 놀고 있거든. 못생긴 아이는 끼어 줄 수가 없어!"

"정말 안 돼니?"

"저리 비켜!"

난 비켜서지 않았다. 그러자 그들은 다른 짚가리가 있는 데로 가서 놀았다. 홀로 남은 나는 두 짚가리 중간에 쪼그리고 앉았다. 저쪽에서는 금세 또 즐거운 웃음소리가 들려왔다. 나는 그 웃음소리에 시샘이 났다.

타올은 반대한다고 말하지는 않았지만 그렇다고 찬성한다고도 말하지 않았다. 중요한 시각에 타올은 기권한 것이다. 그들이 자리를 옮길 때 타올은 제일 마지막에 떨어져 걸으면서 고개를 돌려 나를 힐끗 쳐다보기까지 했다. 그것이 동정인지 아니면 다른 무엇인지 나는 잘 알 수 없었다. 어쨌든 그 순간 나는 따뜻한 느낌이 들었다. 그 따뜻함은 하늘에서 내리쬐는 햇볕에서 오는 것은 아니었다. 그리고 나는 또 너무 민망했다. 사내 녀석이 한 집단으로부터 거부당

한 것이었다. 그것도 자기가 좋아하는 계집아이가 보는 앞에서 말이다. 너무 처참한 실패가 아닌가! 나는 탈곡장을 벗어나고자 했다. 그때 탈곡장에서 전쟁이 벌어졌다. 직접 볼 수는 없었지만 똑똑히 들을 수는 있었다.

"너희들이 너무 싫어!"

계집아이의 목소리였다.

"그 녀석이 좋으면 가서 그 녀석 색시나 해!"

몇몇 사내 녀석들이 낄낄거렸다.

"가면 어쩔 건데? 너희들 색시는 안할 거다! 메롱……"

그리고는 뒤엉켜 싸우는 소리가 들렸다. 전투가 정식으로 시작된 것 같았다.

"아이쿠, 내 얼굴을 할퀴었네! 계집애가 왜 이리 드세!"

아이들의 떠들썩한 소리가 점점 멀어져갔다. 그들이 탈곡장을 벗어난 듯했다. 그들이 진 것 같았다.

나는 그들의 소리를 들으면 그저 감격할 뿐이었다. 말로 표현할 수 없는 감격이었다. 방금 전까지 나는 너무나 냉냉해 있었다. 마치 한겨울에 선창 아래 쌓아 놓은 못쓰게 된 쇠붙이 같았다. 그러나 지금 나는 따뜻한 마음으로 이 세상을 바라볼 수 있게 되었다. 나는 단숨에 한 짚가리 위로 기어 올라갔다. 그리고 고개를 쳐들어 하늘을 바라보았다. 햇님이 나와 더 가까워진 것 같았다. 햇빛이 나를 비추자 내 몸에서 행복의 벌레가 살아나 온 몸을 기어 다니는 것 같았다. 나는 허리춤에서 피리를 꺼내 "삐리릿! 삐리릿!" 하고 불기 시작했다.

그러다가 나는 짚가리 위에서 잠이 들어버렸다. 오후 내내 나는 그렇게 누워 있었다. 사람이 행복할 때면 너무나 졸리는 것 같았다. 아마도 그런 것 같았다.

다시 탈곡장에 갔을 때는 역시 어느 날 오후였다. 가을철도 절반이 지나갔다. 그 아이들이 시끄럽게 떠드는 소리가 사방에서 들려왔다. 탈곡장은 정말 미궁과도 같았다. 그 아이들의 놀이는 단 하루도 멈춘 적이 없었다. 그들은 이처럼 재미난 가을날의 탈곡장을 헛되이 낭비해 버릴까봐 두려워하는 것 같았다. 그들은 집에 가서 밥 먹는 시간마저 아까워할 지경이었다. 아들을 찾으러 온 어른들도 그 미궁 같은 탈곡장 앞에서는 방법이 없었다. 어른들은 자기 아이들이 외치는 소리가 들리고, 또 그 아이들의 그림자가 짚가리들 사이에서 언뜻 지나가는 것은 보았지만 한 사람도 잡을 수는 없었다.

어른들은 다들 그 아이들을 미친 아이들이라고 말했다.

나도 그렇게 생각했다.

그렇다. 겨울만 오면 큰 눈이 이곳을 봉쇄해버릴 것이다. 그럼 그 아이들은 하얀 모자를 덮어 쓴 짚가리들을 안타깝게 바라만 봐야 했다.

가을은 한 걸음 한 걸음씩 우리 옆을 스쳐 지나갔다. 나도 마음이 급해졌다

내가 다시 걔들 앞에 나타났을 때 나는 그들로부터 오는 적대적인 시선을 느꼈다.

그들은 놀이를 멈추었다. '사령관'까지 포함해서……

그 순간 탈곡장은 쥐 죽은 듯한 나라가 된 것 같았다.

나는 타올에게 시선을 고정시키고 계속 쳐다봤다. 타올은 그 아이들 사이에서 '산채 안주인'역을 맡고 있었다. 유일한 계집애여서 마치 잡초들로 우거진 숲에 피어난 꽃 한 송이처럼 유난히 눈부시게 돋보였다.

내 몸이 가볍게 떨리기 시작했다. 나는 그런 내가 마음에 들지 않았다.

나는 애써 마음을 진정시켰다. 그리고 말했다.

"가자, 타올."

순간 모든 눈길이 일제히 타올을 향했다.

"어딜……"

타올은 어찌 할 바를 몰라 망설이는 눈빛이었다. 갑작스런 나의 거동에 어리둥절해진 모양이다.

"나랑 놀아. 넌, 넌 내 색시잖아. 너도 좋다고 했잖아."

왠지 슬픈 느낌이 들었다. 그리고 울고 싶은 심정이었다.

이어 왁자지껄 웃는 소리가 들렸다. 온 힘을 다해 애써 만들어낸 용기와 자존심이 삽시간에 파묻혀 버리는 느낌이었다.

"저 얼굴 좀 봐! 어디 타올이랑 어울리기나 해?"

"두꺼비 주제에 백조 고기를 먹으려구!(오르지도 못할 나무를 왜 쳐다보지?)"하고 그 애들이 떠들었다.

내 눈에는 타올이 보이지 않았다. 잡초들 우거진 숲에 피어난 한 떨기 꽃 같이 너무 눈부시고 돋보이는 아이지만 말이다. 나는 그저 빨리 그 자리를 뜨고 싶었을 뿐이었다. 결국 나는 한 짚가리에 부딪치고 말았다. 그리고 그 속으로 푹 빠져 들어갔다…… "차라리 잘됐어!" 드디어 나 자신을 받아들일 수 있는 곳을 찾아낸 것이었다. 그윽한 볏짚 향기가 옷과 살갗에 배어들었다. 그리고 슬픔은 더욱더 온 몸을 파고들었다.

예전에 나는 내 얼굴을 본 적이 있었다. 그때부터 나는 집안에 있는 모든 거울을 온갖 방법을 다 동원하여 부숴버렸다. 나는 염전 밭을 지날 때마다 고요한 수면을 휘저어 흐려놓곤 했다. 내 얼굴을 보는 것이 두려웠기 때문이었다.

나는 얼굴에 난 그 흉터들이 어떻게 생긴 건지 몰랐으며, 그리고 또 어른들에게 물어보지도 않았다. 다만 남자아이에게는 앞으로 색시를 얻는 데 엄청난 영향을 끼칠 것이라는 것만은 알고 있었다.

나는 짚가리 속에 머리를 처박고 비비 꼬며 얼굴을 마구 비벼댔다. 그리고 다시 짚가리에서 나갈 때면 그 흉터들이 모조리 닳아서 사라지기를 환상했다.

나는 짚가리에 작은 굴을 뚫고 그 안에 막 숨어버릴 생각이었다. 아무도 만나고 싶지 않았다. 거울을 죄다 부숴버리면 다 괜찮아질 줄 알았지만 사실 다른 사람의 얼굴에서 여전히 못생긴 자신을 볼 수 있었던 것이다.

이제 짚단 한 단으로 굴 입구만 단단히 틀어막으면 나만의 왕국이 완성될 판이다. 그때 나는 타올을 발견했다. 나는 짚단을 안은 채 굳어져 버렸다.

타올이 굴 밖에 서 있었다.

어쩌면 아주 오랫동안 그렇게 서 있었을지도 모른다.

그제야 나는 자신이 울었다는 사실을 발견했다. 눈물에 시야가 흐려져 타올의 얼굴을 똑똑히 볼 수가 없었다. 타올의 얼굴은 아마도 복사꽃 같았을 것이다. 더군다나 막 뛰어서 땀투성이가 된 뒤에는 더더욱 그러했을 것이라 생각했다.

"헤이즈야, 나도 들어갈래."

타올이 말했다.

"여긴 내 자리야. 들어올 생각 마."

나는 짚단으로 굴 입구를 틀어막아버렸다.

"헤이즈야……"

타올의 얼굴은 복사꽃 같았다.

“여긴 내 집이야. 네 거 아냐.”

나는 입구를 틀어막은 그 짚단을 등으로 받치며 버텼다. 타올이 힘껏 떠밀고 있는 것을 느낄 수 있었다.

“난, 난 네 색시잖아…… 이건 우리 둘의 집이야.”

타올이 발로 입구를 툭 찼다. 나는 타올이 한 말을 곱씹고 있었다. “난 네 색시잖아…… 이건 우리 둘의 집이야……”

입구가 타올에게 밀려 열리고 말았다. 타올이 깡충 뛰어 들어왔다. 그 입구를 막았던 짚단을 안은 채…… 썩 어둡지 않은 굴속에서 그 아이가 배시시 웃고 있었다.

“난, 난 너한테 어울리지 않아……”

나는 절망하여 말했다.

“그런데 넌 피리를 잘 불잖아. 그날 오후 나는 다 들었어. 온 탈곡장에 너의 피리소리뿐이었거든.”

타올이 과장하는 어투로 말했다. 여자아이들은 말할 때 과장하곤 해서 믿을 수 없다는 것이 내 생각이었다. 그러나 그 말을 듣는 순간 나는 쑥스러웠다. 나는 더는 타올을 쫓아내지 않았다.

나는 허리춤에서 그 피리를 꺼내 “삐리릿 삐리릿”하며 불기 시작했다. 나는 등으로 받쳐 입구를 단단히 틀어막았다. 피리소리가 밖으로 새 나갈까봐 두려웠기 때문이었다. 나는 타올 한 사람만을 위해 피리를 불고 싶었다. 다른 사람들은 들을 자격이 없었다. 피리를 불다가 입안이 마르면 잠깐 멈췄다가 또 계속 불곤 했다. 그러다 무심코 고개를 돌려 굴 밖을 힐끗 쳐다봤다. 입구 틈 사이로 하얀 달이 하늘에 걸려 있는 것이 보였다. 달은 서쪽에 있는 짚가리 뒤에서 보일락 말락 했다. 그리고 조금 지나자 하늘이 조금씩 밝아오기 시작했다.

나는 하루 밤을 꼬박 새며 피리를 불었던 것이다.

그날 밤 나와 타올은 아무도 말을 하지 않았다. 나는 피리를 불면서 조금은 슬픈 듯하지만 그윽한 풀냄새를 맡을 수 있었다. 그리고 또 여자애의 냄새도 섞여 있었다.

동틀 무렵 나는 피리를 허리춤에 꽂았다. 타올은 그저 "피리를 참 잘 부는구나. 그리고 볏짚 냄새가 너무 좋다!"라고 한 마디 했을 뿐이었다.

타올은 저쪽 아이들과 어울리지 않고 매일 나하고만 놀았다. 그 아이들은 타올이 정식으로 못난이의 색시가 됐다고 놀렸다. 나는 자신이 타올에게 어울리지 않는다는 것을 잘 알고 있었다. 그래서 나는 매일매일 피리 부는 연습을 했다. 타올은 내가 부는 피리소리를 듣기 좋아했기 때문이다.

내가 짚가리에 굴을 만든 것을 보고 그 아이들도 그런 놀이가 신기해 보였던지 너도나도 짚가리를 차지하고 굴을 팠다. 어른들은 탈곡장에 굴을 파는 쥐들이 있다면서 그 쥐들은 그런 굴에서 겨울을 날 수 있기를 바란다고 말하곤 했다. 나는 그 아이들이 떠드는 것이 싫어서 더 많은 볏짚으로 우리 굴 입구를 틀어막았다. 우리 굴 안에는 건빵도 있고 물도 있었다. 타올은 비누며 성냥과 같은 쓸모없는 물건들까지도 굴 안에 가져다 놓았다. 내가 그런 건 쓸모없다고 했으나 타올은 이런 물건들이 없이 무슨 집 같으냐고 했다.

나는 또 피리를 불었다. 그렇게 또 한밤중까지 불었다.

자정이 넘어 나는 오줌을 누려고 굴 문을 밀고 나왔는데 하늘에 달이 거울처럼 밝았다. 나는 재빨리 달을 등지고 돌아섰다. 밝은 달에서 자기 얼굴을 볼까봐 두려웠기 때문이었다. 그때 다른 몇몇 짚가리에서도 빠끔빠끔 내민 조그마한 머리들이 보였다. 말소리는 들리지 않고 바스락바스락 볏짚소리만 들렸으며, 그 아이들의 고르지 못한 숨소리도 들렸다.

"헤이즈야!"

헤이즈는 내 이름이잖아. 자주 쓰지 않는 이름이었다. "헤이즈"는 까맣고 못생긴 강아지 이름 같았다. 그래도 나는 그건 내 이름이고, 내 것이라고 늘 스스로에게 귀띔하곤 했다.

"헤이즈야!"

틀림없이 날 부르는 소리였다. 나는 막 잠을 자러 집에 들어가려는 참이었다.

"한 곡 더 들려줄래. 한 곡만 더 들려줘라."

이웃집에 사는 아이가 목을 길게 빼고 말했다. 너무 뜻밖이었다. 그 아이들이 나의 재주에 관심을 두다니…… 타올이 피리를 불 줄 아는 것도 한 가지 재주라면서 다른 남자 아이들은 불 줄 모른다고 말했던 적이 있었다.

"한 곡 더 불어주면 안 돼? 너무 듣기 좋아서 그래."

"사령관"은 아예 굴에서 기어 나오기까지 했다. 그는 온 몸에 볏짚을 잔뜩 묻힌 채 달빛 아래로 나와 서 있었다.

탈곡장은 여전히 고요했다. 그 아이들은 간청하면서도 많은 말을 하지 않았고 떠들지도 않았다. 그들은 마치 방금 전에 멈춘 그 곡의 뒷맛을 음미하고 있는 것 같았다. 잠깐 사이에 달빛 아래서 새까맣게 한 무리가 모였다. 그들은 말없이 나를 둘러쌌다.

타올도 나왔다.

"쌈할 거야?!"

타올은 몸에 묻은 볏짚을 털어내더니 두 손으로 허리를 짚고는 그 아이들을 노려보았다. 그리고 "사령관"을 한 번 밀치는 것이었다. 계집아이가 화내는 모습도 꽤 무서웠다.

"아냐. 재들이 내 피리소리가 듣고 싶대."

하고 내가 설명했다.

"그래. 쌈하려는 게 아니라 재가 부는 피리소리가 듣고 싶어서 그래. 너무 듣기 좋거든……"

생각지도 않은 "사령관"의 겸손한 모습이었다.

나는 아무 대꾸도 안하고 굴 안으로 쑥 들어와 버렸다. 그런데도 그 아이들은 여전히 달빛 아래 선 채로 기다리고 있었다.

나는 잠깐 생각하다가 허리춤에서 피리를 꺼내 굴 입구에 등을 받치고 불기 시작했다. 후에는 굴 밖으로 기어 나와 짚가리 옆에 서서 달빛 아래서 불었다. 한참 동안은 하늘에 떠 있는 달을 쳐다보면서 불기도 했는데 목이 뻣뻣할 때까지 불었다.

아무도 말을 하지 않았다.

나는 난생 처음 우정이 무엇인지 느껴보았다. 마치 그들이 난생 처음 피리소리를 들은 것처럼 말이다.

여기서 헤이즈의 어린 시절 사랑이야기는 끝났다.

이제부터는 그 이후에 일어난 일에 대해서 이야기하고자 한다. 그리고 각도를 바꿔서 이야기할 것이다.

가을이 거의 끝나갈 무렵 탈곡장에는 온통 서리가 내렸다. 바로 그 무렵 탈곡장에 큰 불이 났다. 아이들이 발견했을 때는 불길이 높이 치솟아 하늘의 달까지 태울 기세였다.

아이들은 허둥대며 각자의 굴에서 기어 나와 한달음에 탈곡장 밖까지 뛰어나왔다.

탈곡장에서 겨울을 나려던 계획은 아무래도 수포로 돌아갈 듯싶었다.

헤이즈가 사람들 틈을 비집고 나오더니 소리쳤다.

내 피리가 아직 저 안에 있어!

헤이즈는 마치 요정처럼 불바다를 향해 뛰어갔다……

이튿날, 탈곡장은 없어지고 텅 빈 허허벌판의 일부가 되어 있었다. 아이들은 그 곳에 앉아 아무도 떠나려 하지 않았다.

그렇게 앉아 있다 보니 날이 어두워지고 밝은 달이 떠올랐다. 그러자 또 다시 탈곡장 한 가운데 앉아 있는 느낌이 들었다.

타올이 말했다.

"들어 봐봐, 헤이즈가 피리를 불고 있어!"

모두들 숨을 죽이고 귀를 기울였다.

타올이 또 말했다.

"밤새 큰 불에 그슬렸는데도 달의 얼굴은 여전히 너무 아름답지 않아?".

아이들은 모두 고개를 들어 달을 쳐다봤다. 눈물이 저도 모르는 사이에 볼을 타고 흘러내렸다. 타올이 제일 먼저 흐느끼기 시작했고 탈곡장의 고요가 깨졌다.

타올이 말했다.

“헤이즈는 피리를 불면서 탈곡장을 떠났어. 난 개를 잡지 않았어. 걘 외삼촌의 목마를 타고 논두렁을 따라 가는 내내 피리를 불었어. 소금밭(염전)과 하늘이 끝나는 곳까지 가는 내내 불었어……”

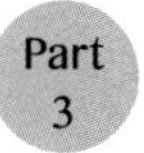

노란 스카프

노란 스카프

소녀는 학교를 마치고 집으로 돌아갈 때면 작은 의류시장을 지나야 했다. 거기에는 노란 스카프가 걸려 있었다.

소녀는 걸음을 멈추고 멍하니 바라보곤 했다.

가게 주인은 한 중년아저씨였다.

"사려무나, 얘야. 하나밖에 남지 않았어. 고작 10원밖에 안 해."

소녀는 아쉬운 표정으로 머리를 가로저었다. 소녀는 돈이 없었다.

"집에 가서 달라고 하렴, 남겨둘 테니. 마음에 꼭 들어 하는 것 같은데……"

소녀는 아무 말도 없이 아쉬운 표정을 지으며 떨어지지 않는 발걸음을 돌려 나왔다. 밤새도록 소녀는 집에다 돈 달라는 말을 꺼낼 결심을 내리지 못했다.

결국 소녀는 노란 스카프를 사겠다는 얘기를 꺼내지 않았고, 그 얘기를 영원히 꺼내지 않기로 속으로 맹세했다. 집안 형편이 좋지 않다는 것을 소녀는 너무나 잘 알고 있었기 때문이었다.

소녀가 다시 작은 시장을 지날 때면 멀리서도 그 노란 스카프가 하늘거리는 것이 보였다. 마치 노랑나비 같았다. 소녀는 멀리 서서 한참 동안 바라본 뒤에야 천천히 가까이 다가갔다.

"돈을 가지고 왔니?"

소녀는 머리를 가로저었다.

永不出售!

주인아저씨는 그 노란 스카프를 손으로 쓸어보다가 또 소녀를 바라보곤 했다. 그는 소녀와 노란 스카프를 연결시켜 상상해 보았다. 너무 절묘하게 잘 어울릴 것 같은 느낌이 들어 못내 아쉬웠다.

"이거 마음에 들지, 맞지?"

소녀가 고개를 끄덕였다. 소녀는 물러났다. 어차피 사지 못할 바에는 차라리 빨리 가버리는 게 나았기 때문이다. 소녀가 나가자 주인은 노란 스카프를 벗겨 들고 소녀를 쫓아갔다.

"얘야! 이거 너에게 줄께. 받으려무나. 네가 하면 예쁠 것 같구나……"

소녀는 그만 멍해졌다.

"아니에요, 남의 물건을 그냥 받을 수는 없어요."

소녀는 추호의 망설임도 없이 말했다.

"아니다. 그냥 받아라. 내가 주고 싶어서 그러니까……"

"아니에요! 그냥 받으면 제 마음이 편하지 않을 것 같아요. 갖지 못하는 것보다도 더 마음이 안 좋을 거예요."

그리 말하고 소녀는 막 뛰어갔다. 그러다가 소녀는 또 고개를 돌려 말했다.

"저 위층에 서서도 볼 수 있거든요. 볼 수만 있어도 좋아요."

주인아저씨는 그 자리에 굳어진 듯 서 있었다. 그 뒤로 소녀는 그 시장 앞을 지나가지 않았다. 어차피 사지도 못할 바에는 차라리 피해서 돌아가는 게 더 낫겠다고 생각했기 때문이었다.

소녀는 숙제를 하다가 지치거나 할 때면 아래층 쪽에 눈길을 주어 그 노란 스카프가 바람에 하늘거리는 것을 보곤 했다. 그렇게 여러 날이 지나갔지만 그 노란 스카프는 여전히 그 자리에 걸려 있었다. "왜 여태 걸려 있을까? 사가는 사람이 없단 말인가?"하고 생각했다.

소녀는 이 문제에 대해 더 이상 생각하지 않기로 했다. 어찌 되었든 그 노란 스카프가 걸려 있는 한 소녀는 자신의 꿈을 장식할 수 있었기 때문이었다.

그러나 그 노란 스카프가 계속 걸려 있게 된 이유는 기실 간단했다. 주인아저씨가 스카프 옆에다 "영원히 팔지 않음"이라는 꼬리표를 달아놓았기 때문이었다.

기차는 멀어져간다

기차는 멀어져간다

1

노 교장의 무덤에 난 풀이 머리를 내밀 때 쯤 철도가 임업(林業)지역까지 뻗어 들어왔다. 노 교장은 제일 먼저 기차를 본 사람이다. 학생들은 그 다음으로 기차를 본 사람들이다. "꽥~꽥~" 기차의 경적소리에 대장장이 노 씨가 쇠를 두들기는 소리는 벙어리가 돼 버렸다.

그날 수학 수업시간에 '쌕쌕이'가 손도 들지 않고 일어서더니 자기 아빠가 임업지역 철도순찰원으로 왔다고 나에게 알려주었다. 그리고 그 아이는 예전에 자기 아빠가 임업지역 밖에서 철도순찰원으로 있었기 때문에 일 년 내내 외지에서 근무해야 했다고 덧붙였다. 아주 오랜 시간 동안 나는 '쌕쌕이'가 "아버지가 없는 애"인 줄로만 알고 있었다. 이제는 그 아이의 온 집 식구가 모여 살 수 있게 되었다니 정말 기뻤다.

'쌕쌕이'가 가장 자랑스러워하는 일은 학교가 끝난 뒤 아빠와 함께 철도 순찰을 도는 일이었다. '쌕쌕이'는 아빠와 함께 순찰을 돌면서 식견이 많이 늘었다. 수업시간만 끝나면 학생들은 나를 거들떠보지도 않고 '쌕쌕이'를 둘러싸곤 했다. '철공이'가 나에게 히죽 웃어 보이더니 "선생님, 저도 가서 들어볼래요. 재는 온통 시험에 나지도 않는 허튼소리만 하거든요. 선생님이 강의하시는 것하고는 전혀 다른 쓸모없는 말 뿐이어요……"라고 말하면서도 '철공이'도 '쌕짹이' 옆에 끼어들었다.

나도 심심해서 '짹짹이'의 연설을 들으려고 다가갔다. '짹짹이'는 내가 다가가도 전혀 눈치 채지 못한 채 아빠와 함께 순찰을 돌던 이야기를 했다.

“너희들 향돈(響墩, 철도 경보신호 전용 기자재 – 역자 주)이 뭔지 알아?”

‘쌕쌕이’가 자신을 에워싼 아이들을 한 사람씩 둘러봤다.

모두들 고개를 가로저었다.

“횃불은 뭐에 쓰는지 알아?”

‘쌕쌕이’가 계속 물었다.

“그걸 모르는 사람도 있어? 소선대(少先隊)의 상징이잖아!”

‘철공이’가 앞질러 대답했다. 그러자 모두들

“그래 맞아. 소선대의 상징이지.”

하며 떠들어댔다.

“땡! 틀렸어!”

‘쌕쌕이’가 책상을 탁 내리치며 일어섰다. 모두가 조용해지더니 의문이 가득 찬 얼굴로 ‘쌕쌕이’를 쳐다봤다. 그제야 그는 앉으면서 말했다.

“다들 틀렸어! 한 사람 당 10점씩 감점이야. 내가 말한 횃불은 사실 설 쇨 때 터뜨리는 불꽃과 너무 비슷하지. 우리 아빠가 기차 기관사에게 경보를 울리는 데 쓰는 거야. 향돈과 같은 용도거든……”

“그럼 향돈은 뭐야?”

‘양태머리’가 숭배자에 대한 눈빛으로 ‘쌕쌕이’를 바라보았다.

‘철공이’가 더 이상은 참을 수 없다는 듯이 끼어들었다.

“너희들 풀무질은 어떻게 해야 바람이 제일 센지 알아?”

드디어 몇몇 눈길이 ‘철공이’쪽으로 향했다.

‘쌕쌕이’가 입을 삐죽거리더니 말했다.

“그건 너희 아빠 대장간에 있는 물건이잖아. 어떻게 하느냐고? 어떻게 하더라도 기관차가 내뿜는 증기보다는 힘이 세지 않지! 한 번은 내가 일부러 길옆에서 기차가 오기를 기다렸는데 그 기차가 내 옆에까지 와서 증기를 내뿜는 거야. 그래서 난 벌렁 나자빠져 뒹굴기까지 했었지……"

'쌕쌕이'가 또 쉴 새 없이 재잘거렸다. 모두가 또 고개를 일제히 '쌕쌕이'에게로 돌렸다. '철공이'는 얼굴이 하얗게 질려서 나를 쳐다보더니

"선생님, 우린 가요……"

라고 말했다. '철공이'가 외로워보여서 나는 그 아이와 함께 교실에서 나와 산비탈을 걸어 내려갔다. 때마침 검은 색 기차 한 대가 자작나무숲을 가로지르며 달려가고 있었다. 한 줄기 흰 연기가 수림에서 하늘로 피어올랐다. '철공이'는 멈춰 서서 그것을 멍하니 바라봤다. 기차는 잠깐 사이에 망망한 수림 속으로 사라져버렸다. 그러나 그 흰 연기는 완전히 흩어지지 않고 더 높은 곳에 있는 흰 구름들과 이어졌다. '철공이'가 고개를 들어 바라보면서 물었다.

"선생님, 저 하얀 연기들이 하얀 구름으로 변한 걸까요……?"

나는 그렇다고 말했다. 하얀 구름으로 변한 것이라고……

"그럼 이후에는 우리 이곳에도 비가 많이 오겠죠?"

나는 그 아이의 추론을 명확하게 긍정하지 않고 그럴 수도 있다고 말해주었다.

나도 그 흰 구름들을 넋 놓고 올려다보았다. 흰 구름 아래에는 여자 친구가 일하는 곳이 있다.

이제는 기차 길이 놓여 졌으니 그녀는 날 보러 자주 올 수 있겠지……

같은 흰 구름을 바라보면서도 '철공이'와 내가 생각하는 것은 서로 달랐다.

2

'철공이'는 끝내 유혹을 못 이겨 대장간에서 작은 쇠갈고리를 갖다 주는 조건으로 '짹짹이'를 따라 철도 순찰을 돌게 되었다.

'철공이'와 '짹짹이'는 철도 옆에 서서 흥정을 시작했다.

"갈고리 하나에 순찰 한 번이다."

'짹짹이'가 갈고리를 바지춤에 걸면서 말했다.

"세 번 어때?"

'철공이'가 값을 불렀다.

"두 번." '

짹짹이'가 값을 깎았다.

"갈고리 두 개에 다섯 번. 그렇게 하자."

'철공이'가 말했다.

"그래 뭐……"

'짹짹이'는 썩 내키지 않는 표정이었다.

'철공이'는 '짹짹이'의 뒤를 따라 자작나무숲을 향해 떠났다.

'짹짹이'의 아빠가 자작나무숲 옆에서 학교가 끝나서 올 아들을 기다리고 있었다.

셋은 침묵을 밟으며 여기 저기 두들겨보면서 걷다보니 어느덧 자작나무숲 깊은 곳까지 이르렀다. '철공이'는 처음으로 그 전설속의 "향돈"과 "횃불"을 보았다. 그 외에도 몇 가지 특별한 도구들이 있었는데 '철공이'는 거기서 눈을 뗄 수가 없었다. 작은 망치는 번쩍번쩍 빛이 났다. 아빠의 대장간에서는 만들 수 없는 것이었다.

기차 한 대가 하얀 연기를 내뿜으면서 달려오고 있었다. '쌕쌕이'와 아빠가 기관차를 향해 손을 흔드니 바로 기관차가 "꽥~"하며 기적을 울려 화답하는 것이었다. '철공이'도 그들이 하는 대로 손을 흔들었다. 그러나 기차는 그를 거들떠보지도 않고 수림 속으로 자취를 감추어 버렸다. '철공이'는 오기가 생겨 두 번째 기차가 나타나기를 기다리기로 했다. 그런데 순찰임무를 다 마칠 때까지도 두 번째 기차는 오지 않았다. 부자의 뒤에 따라가는 '철공이'는 정말 기분이 꿀꿀했다. 그런데 누가 알았을까. 이제 막 수림을 벗어나려는데 저 멀리에서 질주해 오고 있는 울림소리가 들려오는 게 아닌가! '철공이'는 걸음을 멈추고 기차가 달려오고 있는 방향으로 고개를 돌려 바라봤다. 기차가 막 모습을 드러내기 시작하자 '철공이'는 손을 마구 흔들어댔다. 하마터면 팔이 빠져나가는 줄 알았다. 그러나 기관차는 그를 보지 못한 것 같았다. '철공이'는 아예 옷을 벗어 머리 위로 쳐들고 휘저었다. 그제야 기관차가 "꽥~"하고 기적을 울려 응답하는 것이었다. '철공이'는 기분이 째질 것 같았다. 그는 나는 듯이 '쌕쌕이'와 그 아빠를 좇아갔다.

'철공이'는 '쌕쌕이'에게 방금 전에 있었던 일을 이야기했다.

"기관차가 나도 보았어. 나와도 말을 했어!"

'쌕쌕이'는 별로 대수롭지 않다는 듯 "헤헤"하고 한 번 웃기만 할 뿐이었다. '철공이'는 또 기분이 꿀꿀해졌다.

"기차가 널 본 거야. 기차가 수림 속에서 길을 갈 때면 심심하거든. 그래서 길옆에 사람이 있으면 인사를 건네고 싶어 한단다……"

'쌕쌕이' 아빠가 '철공이'를 돌아보며 말해주었다.

'쌕쌕이' 아빠가 그렇게 말해주자 '철공이'는 꿀꿀하던 기분이 풀리는 것 같았다.

그 뒤로 '철공이'는 기차만 보면 옷을 벗어 들고 흔들었다. 그러면 기차는 언제나 "꽥~꽥~"하고 응답하곤 했다.

"내가 손만 흔들면 기차가 기적을 울리거든."

어느 날 점심, '철공이'는 '쌕쌕이'가 교실에 없는 틈을 타서 전 반 학생들에게 그 '비밀'을 공개했다. 모두들 그 '비밀'에 마음이 끌려 '철공이'와 함께 철도 옆에 가서 실험을 해보기로 했다. 나는 학생들이 들떠서 덤벙거리다가 사고라도 칠까봐 걱정이 되어 그들을 따라 산비탈을 내려갔다.

목재를 가득 실은 기차가 수림을 벗어나 거친 숨을 몰아쉬며 자작나무숲을 가로지르고 있었다.

"봐봐!"

'철공이'가 말하면서 기차를 향해 팔을 흔들었다.

"꽥~"하며 과연 기차가 기적을 울려주었다. 기적소리는 매우 무거웠다. 기관차가 울부짖으며 지나가려는 찰나에 우리는 가무잡잡한 웃는 얼굴을 보았다. 모두들 경탄하는 눈빛으로 '철공이'를 바라봤다. 다른 학생들도 기차를 향해 팔을 흔들었다. 그랬더니 기차가 또 "꽥~"하며 기적을 울리는 것이었다. 모두들 더 이상 '철공이'를 바라보지 않았다. 기차 성미가 좋았던 것이지 '철공이'의 면목을 세워주려는 것이 아님을 알았던 것이다.

'철공이'는 급한 마음에 다른 한 가지 비밀을 얘기했다.

"저 기차에 탄 사람이 우리 외삼촌이야. 우리 외삼촌은 기관사거든. 너희들이 나랑 한 반이니까 너희들에게도 기적을 울려준 거야. 다른 사람이었다면 그러지 않았을지도 몰라 ……"

'철공이'의 외삼촌이 기관사라는 건 처음 듣는 얘기였다.

"기관사랑 순찰원이랑 비교하면 누가 더 세?"

'양태머리'라고 불리는 여학생이 머리채를 뒤로 젖히며 물었다.

"순찰원이 뭐 대수인가? 그저 우리 외삼촌에게 길을 열어주는 사람일 뿐이지……"

'철공이'가 대담한 투로 말했다. 오후 수업시간이 되자 나는 '양태머리'에게 종을 치라고 시켰다. '쌕쌕이'가 기관차처럼 교실로 뛰어 들어오자 '철공이'가 잽싸게 제 자리에 가 앉았다. 수업이 끝날 무렵 '쌕쌕이'가 '철공이'의 "비밀"을 전해 들었다. "재 출세했네. 철도에 다니는 친척까지 있다니……" 같은 철도 식구라는 사실에 '쌕쌕이'는 '철공이'와 금세 친해져 '철공이'를 자기편이라고 생각했다. '철공이'는 떠벌리지 않고 조용하게 외삼촌이 기차를 조종하는 이야기를 들려주곤 했다. 모두들 처음 듣는 이야기인지라 그 이야기가 재미없다고 느끼지 않았다.

'쌕쌕이'가 갑자기 흥분해서 소리쳤다.

"우리 아빠랑 너의 외삼촌이 같이 술을 마셨을지도 몰라!"

'철공이'가 헤헤하고 웃으면서 말했다.

"우리 외삼촌은 기관차 안에 앉아 있고, 너의 아빠는 땅 위에 서 있는데, 그들이 어떻게 아는 사이일 수 있겠니?"

'쌕쌕이'가 생각을 굴리더니 말했다.

"만약 아는 사이라면?"

학교를 마치고 돌아가는 길에 '쌕쌕이'가 '철공이'에게 선포했다. 이제부터 그와 함께 순찰을 돌 때면 쇠갈고리를 가지고 교환하지 않아도 된다고 했다.
'철공이'는 가슴이 콩닥콩닥 뛰기 시작했다. 마치 아빠가 망치로 철구를 두들기는 것처럼 그랬다.
'철공이'는 '쌕쌕이' 부자를 따라 정식으로 순찰을 돌게 되었다.

3

'쌕쌕이'의 아빠가 순찰을 도는 철도 구간은 마침 자작나무숲을 지나는 구간이었다. 알록달록한 날개를 단 큰 새 한 마리가 내내 그들을 따라 날았다.
'쌕쌕이'의 아빠가 말했다.
"저 새가 바로 비룡조란다."
'쌕쌕이'와 '철공이'는 걸음을 멈추었다. 새의 생김새를 자세히 보고 싶었다. 모두들 그런 새는 고기가 맛있다고 했다. 이때 기차가 달려오는 바람에 그 비룡조가 놀라서 날아오르더니 나무 꼭대기를 날아지나 사라져 버렸다.
'철공이'는 기관차 쪽을 향해 주먹을 흔들어댔다.
"천무성(陳木生) 삼촌이 하는 짓 좀 봐!"
기차는 뿡뿡 기적소리를 울리면서 멀리 달아났다. 철도 레일 위에 한 줄기의 석탄 타는 냄새를 남긴 채…… 그 냄새는 대장간의 냄새와 매우 비슷했다.
'철공이'의 외삼촌은 천무성이었다. 예상했던 대로 '쌕쌕이'의 아빠는 그와 술을 마신 적이 없었다. '쌕쌕이'는 의심에 찬 눈빛으로 '철공이'를 노려보았다. 그러나 '철공이'는 고개를 쳐들고 수림 꼭대기에서 비룡조의 모습을 찾아 헤매는 것이었다. '쌕쌕이'의 아빠가 말을 이어나갔다. 그는 많은 기관사들과 술을 마신 적이 없으며 또 서로 아는 사이도 아니라고 말했다. 텅 빈 임업지역에서 만나게 되면 마치 오랜 벗인 것처럼 인사를 하는 것뿐이라고……

"내가 손을 흔들면 저쪽에서는 기적을 울리고. 그러면 다들 적적하지 않거든. 그들도 철도의 레일을 타고 다니고 나도 레일을 타고 다니고 모두 같은 길을 가고 있지."

'쌕쌕이'의 아빠는 기차가 멀어져간 방향을 바라보았다. 기차는 이미 푸른 숲 속으로 사라져 보이지가 않았다.

"너의 외삼촌과는 자주 만나곤 했을 거야. 그는 빨리 달리고 나는 천천히 걷지만 우리에게는 인사하는 방법이 있으니까."

'쌕쌕이'의 아빠가 '철공이'를 곤경에서 벗어나게 해준 것이 틀림없었다. '쌕쌕이'는 의심에 찬 눈빛을 거두고 친구다운 눈빛으로 바꾸어 '철공이'를 바라보았다.

'쌕쌕이'의 아빠는 말하면서 뭔가를 발견한 듯 누런 가방 안에서 스패너를 꺼내 레일의 볼트를 죈 다음 또 두들겨 보았다. 그렇게 확인하여 만족한 뒤에야 계속 앞으로 이동하며 순찰을 이어갔다.

'쌕쌕이'와 '철공이'도 그 무수히 많은 볼트들을 비틀어보겠다고 나섰다. 이에 '쌕쌕이'의 아빠는 크게 경계하며 가방을 다른 한쪽으로 돌려놓았다.

"일이 하고 싶으냐? 그러면 노반(路盤, 철도의 궤도를 부설하기 위한 토대 – 역자 주) 아래에 있는 돌들을 다 주어 올려놓아라."

'쌕쌕이'와 '철공이'는 바쁘게 돌을 올려놓았다. 그러나 얼마 못 가 둘 다 재미를 잃고 노반 옆 돌비 위에 주저앉아 외롭게 두 갈래로 뻗어나간 레일을 멍하니 바라보고만 있었다.

"우리 외삼촌은 이렇게 힘들지는 않을 거야……"

"그러나 대신 지겨울걸. 혼자 기차 안에서 레일만 바라보고 있으니 편안할 리가 있겠어?"

기관사가 기관차 안에서 어떻게 지내는지를 누가 명확하게 알 수 있겠는가…… '철공이'는 기관차 안에 들어가 보고 싶은 생각이 간절했다. 그는 '쌕쌕이'에게 약속했다. 그를 데리고 가서 외삼촌 곁에 앉혀주겠다고……

"기차가 멈추지 않는데 어떻게 올라 타?"

'쌕쌕이'가 중요한 문제를 생각했다.

"그건 우리 외삼촌 탓이 아니지. 기차역이 없잖아."

'철공이'가 득의양양해 하면서 말했다.

"어떻게 하면 기차를 멈출 수 있어요?"

'쌕쌕이'가 아빠 뒤를 따라가면서 물었다.

"기차를 멈추려면 철도 순찰원이 향돈을 레일 위에 붙여놓고……"

'쌕쌕이'의 아빠는 또 철도 순찰에 대한 이야기를 시작했다.

4

어느 날 아침 수업 준비를 하고 있는데 '양태머리'가 나의 숙소로 찾아와 편지를 한 통 전해주었다.

나의 여자 친구에게서 온 편지였다! 나는 서둘러 편지봉투를 뜯었다.

여자 친구가 4월 10일 자기 단짝 친구와 함께 임업지역을 지나는 화물열차를 타고 농업대학 실험기지로 실습을 간다고 편지에 쓰여 있었다.

그러면서 그녀는 나에게 철도 옆에 가서 기다리고 있으면 기차가 지나가는 순간 "만날" 수 있다고 했다……

달력을 보니 오늘이 바로 그 4월 10일이 아닌가! 편지가 길에서 늑장을 부리며 열흘 만에야 도착한 것이다.

나는 자세히 볼 겨를도 없이 편지를 집어던지고는 문을 박차고 뛰쳐나가면서 '양태머리'에게 소리쳤다. "너희들 먼저 자습하고 있어. 선생님은 일이 좀 있어서!" 한달음에 산비탈을 내려가 수림으로 뛰어갔다.

이곳 단선철도 위를 달리는 화물열차는 하루에 한 두 대 뿐이었다. 열차가 들어갔다가 나오곤 하는데 빈 차이거나 화물을 가득 실었거나 두 가지 경우뿐이었다. 나는 숨을 고르며 자작나무에 기대서서 기차가 달려올 방향을 바라보았다. '썍썍이'의 아빠가 침목을 밟으며 걸어왔다. 걸음걸이가 마치 발레극 「백조의 호수」에 나오는 백조의 스텝과 흡사했다.

"선생님, 오늘은 수업이 없으세요?"

"아니요. 오전 기차를 기다리는 중이에요. 애들에게는 자습하라고 했고요."

"아직도 한 시간은 더 기다려야 지나갈 거예요. 기다리셔야겠네요."

그는 침목을 밟으며 백조처럼 성큼성큼 지나 멀어져갔다. 철도 레일은 수림 끝에서 굽어들기 때문에 그의 모습이 수림에 가려지자 발자국소리도 끊어졌다. 그가 사라지자 전교 12명의 학생이 줄을 지어 걸어왔다. 앞장 선 아이는 '썍썍이'였고 '양태머리'가 제일 마지막에 따라왔다. 손에는 내 여자 친구의 편지를 쥐고……

"아니 너희들 돌아가서 자습해야지 여긴 뭐하러 왔니? 어서들 돌아가거라."

내 앞에 선 '양태머리'는 두 볼이 빨갛게 상기되어 있었다.

“선생님, 이 편지를 애들에게 읽어주었어요……”

“저희도 같이 기다릴게요!”

‘쌕쌕이’가 신이 나서 말했다.

‘철공이’가 대오에서 고개를 내밀고 말했다.

“선생님, 기차를 향해 손을 흔들면 경적을 울릴 거예요. 우리 외삼촌은 성격이 좋거든요.”

나는 ‘양태머리’를 용서했고 아이들이 남아서 같이 있는 것을 허락했다. ‘양태머리’는 머리에 썼던 빨간 두건을 벗더니 ‘쌕쌕이’와 함께 기차가 올 방향으로 벌써 저 멀리 달려가고 있었다. 나는 그 아이들이 대체 뭘 하려는지 알 수가 없었다. 문득 ‘쌕쌕이’가 잽싸게 나무 위로 기어 올라가더니 빨간 두건을 나뭇가지 끝에 동여매는 것이었다. 빨간 두건이 있으면 언니가 저 멀리에서부터 볼 수 있을 것이라고 ‘양태머리’가 말했다. 순간 마음이 훈훈해졌다. “‘양태머리’야, 참 좋은 생각이구나……”

그런데 ‘쌕쌕이’가 말했다.

“기차를 멈춰 세울 수 있으면 제일 좋죠.

누나를 며칠 머물게 할 수 있으니까요.”

‘쌕쌕이’는 이렇게 말하면서 신비한 표정을 지으며 뛰어갔다.

아이들은 ‘철공이’에게 외삼촌께 부탁해 기차를 멈춰 세우라고 사정했다. ‘철공이’는 난감해하면서 기적을 울려주는 것 말고 외삼촌은 늘 그의 체면을 봐주지 않는다고 말했다.

‘쌕쌕이’의 아빠가 이제 막 한 바퀴 순찰을 돌았을 무렵 기차가 덜컹거리며 멀리서 달려오는 소리가 들렸다. 나는 가슴이 쿵쿵 뛰기 시작했다.

기차 머리가 막 수림으로 들어서자 기차 꽁무니 부분에서 빨간 스카프가 휘날리는 것이 보였다. '양태머리'가 신이 나서 소리쳤다.

"언니다! 편지에 썼어. 차문에 빨간 스카프를 걸어놓겠다고!……"

아니나 다를까 여자 친구가 차 꽁무니 쪽에서 머리를 내밀고 나를 향해 두 손을 마구 흔들어 보이고 있었다. 나는 순간 뭘 해야 할지 당황해서 어쩔 줄 몰랐다. 아이들은 마주 손을 흔들어대며 일제히 소리쳤다.

"누나 내리세요! 누나 내리세요!"

"꽥~꽥~"하며 기관차가 기적을 울렸다.

'철공이'가 "쌩"하고 뛰쳐나오더니

"기관사와 얘기해볼게요!"

라고 하면서 기차 머리를 향해 쫓아갔다.

"쾅"하는 굉음과 함께 나와 아이들의 흥분이 산산조각이 나버렸다. 기차 바퀴와 레일이 마찰하면서 불꽃이 튕겼고 귀청을 째는 듯 하는 마찰음이 들렸다. 익숙한 냄새가 공기 속에 가득 찼다. 맞아. 대장간에서 나는 냄새였다. 뜻밖에 기차가 멈춰 선 것이다. 순간 사고가 생겼다는 예감이 뇌리를 스쳤다. 아이들은 재빨리 놀라움과 두려움에서 깨어나 중구난방으로 떠들어댔다.

"'철공이'가 그런 거야. 걔 외삼촌은 정말 좋은 사람이야!"

기차 머리 쪽에 두 개의 작은 그림자가 나타나 차 바로 아래 그늘 속에서 걸어오고 있었다.

"선생님, 제가 그랬어요."

'쌕쌕이'의 목소리였다. 목소리는 떨리고 있었다. 옆에 서서 "헤헤" 하고 웃는 아이는 '철공이'였다.

기차가 멈춰 서자 철도 옆은 혼잡하고 어수선해졌다. '쌕쌕이' 아빠가 기차 머리를 향해 이쪽으로 나는 듯이 달려왔다……

기차가 완전히 멎자 여자 친구가 또 머리를 내밀고 멍하니 나를 바라보고 있었다. 모든 것이 너무 의외여서 말을 할 수가 없었다.

"한 남학생이 기차를 멈추게 했어. 널 좀 더 오래 머물게 하려고……"

여자 친구는 한참만에야 겨우 말했다.

"아이들이 너무 귀엽네……"

겨우 몇 분 뒤 기차는 다시 움직이기 시작했다. 그제야 여자 친구는 정신이 들어 나에게 손을 마구 흔들어 보였다. 잠깐 사이에 그 빨간 스카프는 수림 속으로 사라져버렸다. 아이들은 모두 아무 말도 없이 시무룩해서 서있었다…… 나는 안정을 회복한 레일을 보면서 한참 얼떨떨해 있었다.

5

기차를 멈춘 것은 사고였다. 용의자는 '쌕쌕이'였다. 그 아이는 오래 전에 훔쳐두었던 아빠의 향돈을 철도 레일 위에 장착했던 것이다. 그 향돈이 기차에 깔려 폭파되면서 신호를 방출했고 기차가 멈춰 섰던 것이었다. 그날 '쌕쌕이'는 아빠에게 볼이 얼얼할 정도로 뺨을 세게 한 대 맞았다. 그러나 '쌕쌕이'는 울지 않았다.

"선생님, 기차가 멈췄는데 누나는요?"

'쌕쌕이'는 누나를 찾지 못하자 그때야 노반 아래 쪼그리고 앉아 울기 시작했다. 아들에게 향돈을 도둑맞아 정차 사고까지 낸 '쌕쌕이' 아빠는 정직 2개월이라는 처분을 받았다. 그 2개월 동안 그는 늘 언덕바지에 앉아서 그의 동료들에게 손을 흔들었고 기차는 또 "꽥~꽥~" 기적을 울려주었다. 그가 나에게 말했다.

"저들은 내가 보고 싶어서 나보고 빨리 돌아오라고 부르는 거예요!"

그는 그렇게 길고 지루한 2개월을 견디고 있었다.

어느 날 내가 수업 준비를 하고 있는데 '양태머리'가 문을 열고 들어오더니

‘철공이’에게 “너의 외삼촌이 찾아오셨어.”라고 알려주었다.

모두들 책을 내려놓고 창밖으로 고개를 돌렸다. 그들은 기관사가 땅 위에서는 어떤 모습인지 보고 싶었던 것이다.

‘철공이’가 허리를 구부리고 나가기 바쁘게 ‘양태머리’가 자리에 앉더니 뒤돌아보며 모두들에게 알려주었다. 찾아온 외삼촌은 ‘양태머리’가 아는 사람인데 기관사가 아니라 이웃 마을에 사는 천(陳) 목수이며, ‘양태머리’ 집에 작은 상자를 만들어 준 적이 있는데 솜씨가 아주 훌륭하다는……

Part 5

종소리는 멈추지 않고

종소리는 멈추지 않고

1

내가 임업지역에 배치 받아 글을 가르치기 시작한 지 얼마 되지 않아 노 교장은 시내에 있는 병원에 입원했다. 시내로 떠나기 전에 노 교장은 이 곳에 대장간이 하나 있는데 그 대장간에 이상한 대장장이가 한 명 있다고 나에게 알려주었다. 노 교장이 병원 치료를 받으러 시내에 가는 바람에 학교에는 나 혼자 남게 되었다. 나는 사범대학에 다니는 여자 친구에게 쓴 편지에서 이제 막 학교에 와서 근무를 시작하자 교장대리가 되었다고 득의양양해서 알려주었다.

어느 날 교실에 앉아 학생들의 숙제를 검사하고 있는데 언덕 아래에서 또 "댕그랑, 댕그랑"하는 소리가 아주 절도 있게 들려왔다. 나는 하던 일을 멈추고 그 소리에 빠져들었다. 학생 '쌕쌕이'가 손을 들고 발언을 청해서 머리를 끄덕였더니 '쌕쌕이'가 말했다.

"선생님, 뭐 들을 거나 있나요. 저건 '철공이'의 아빠 대장장이 노 씨가 쇠를 두들기는 소리예요.

저의 할아버지는 저 소리를 들어야 잘 주무실 수 있거든요."

'철공이'는 우리 학교 4학년 학생이다. '쌕쌕이'도 4학년 학생이다. 그 외 십 명의 학생은 각각 1학년, 2학년, 3학년, 5학년 학생들이다.

점심 휴식 시간에 나는 호기심이 동해 '철공이'를 내 거처로 불렀다.

"'철공이', 아빠 이름이 무엇이니?"

'철공이'는 별명인데 학교에서는 그 이름으로 통하고 있다. 전교에는 '철공이'를 모르는 사람이 없다. 여기 아이들은 대다수가 별명이 있다. 학생들 사이에서도 모두 서로 별명을 부른다. 그 별명들은 다 재미있게 지었다. 나도 따라서 부르게 되었다.

'철공이'는 무심결에 대답했다.

"저의 아빠요? 저의 아빠는 대장장이 노 씨잖아요.

그것도 모르세요! 선생님도 참……"

"알아. 알아. 내 말은 원래 이름말이야."

이번에는 '철공이'도 어리둥절해져 머리를 긁적이더니 말했다.

"제가 가서 여쭤보고 알려드릴께요……"

그리고는 한달음에 산비탈을 달려 내려갔다. 얼마 지나지 않아 '철공이'가 뛰어와 말했다.

"아빠가 쇠를 두들기고 있어요. "댕그랑 댕그랑" 하고. 그래서 제가 묻는 말을 듣지 못하셨어요. 저도 도우러 가야겠어요……"

그리고는 말이 끝나기 바쁘게 머리를 움츠려 나가버렸다. 나는 밖으로 쫓아나가며 소리쳤다.

"오후에 학교 오는 걸 잊지 마라~~"

'철공이'는 대답하기 바쁘게 자취를 감춰 버렸다. 그리고 바로 산 아래서는 "댕그랑 댕그랑"하는 쇠 두들기는 소리가 들려왔다. "윙—윙—"하는 풀무질 소리도 울려왔다. 물론 이는 꼬마 '철공이'가 풀무질을 하고 있는 것이었다. 지금은 날이 시원한 때가 아니어서 나는 화로에서 불이 활활 타고 있는 대장간에 감히 들어갈 엄두가 나지 않아 멀리 떨어진 늙은 버드나무 아래 앉았다. "댕댕~ 댕댕~" 꼬마 '철공이'도 쇠 두들기는 일에 가세했음을 소리를 듣고 알 수 있었다 …… 그 소리를 처음 들을 때는 재미있더니 오래 들으니 지루하게 느껴져 나는 끄덕끄덕 졸기 시작했다. '쌕쌕이'가 자기 할아버지는 쇠 두들기는 소리를 들어야 잘 주무신다고 말한 것도 전혀 이상할 것이 없었다.

대장간의 대장장이는 성씨가 노 씨여서 사람들은 모두 그를 대장장이 노 씨라고 불렀다. 사람들은 아마도 그의 이름을 잊어버렸는지 그저 대장장이 노 씨라고들 불렀다.

대장장이 노 씨는 최근 몇 년간 장사가 잘 안 되었다. 사람들이 쓰는 망치며 도끼 등은 모두 산 너머에 가서 사온 것인데 품질도 괜찮았다. 가끔 말굽쇠를 박으러 오는 사람들이 있긴 하지만 말을 끌고 갔다가는 바로 돌아가곤 했다. 대장간 앞은 점점 더 썰렁해지기만 했다. 그런데도 대장장이 노 씨는 화롯불을 끈 적이 없고 풀무는 한 결 같이 바람을 일구었으며, 대장간 안에서는 이따금씩 "땅 땅 땅땅" 쇠 두들기는 소리가 한참씩 울려 나오곤 했다.

그 대장장이에 대해서 내가 아는 것은 이것뿐이다.

2

오후 수업시간에 '철공이'는 오지 않았다. 전교에 교실이 하나뿐이어서 전교 학생 12명이 한 교실에서 수업하기 때문에 누가 오고 누가 오지 않았는지는 한눈에 알 수 있었다.

"선생님, 제가 찾아가 볼게요."

'쌕쌕이'가 자리에서 일어서더니 나의 허락도 기다리지 않고 문을 박차고 나가더니 순식간에 눈앞에서 사라져버렸다.

내가 새로 배울 한자 다섯 글자를 칠판에 막 썼을 때, '쌕쌕이'가 문을 박차고 들어왔다. '철공이'가 바로 뒤따라 들어왔다. 그 아이는 땀투성이가 돼서 제 자리로 뛰어가면서 나에게 고개를 돌리고 말했다.

"선생님, 종소리를 듣지 못했어요. 선생님의 종소리가 우리 아빠 쇠 두들기는 소리보다 크지 않아서요……"

전교 학생들이 모두 한바탕 웃고 나서 나에게 의견을 제기하는 것이었다. 운동장 전기종 소리가 확실히 너무 작아 점심에 집에서 놀다보면 시간이 지나가는 것도 모르고 또 종소리도 들리지 않는다는 것이다. 내가 지우개로 칠판을 두드려서야 교실은 조용해졌다.

"전기종 문제는 나중에 다시 얘기하자."

나는 수업을 계속했다.

이튿날 아침 일찍 내가 교실에서 칠판을 닦고 있는데 문이 "쾅"하고 열렸다. 고개를 돌려 보니 두 아이가 서 있었다. '쌕쌕이'와 '철공이'였다. 두 아이는 앞뒤로 서서 거친 숨을 몰아쉬며 괴이하게 생긴 쇳덩이를 들고 있었다. 나는 멍해 있었다. 쇳덩이가 땅에 닿는 순간 쟁쟁한 소리가 났다. '쌕쌕이'는 숨을 할딱이고 서 있고, '철공이'가 말했다.

"저의 아빠가 어제 밤 새 우리 학교에서 쓸 종을 만들었어요. 아빠가 그러는데 이건 소리가 커서 산 너머에서도 들린대요."

나는 그 쇳덩이를 문 밖에 걸어놓고 '철공이'가 건네주는 당목으로 가볍게 한 번 쳐보았다.

"덩~ 덩~" 쟁쟁하고 귀맛 당기는 소리가 멀리까지 울려 퍼졌다.

꼬마 '철공이'는 또 아빠가 종의 각기 다른 부위에 우둘투둘한 단추를 남겨 두었다면서 그 단추들을 두드리면 가락까지 들린다고 알려주었다. 한 번 실험해봤더니 과연 음계가 있었다. 그때부터 학교의 전기종은 쓰지 않아 점점 녹이 슬었다. 대신 무쇠종이 온 산골 사람들에게 시간을 알리기 시작했다. 산에 들어갔던 사람들이 돌아와서는 산골짜기에서도 종소리가 들린다면서 아주 귀맛이 당긴다고 말해주곤 했다.

대장장이 노 씨는 여전히 문밖에 잘 나오지 않고 대장간에서 "댕그랑 댕그랑" 쇠를 두들기곤 했다. 어쩌면 골방 안에서 그 혼자만 자기가 만든 종이 울리는 소리를 듣지 못했을 것이다. 그의 귓가에는 온종일 "댕그랑 댕그랑"하고 쇠를 두들기는 소리만 들릴 테니까 말이다.

3

하룻밤 사이에 내린 큰 눈이 수림 전체를 하얗게 뒤덮었다.

나는 문을 힘껏 밀어 제치고 죽죽 미끄러지면서 걸어가 종을 쳤다. 나는 긴급하게 모이라는 가락으로 종을 쳤다. 아이들에게 빨리 눈 치러 오라는 의미였다. 그리고 나는 삽을 휘두르면서 산비탈 아래로 눈을 치며 나갔다. 아이들에게 길을 열어주기 위해서였다. 산자락까지 거의 닿았을 때 산비탈 아래서 열몇 마리의 작은 '두더지'가 작은 삽을 휘두르면서 여러 방향에서 이쪽으로 오고 있는 게 보였다.

그들 뒤로 가느다란 길이 눈판에 박혀 꼬불꼬불 뻗어 있었다.

나는 산비탈 위에서 삽을 휘두르며 아이들의 사기를 돋구어주었다. 아이들은 고개를 들어 나를 쳐다보더니 다시 고개를 숙여 더 속도를 내 눈을 치우며 다가왔다.

그런데 그 모든 작은 길이 나에게로 와 집결하였을 때 문제가 생겼다. 산비탈 꼭대기에 위치한 학교까지 기어 올라갈 수가 없었기 때문이었다. 작은 길이 너무 미끄러워서 우리는 몇 번이나 올라가다가는 미끄러져 내려오곤 했다.

'쌕쌕이'는 엄청 세게 넘어졌다. 아예 몸 전체가 눈 속에 푹 박혀버렸다.

이튿날 아침 아직 수업 전이었는데 '철공이'가 손을 번쩍 쳐들더니 발언을 청했다.

"우리 아빠에게 방법이 있대요. 아빠가 우리들 신발 밑에 징을 박아 주시겠대요. 그럼 미끄러질 걱정을 안 해도 될 거래요."

'철공이'의 말에 전교 학생들이 모두 신난 표정이었다. 말발굽에 징을 박는 것처럼 신발 밑에 징을 박으면 말들처럼 눈판에서도 마음껏 뛸 수 있을 것이기에 그것은 좋은 일이었다.

점심때에 나는 전교 학생들을 데리고 산비탈 꼭대기에서 미끄러져 내려갔다. '철공이'가 제일 신이 나서 가장 먼저 미끄러져 내려갔다.

우리는 단숨에 대장간 앞에까지 미끄러져 갔다. 나는 아이들에게 줄을 서서 대장간 안으로 들어가게 했다. '철공이'도 "줄을 서. 줄을 서라고. 끼어들지 말고. 모두에게 다 달아줄 테니까."라고 외쳐댔다.

전교 학생들이 작은 대장간을 꽉 메웠다. 나는 밖에 서 있는 수밖에 없었다. 안에서 아이들이 웃고 떠드는 소리가 들렸다. 그 중에 "댕그랑 댕그랑" 하는 소리는 징을 박는 소리일 것이다. 신발에 징을 다 박은 학생들이 깡충거리며 뛰어나왔다. 문이 열리자 더운 공기가 나의 얼굴에 확 스쳐왔다. 발아래서 "뽀드득 뽀드득"하는 소리가 났다. 아이들은 휘청거리지 않고 또박또박 한사람씩 산비탈을 올라갔다. 제일 마지막에 '쌕쌕이'가 나오더니 발을 높이 들어 보였다. 신발 바닥에서는 은빛이 반짝 빛났다. 그 순간 '쌕쌕이'가 휙 나자빠졌다. 나는 '쌕쌕이'를 일으켜 몸에 묻은 눈을 털어주면서 말했다.

"이런, 망쳐버렸네!"

오기가 생겨 다시 시도하려는 '쌕쌕이'를 내가 말렸다. 제일 마지막에 튀어나온 것은 '철공이'였다. 그 아이 발아래서도 "뽀드득 뽀드득"하는 소리가 났다.

"선생님, 징을 다 쓰고 없어요. 아빠가 오후에 몇 개 더 만들어놓겠다고 하셨어요. 선생님 것은 오후에나 다셔야 할 것 같아요"

'철공이'가 조금은 난감한 표정을 지었다. 덕분에 나는 '쌕쌕이'와 '철공이'에게 양쪽 팔을 맡긴 채 산비탈을 올라가야 했다.

교실에 막 들어서려 할 때 '철공이'가 나에게 소곤거렸다. 자기 아빠가 올해에는 말굽쇠를 너무 많이 만들어 남았기에 방금 전에 아이들 신발 바닥에 박은 징은 말굽쇠를 고쳐 만든 것이라고 했다. 그러면서 '철공이'는 그 비밀을 지켜달라고 부탁했다. 나는 "그러마" 하고 대답했다.

그날 밤, 내가 난로 옆에서 옥수수를 구워 먹고 있는데 문밖에서 "뽀드득 뽀드득" 눈 밟는 소리가 들렸다. '철공이'가 손에 징을 두 개 들고 왔다. 나는 망치를 찾아 그 징을 신발 밑창에 박았다.

신어보니 발밑이 한결 든든해진 것 같았다.

며칠 뒤 '철공이'가 쇠못을 한 봉지 가져왔다. 쇠못은 상점에서 파는 것처럼 크기가 고르지는 않았지만 끝이 아주 뾰족했다. 그 못으로 교실 창문을 단단히 고정시키니 북풍이 아무리 세차게 불어도 창문에서 삐걱거리는 소리가 나지 않았다.

한 번은 수업시간에 강의를 하고 있는데 '쌕쌕이'가 "키드득"하고 웃는 것이었다. 그러더니 "선생님, 창문이 '삐걱 삐걱' 소리치지 않고 선생님 혼자만 소리를 지르시니 시끄럽지가 않네요."

'쌕쌕이'의 말에 나는 웃고 말았다. 내가 웃자 전교 학생들도 다 따라 웃었다. '철공이'만 웃지 않았다. 그 아이는 얼굴이 벌개져서

"아빠가 못을 너무 많이 만들어서 사가는 사람이 없어요. 그러나 아빠가 그랬어요. 그 못들이 쓸데만 있다면 아빠가 헛수고를 한 것이 아니라고요……"

또 며칠이 지나 '철공이'가 스케이트처럼 생긴 물건을 가져다 나에게 보여주었다. '철공이'가 나에게 그것이 뭔지 맞춰보라고 했다. 그래서 스케이트 같다고 대답했더니 '철공이'는 스케이트가 맞는다면서 아빠가 텔레비전에 나오는 스케이트를 본떠 만든 것이라고 알려주었다. 자세히 보니 그 스케이트는 일반적인 스케이트와 달리 날이 두 개였다. 원래 대장장이 노 씨는 날이 하나인 스케이트는 발목이 접질리기 쉽다고 여겨 날을 두 개로 고쳐 만들었다는 것이 '철공이' 나름대로의 해석이었다. 대장장이 노 씨는 내가 동의한다면 스케이트를 아이들에게 한 사람 당 하나씩 공짜로 만들어줄 생각이라고 하였단다. 나는 연신 머리를 끄덕이면서 감사의 뜻을 전하라고 말했다.

'철공이'는 "우리 대장간에는 주문이 별로 많지 않아요. 아빠는 화로의 불이 꺼지는 게 싫어서 공짜로라도 일을 찾아 하려는 거예요."

라고 말했다. 그렇게 되어 전교 학생들은 한 사람 당 스케이트 한 켤레씩 차

례가 가게 되었다. 나는 아이들을 데리고 연못 위에 덮인 눈을 치우고 체육수업을 스케이트 타는 것으로 바꿨다.

대장장이 노 씨는 또 우리에게 문고리도 공짜로 만들어주고 난로용 부삽도 공짜로 바꿔주었다. 어느 날 '철공이'가 자리에서 일어서더니 떠듬거리며 말했다. '철공이' 아빠가 나에게 쇠로 된 교편(教鞭, 선생이 수업을 하면서 사용하는 가느다란 막대기 - 역자 주)을 만들어주겠다는 것이었다. 버드나무 가지로 된 낡고 닳은 교편을 바꿔주겠다는 것이었다. 내가 미처 뭐라고 말하기도 전에 전 학생들이 왁자지껄 떠들며 반대해 나섰다. 알고 보니 노 교장이 있을 때 교편은 칠판을 가리키는 용도 외에 또 다른 중요한 용도로 쓰였던 것이었다. 즉 아이들 손바닥을 때리는 데 쓰이기도 했던 것이다. 말썽을 부리거나 규율을 어기거나 할 때면 노 교장의 버드나무 교편이 역할을 발휘하곤 했다. 그런데 지금 대장장이 노 씨가 그 버드나무 교편을 쇠로 바꿔주겠다니 학생들은 당연히 동의할 리가 없었다. 그래서 대장장이 노 씨는 교편 만드는 일은 할 수 없게 되었다. 그런데 그 이튿날 '철공이'가 철통을 하나 가져와 노 교장이 쓰던 통은 7년이나 넘게 썼으니 이제 새 걸로 바꿀 때가 되었다고 말했다. 나는 고맙다는 말을 한바탕 한 뒤 여자 친구가 부쳐 보낸 담배를 '철공이'에게 주면서 아빠에게 전해드리라고 했다.

그러자 미안해서인지 '철공이'가 안 받겠다고 도망치려고 했다. 나는 그러는 '철공이'를 잡아 억지로 담배를 안겨주었다.

그런데 그 이튿날 '철공이'가 담배를 도로 가지고 왔다. 그 중 한 갑은 뜯어져 있었다. '철공이'는 아빠가 피워 봤는데 담배의 매운 맛이 부족하다고 싫다더라고 알려주었다.

4

노 교장은 4개월간 시내에서 지내다가 끝내 세상을 떠났다. 처음에는 병원에 입원해 있다가 후에는 돈을 아끼기 위해 조카네 집에서 지냈는데, 폐암이었기에 손을 쓸 수 없는 상황이었던 것이다.

소식이 학교에 전해지자 아이들이 모두 울었다. '쌕쌕이'는 노 교장에게 손바닥을 많이 맞았지만 때릴 때마다 세게 때리지 않았다고 말했다. 내가 노 교장과 같이 지낸 시간은 고작 이틀이었다. 업무 교대 때문에 같이 지낸 것뿐이어서 별로 그에 대한 감정은 없었다. 그런데도 그가 일생을 임업지역에서 학생들을 가르치느라고 고생을 많이 했을 것을 생각하니 나도 마음이 괴로웠다.

노 교장은 임종을 앞두고 아이들이 마음에 걸린다면서 임업지역에 묻히고 싶다고 말했다고 했다. 그는 산비탈 아래에 있는 자작나무숲이 마음에 든다고도 했다고 했다. 노 교장의 조카가 노 교장을 모시고 오겠다는 기별이 오자 학부모들은 묏자리를 정하러 자작나무숲으로 달려갔다. 나는 뭘 할까 생각하다가 시내로 가서 노 교장의 유골을 모시고 오기로 결정했다. 처음에 학생들은 내가 가는 것에 동의하지 않았다. 그 아이들이 걱정하는 바를 꼬마 '철공이'가 알려줬다. 아이들은 내가 그렇게 가면 자기들을 버릴까봐 걱정해서 그런다는 것이었다. 시내에 나의 여자 친구가 있다는 것을 아이들이 다 알고 있었기 때문이었다. 학부모들까지도 걱정하는 눈빛으로 나를 바라보았다. 나는 모두들 걱정하지 말라고 안심시키면서 노 교장 유골을 시내에 그냥 둘 수는 없지 않느냐고 말했다. 그제야 사람들은 마음을 놓는 것 같았다.

떠나기 전에 꼬마 '철공이'가 나에게 가느다란 철침을 한 대 쥐어주면서 말했다.

“아빠가 선생님을 위해 만든 지남침이에요. 임업지역이 워낙 크거든요. 이 지남침이 선생님에게 길을 찾아 드릴 거예요.”

나는 그 지남침을 잘 챙기면서 아이들에게 말했다.

“대장장이 노 씨가 만든 지남침이 있으니 꼭 되돌아올 수 있을 거다!”

나는 돌아올 날을 약속한 뒤 임업지역의 지프차에 앉아 긴 차바퀴자국을 남기며 온통 흰 눈에 뒤덮인 임업지역을 떠났다.

시내에 도착한 나는 노 교장의 조카를 찾아가 노 교장 유골이 들어 있는 함을 보았다. 노 교장의 조카는 나를 보더니 눈물을 쏟았다. 노 교장은 젊었을 때부터 임업지역에 가서 글을 가르쳤는데 여자 친구가 그와 헤어진 뒤 그는 줄곧 혼자 지냈다고 그의 조카가 말했다…… 그 말을 듣고 나는 나의 지금 여자 친구를 생각했다. 노 교장의 조카와 다시 만날 시간을 정한 뒤 나는 여자 친구가 일하는 학교로 갔다. 여자 친구는 나를 보더니 뜻밖이라는 표정이었다. 나는 오게 된 사유를 설명하면서 노 교장의 상황을 이야기했다. 내 말을 듣고 여자 친구는 고개를 숙이고 울었다. 나는 노 교장의 유골이 나를 기다리고 있고, 전 학생들도 내가 돌아가기를 기다리고 있다고 그녀에게 말했다. 여자 친구는 나를 잡지 않았다. 그녀는 우편으로 나에게 부치려고 준비해두었던 담배 몇 보루를 꺼내 가져가라고 주었다. 나는 또 대장장이 노 씨에게 주려고 독한 담배도 특별히 사서 챙겼다. 여자 친구가 나와 헤어질 생각이 없다는 사실이 나에게는 큰 위안이 되었다.

노 교장의 조카가 자동차를 운전해 나를 임업지역까지 태워다 주기로 했다. 차 안에서 그 조카는 내내 자기 백부에 대한 얘기만 했다.

노 교장에게서 나는 나의 미래를 내다보는 것 같았다. 마음에는 더 확고한 결심이 선 것 같았다.

자동차가 임업지역과 가까워질수록 길은 점점 더 험해졌다. 중도에 차가 두 번이나 고장이 났다. 점심 무렵에 임업지역에 들어선 우리는 마오쟈뎬(毛家店)이라는 작은 읍내에서 점심을 먹었다. 여기서부터 학교까지는 약 20리 밖에 남지 않았다. 우리가 따스한 차를 마시고 있을 때 하늘에서 함박눈이 내리기 시작했다. 우리 둘은 작은 식당에서 계속 차를 마시면서 눈이 멎기를 기다렸다. 오후에 겨우 눈은 멎었지만 펑펑 쏟아진 큰 눈에 임업지역으로 통하는 길이 끊겨버렸다. 노 교장의 조카가 차를 운전해 앞으로 한 구간 달려보았으나 결국 되돌아오고 말았다. 그래서 나는 혼자 걸어가면 저녁 무렵이면 도착할 수 있으니 그에게 데려다주지 않아도 된다면서 돌아갈 것을 권고했다. 그는 온통 새하얗게 변해버린 수림을 바라보더니 긴 한숨을 내쉬었다. 그리고 자동차를 그 여인숙에 맡겨두고 백부를 꼭 직접 임업지역까지 모시고 가겠다는 것이었다. 내가 아무리 말려도 막무가내였다.

그래서 우리는 걸어서 출발했다. 우리는 두 눈만 빼고 머리부터 발끝까지 단단히 싸맸다. 얼마 가지 않았는데 눈썹에도 서리가 하얗게 꼈다.

처음에는 그래도 길 자국을 분간할 수 있어 우리는 그 자국을 따라 걸었다. 가다보니 또 눈이 흩날리기 시작했다. 나는 눈을 헤치며 걸으면서 수림 속의 설경에 푹 빠져버렸다. 이번 여행이 참으로 재미가 있다는 생각이 들었다. 걷다 보니 구불구불하던 길 자국을 분간할 수가 없었다. 뒤돌아보니 우리 발자국도 무분별하게 찍혀 있었다. 그리고 더 먼 곳의 발자국은 이미 큰 눈에 뒤덮여 보이지가 않았다. 더군다나 우리 앞에서 어른거리던 산의 윤곽도 보이지가 않았다. 산의 윤곽이 보이지 않게 되었다면 두 가지 가능성이 있었다. 큰 눈에 가려져 보이지 않거나 아니면 우리가 잘못된 방향으로 가고 있거나 하는 것이었다. 어쨌든 우리는 산의 윤곽을 잃어버렸다. 나는 다급히 동행을 불러 세웠다. 그리고 우리 둘은 동시에 길을 잃었구나 하고 판단했다.

이때 눈은 더 커졌고 전혀 멎을 기미가 보이지 않았다. 노 교장의 조카가 대뜸 불안해하며 읍내로 되돌아가 하룻밤 묵고 내일 다시 가자고 했다. 나는 어떻게 할까 잠시 망설였다. 그때 대장장이 노 씨가 만들어준 지남침이 생각났다. 나는 되돌아갈 것 없다며 지남침을 가지고 있다고 말했다. 그리고 주머니를 뒤져 지남침을 꺼냈다. 바람막이가 될 만한 곳을 찾아 또 솜옷을 벗어 바람을 막았다. 나는 가는 실을 쥐고 그 철침을 드리웠다. 잠시 후 그 침이 한 방향을 향해 점차 멈춰 섰다. 우리는 지남침이 가리키는 방향을 따라 계속해서 걸어갔다. 그렇게 또 수림 두 곳을 지났다. 흩날리는 눈의 장막을 뚫고 나가자 산의 윤곽이 어렴풋이 보이기 시작했다. 나는 흥분을 금치 못하며 손에 든 막대기를 마구 휘두르며 소리를 질렀다. 나의 동행도 소리를 질렀다. 나는 한결 마음이 놓였다. 그래서 걸으면서 대장장이 노 씨에 대해 이야기했다. 많은 이야기 끝에 나는 내가 지금껏 그를 직접 만나지 못했다고 말했다.

내가 다시 방향을 확인하려 할 때 산의 윤곽이 또 사라졌다. 지남침을 찾았으나 보이지 않았다. 옷 주머니를 다 훑어도 지남침을 찾을 수가 없었다. 아마도 아까 막대기를 휘두를 때 떨어뜨린 모양이었다. 뒤돌아보니 발자국들이 큰 눈에 파묻혀 보이지를 않았다. 어디 가서 눈밭에 떨어진 철침을 찾는단 말인가! 바다에서 바늘 찾기와 별반 다를 게 없었다.

우리 둘은 또 다시 곤경에 빠졌다. 주변은 온통 똑같이 생긴 수림과 똑같이 생긴 눈밭뿐이었다. 우리는 수림 속 미궁에 빠졌던 것이다. 더 이상은 맹목적으로 걸을 수가 없었다. 우리는 멈춰 서서 체력을 회복하기 위해 등을 맞대고 섰다. 노 교장의 조카는 유골함을 품에 꼭 껴안았고 나도 계속 걸어가기로 마음을 다졌다. 내가 담배를 꺼내 한 사람이 한 대씩 꼬나물었다. 그리고 솜옷으로 바람을 막고 겨우 담배에 불을 붙였다. 한 모금 빨아보니 대장장이 노 씨에게 주려고 산 담배였다. 엄청나게 매웠다. 맵긴 해도 덕분에 몸이 후끈해졌다. 동행에게 몸이 좀 녹았느냐고 물었다. 동행이 머리를 끄덕이며 담배가 참 독하다고 했다.

눈판에 앉아서 담배를 피우면서 나는 수림 속의 나무 가지가 뻗은 자람새를 보고 방향을 가려보려고 했다. 그런데 겨울철 나무들은 가지만 앙상하게 남아 아무리 살펴봐도 자람새를 가려낼 수가 없었다. 큰 눈이 온 천지를 가득 메워 방향을 가려낼 방법이 없었던 것이다.

저녁 어스름이 내리기 시작했다. 날은 이미 어두워졌지만 하얀 눈 빛 때문에 어둠을 느끼지 못할 뿐이었다.

5

임업지역의 눈은 내리기 시작하면 멎을 줄 모른다. 눈이 계속 내리고 있어 방향을 분간할 수가 없었다. 나는 바람막이가 있는 곳을 찾아 숙영을 하기로 했다. 학교를 떠나올 때 약속한 대로라면 나는 날이 어두워지기 전에 학교로 돌아가야 했다. 지금 아이들과 학부모들이 나를 기다리며 많이 초조해하고 있을 것이었다. 그 아이들은 내가 자기들을 버렸다고 생각할 지도 몰랐다. 그렇다면 하룻밤이라도 아이들이 괴로워 할 것이 틀림없었다. 하지만 대신 내일 그 아이들에게 뜻밖의 기쁨을 줄 수도 있을 테니까 하고 생각하면서 나 스스로를 감쌌다. 나와 동행은 움푹한 곳을 찾아 행낭을 내려놓았다. 그리고 눈을 파기 시작했다. 서서히 눈구덩이가 만들어졌다. 눈구덩이는 깊이가 1미터는 족히 되어보였다. 이어 우리는 또 눈구덩이의 벽을 파기 시작했다. 잠시 후 눈 굴이 만들어졌다. 나는 또 제일 가까운 수림 속으로 들어가 마른 나뭇가지들을 한 단 꺾어왔다. 눈구덩이 앞에 모닥불이 타오르기 시작했다. 동행은 자기 백부가 들어있는 함을 재빨리 모닥불 가까이로 옮겨놓았다. 노 교장도 많이 추웠을 것이라고 생각했기 때문이었다. 그런 생각을 하며 노 교장의 유골함을 보자 끝까지 버티면 걸어 나갈 수 있을 것이라고 노 교장이 우리를 격려하고 있는 것 같은 느낌이 들었다. 나는 마음속으로 기운을 내자고 스스로를 응원했다.

빵이 구워지면서 눈구덩이 가득 구수한 냄새가 퍼졌다. 얼어서 굳어져버린 것 같았던 우리 얼굴에 다시 화기가 돌았다. 웃었더니 얼굴 근육과 신경이 살아나고 얼었던 귀가 녹으니 청각도 회복되었다. 청각이 회복되고 맨 처음 들린 소리가 늑대의 울부짖음 소리였다. 그 소리가 우리 둘을 불안에 떨게 했다. 동행이 나에게 모닥불을 지키라고 이르고 홀로 막대기를 들고 눈구덩이 밖으로 기어나갔다. 그는 좀 더 굵은 나무토막들을 더 주어왔다. 그랬다. 모닥불이 꺼지면 안 되었던 것이다. 불은 우리의 희망이었다. 하늘거리는 모닥불을 바라보노라니 나는 마치 대장장이 노 씨의 마음을 알 것만 같았다.

그가 화롯불을 계속 타오르게 하는 것은 무언가가 사라지지 않게 하려는 것일 거라고 생각되었다.

모닥불이 꺼지지 않도록 준비를 해두고 나와 동행은 눈 굴속으로 비비고 들어가 모닥불을 마주하고 번갈아서 눈을 붙이기 시작했다.

내가 모닥불을 지킬 차례가 되자 동행은 바로 잠이 들었다. 갑자기 바람도 멎고 눈도 소리 없이 내리고 있었다. 이 망망한 눈 오는 밤에 마른 나무가 탁탁 튀며 타는 소리 이외에는 아무 소리도 들리지 않았다. 늑대마저도 졸고 있는지 울부짖지 않았다.

문득 귓가에서 종소리가 울리는 것 같았다. "도레솔 도레솔……" 나와 아이들의 수업시작을 알리는 종소리가 분명했다. 설마 의식이 희미해져 환청이 생긴 것은 아닌가 하는 의심까지 들었다. 나는 혼돈해진 의식을 깨우려고 머리를 세차게 흔들었다. 그러나 그 종소리는 여전히 귓가에서 울리고 있었다. 잠기가 사라진 나는 눈 굴에서 기어 나왔다. 눈구덩이 안에 서서 눈을 감고 귀를 기울였다.

그러자 종소리가 실제로 들려왔다. 착각이 아니었다. 틀림없었다. 잘 아는 선율이 들렸다. 수업 시작을 알리는 종소리가 틀림없었다. 대장장이 노 씨의 솜씨여서 임업지역에 또 다른 그런 종소리가 있을 리가 만무했다.

나는 가슴이 뛰기 시작했다. 종소리에 잠이 싹 사라져버렸다.

그런데 아이들이 이 시간에 왜 수업 시작을 알리는 종을 울릴까? 혹 아이들이 어서 돌아오라고 나를 재촉하고 있는 것은 아닐까? 이런 생각을 하며 다시 자세히 들어보니 종소리는 저쪽 수림의 방향에서 들려오고 있었다. 혹시 나에게 길을 가리켜주고 있는 것은 아닐까? 그래, 맞아. 나에게 길을 가리켜주고 있는 것이 틀림없어! 나는 껑충껑충 뛰어 눈 굴 입구까지 가 동행을 깨웠다.

"아이들이 종을 치고 있어요!"

동행에게 알려주었다. 동행은 눈을 비비면서 무슨 말인지 알아듣지 못하겠다는 표정이었다. 그러나 그도 은은히 들려오는 종소리를 들었다고 했다.

"저쪽에서 들려오는 게 확실한가요?"

나는 저쪽의 어두컴컴한 수림을 가리켰다. 동행이 손바닥을 펴서 귓가에 가져다 대고 자세히 들어보더니 머리를 끄덕였다.

"그럼 맞아요!

아이들이 종소리로 우리들에게 방향을 가리켜주고 있는 거예요!"

나는 그렇게 말하면서 행낭을 둘러멨다. 동행도 잠이 싹 달아나 백부의 유골함을 둘러멨다. 아이들이 참 잘했다고 노 교장도 생각하고 있을 것이다. "뭘 기다려! 어서 출발하지 않고!" 하며 우리를 재촉하는 것 같았다.

모닥불을 끄고 우리는 눈구덩이에서 기어 나왔다. 우리 둘은 앞에 있는 수림을 잽싸게 가로질러나갔다. 그 수림을 지나니 종소리가 들려오는 방향이 더욱 분명해졌다. 우리 둘은 그 방향을 향해 힘차게 걸어 나갔다.

한참 동안 종소리가 멎었다. 아마도 아이들이 포기한 모양이었다. 나에 대한 희망을 버린 모양이었다. 나는 당장이라도 그 아이들 곁으로 날아가고 싶었다. 가서 아이들에게 포기하지 말라고 알려주고 싶었다.

종소리가 멎자 방향감이 다시 모호해졌다. 나는 낙담하여 먼 곳만 바라보았다. 그때 종소리가 다시 울리기 시작했다. 그렇게 몇 번 반복하자 나는 알 것 같았다. 아이들이 잠간 쉬었던 모양이었다. 그렇게 잠간 쉬고는 다시 울리곤 하면서 방향을 잃지 않도록 나를 돕고 있는 것이었다.

나는 그 종이 완전히 마음에 들었다. 사실 그 종은 거칠게 만들어진 편이었다. 정교한 것과는 거리가 멀었고 선율만 그나마 정확한 편이었다.

6

가는 내내 종소리를 들으면서 걸었다. 종소리가 멎으면 우리도 멈추고 종소리가 울리면 다시 걷기 시작했다. 우리는 저쪽의 아이들과 호흡이 척척 맞았다. 산의 모습이 다시 나타났다. 이번에 우리는 산의 방향을 따라 걸었다. 약 한 시간 뒤에 우리는 두터운 눈 아래 바퀴자국 위를 밟은 것 같았다. 이제 됐다! 발밑에 이 길이 목적지까지 이어져 있다고 동행에게 알려주었다. 학교건물의 검은 그림자가 산비탈 위에 모습을 드러냈을 때 큰 눈은 멎어 있었다. 큰 눈이 멎은 지 얼마나 됐는지 나는 알 수가 없었다.

나는 한달음에 산비탈을 뛰어올라가 운동장에 멈춰 섰다.

'철공이'가 하품을 하며 교실에서 막 걸어 나와 문어귀에 종이 있는 방향으로 엉기적엉기적 걸어가고 있었다. 그 아이는 큰 솜모자를 쓰고 쇠망치를 들고 있었다. '철공이'는 종 옆에 서자 몸을 바로세우는 것이었다.

덩(도) …… 덩(레) …… 덩(솔) ……

'철공이'는 아주 침착하고 정확하게 종을 치고 있었다. 나는 '철공이'가 종을 다 치기를 기다렸다가 천천히 운동장을 가로질러 다가갔다.

"철공아…"

"선생님…… 선……선생님이 돌아오셨어! 선생님이 정말 돌아오셨어!"

'철공이'는 멈칫하더니 이내 쇠망치를 집어던지고 교실 쪽을 향해 소리 질렀다.

'철공이'가 막 소리를 지르기 시작했을 때, 교실 문이 "끼익"하는 소리와 함께 벌컥 열렸다. '쌕쌕이'가 제일 먼저 튀어나왔다.

그 뒤로 전교 학생들이 따라 나왔다.

"선생님, 저 방금 잠들었어요!"

'쌕쌕이'가 화가 난 얼굴로 '철공이'를 노려보더니

"내 차례잖아. 넌 왜 날 깨우지 않았어!"

'철공이'는 웃기만 하더니 고개를 돌려 나를 보면서 말했다.

"선생님, 제가 새치기를 했어요……"

아이들은 당직순번표의 순서에 따라 번갈아 종을 쳤던 것이다.

전교 12명 아이가 다 와 있었다. 그 외 한 명의 검은 그림자는 어른이었다. 그는 말없이 아이들 뒤에 서 있었다. 그는 왜소해 보이는 체구였다. 흰 눈의 빛을 빌려 희색이 만면한 그 얼굴을 볼 수 있었다.

그는 나를 보고 씩 웃더니 노 교장 조카의 손에서 그 함을 받아 안고 혼잣말처럼 중얼거렸다.

"노 교장은 우리 대장간에서 먼저 지내세요…… 화로에 숯을 넣으러 가야겠어요."

나는 무슨 말을 했으면 좋을지 몰라 서둘러 가방에서 그 독한 담배를 꺼내려고 허둥댔다.

그런데 꽁꽁 언 두 손이 말을 듣지 않아 담배를 미처 꺼내기도 전에 그는 벌써 걷다가 미끄러지다가 하면서 산을 내려가고 있었다. 그리고 잠간사이에 높은 눈 언덕 뒤로 모습을 감춰버렸다.

눈 언덕 위에서는 하늘 가득 별빛이 반짝이고 있었다. 반짝이는 은하수가 고요히 흐르고 있었다. 산비탈 아래 대장간에서는 반짝반짝 불빛이 새어나와 머리 위 은하수에 흘러들고 있었다.

Part
6

우리 집 달빛 영화관

우리 집 달빛 영화관

우리 집 노천 영화관에서는 영화를 고작 엿새밖에 방영하지 못했다. 그러나 영화관은 없어졌지만, 달빛은 여전히 우리 집 정원을 비추고 있다.

첫째 날

그날 방과 후 골목 어귀에 서 있는 홰나무에서 들려오던 매미 울음소리가 들리지 않는 것을 발견했다. 나무 아래서 구두를 닦고 있는 서 씨 할아버지에게 물어보니 입추가 되니 그 녀석들도 조용해진 것이라고 알려주었다. 온 여름 내내 극성스레 울어대던 매미들이 갑자기 울지 않으니 무슨 일이 일어날 것만 같은 기분이 들었다.

저녁에 조 씨 아저씨가 긴 담배를 물고 와 아빠에게 알려주었다. 그들의 작업장인 조선소가 점검 수리에 들어가게 돼서 두 달 동안 출근하지 않아도 된다는 것과 월급은 50%만 탈 수 있다는 것이었다.

아빠는 조 씨 아저씨의 담배를 절반 끊어 불을 붙여 길게 한 모금 빨았다.

"허, 잘됐네 그려! 자유롭고 좋지 뭐……"

나는 한창 작문을 쓰는 중이었다. 제목은 「황금빛 가을」이라고 달았다. 종이를 여섯

장이나 찢은 뒤 겨우 서두를 썼다. "가을이 되자 농민 아저씨들은 즐거운 마음으로 열매를 수확하고 있고, 노동자 아저씨들은 신바람 나서 연장 근무를 하고 있습니다……" 아빠의 작업장이 휴업을 하게 되었으니 어디 가서 연장 근무를 한단 말인가. 서두를 또 다시 써야 했다.

나는 연필을 집어 던지고 끼어들었다.

"아빠, 정리해고 당한 거예요? 아빠 표정을 보니 정리해고 당한 거 맞구나, 그치?"

아빠가 정신을 가다듬더니 눈을 반짝이며 말했다.

"네가 잘못 들은 거야. 단기간 점검 수리한다잖아. 겨울에 접어들면 바로 출근하게 될 거야."

"아. 그런 거였구나. 그런데 왜 풀이 죽어 있어요?"

나는 고개를 갸우뚱하고 아빠를 쳐다봤다.

아빠는 바로 허리를 쭉 펴더니

"풀이 죽기는? 누가? 봐라 봐! 멀쩡하잖아!"

그래야지. 이제야 대장부답네, 우리 아빠.

저녁식사를 하면서 엄마도 아빠의 "비참한 처지"에 대해 알게 되었다. 엄마는 아빠에게 그럼 당분간 쉬다가 나중에 기회가 생기면 다른 일을 찾아보면 된다고 위로했다. 나는 온 집 식구들 앞에서 앞으로 매끼마다 배를 절반씩만 불리고 굶어죽는 한이 있더라도 더 이상 간식은 사지 않겠다고 약속했다. 아빠가 "허허" 하고 웃더니 말했다.

"네가 그렇게 비참한 처지가 된다면 아빤 아무 쓸모도 없잖아?"

엄마도 따라 웃더니 귀찮게 굴지 말고 어서 작문이나 하라고 말했다.

나는 이제부터 엄마가 의류공장에서 버는 수입으로 살아야 한다는 것을 잘 알고 있었다.

나랑 아빠 두 남자가 한 여자에게 의지해 살아야 한다니 너무나 비참했다!

내 방으로 뛰어 들어간 나는 제일 먼저 리샤오찬(李小蟬)에게 전화를 걸었다. 리샤오찬에게 앞으로 간식을 살 때 내 몫은 빼라고 했다. 나대신 사주는 게 아니라면 말이다. 그리고 우리 아빠가 다니는 조선소가 휴업한다고도 알려주었다. 그러자 리샤오찬도 정리해고 당한 것으로 이해하고 나를 동정하면서 앞으로는 자기가 사줄 것이라면서 자기 주머니에 돈이 있는 한 내가 굶어죽는 일은 없을 거라고 말했다. 나는 너무 감동하여 코피까지 쏟으며 단숨에 작문을 다 써버렸다.

리샤오찬은 정말 좋은 친구였다. 요 몇 년간 우리 둘은 계속 한 반이었고, 나는 리샤오찬에게 간식을 이것저것 많이 사주었다. 얼추 계산해 봐도 새우깡만 백 봉지는 사주었을 것이다!

아빠는 영화채널을 즐겨 봤다. 평소에는 아빠가 작은 거실 소파에 앉아서 보고 나는 문틈으로 흘끔흘끔 훔쳐볼 뿐이었다. 예전에 아빠가 영화 영사팀에서 일한 적이 있어서 영화에 남다른 감정을 갖고 있었다. 아빠는 자신이 장이머우(張藝謀. 중국의 유명한 영화감독 – 역자주) 쉬징레이(徐靜蕾)와 같은 업계 사람이라면서 모두 영화 종사자라고 곧잘 말하곤 했다. 그 말도 틀린 말은 아니었다.

오늘 저녁에는 텔레비전에서 총격전을 하는 영화가 방영되고 있었다. 내가 이제 막 문틈으로 훔쳐보기 시작한지 2초도 채 안 되어 아빠가 텔레비전을 "딱"하고 꺼버리더니 창고로 들어갔다. 잠시 후 창고에서 "덜그럭 덜그럭" 물건 뒤지는 소리가 들렸다. 그리고 한참 뒤 온 몸이 먼지투성이가 되어 나온 아빠의 품에는 볼품없이 낡은 큰 트렁크가 안겨 있었다. 우리 집에 그런 재산이 있는 줄은 미처 몰랐었다. 그게 뭐냐고 묻는 나의 물음에 아빠는 아무 대답도 없이 아주 신비로운 표정을 지으며 박스를 조심스레 내려놓았다.

아빠가 길게 숨을 내뱉더니 말했다.

"요즘도 정원에 앉아 영화를 보고 싶어 할 사람이 있을까?"

나는 생각도 하지 않고 대답했다.

"있고말고요. 너무 재미있을 것 같은데요. 집안에 갇혀서 숙제 하는 것보다 훨씬 좋을 것 같아요. 어른들과 선생님만 동의한다면 우리 반 학생들은 100% 찬성할 거예요."

아빠는 또 엄마에게 물었다. 엄마는 아빠가 진지한 것을 보고 조금 생각하더니 말했다.

"옛날 영화관이 지금은 죄다 대중 무도청(舞蹈廳)이 되어버려서 정원에 앉아 노천영화를 볼 수 있다면 나쁘지 않을 것 같네요."

아빠가 흡족한 표정을 지으며 트렁크를 앞으로 돌려놓았다. 그리고 옷소매로 그 위에 덮인 먼지를 쓱쓱 문지르더니 열림 버튼을 눌렀다. 트렁크 뚜껑이 멈칫하더니 마침내 "턱"하고 열렸다.

트렁크 안에는 낡은 기기가 한 대 들어있었다.

엄마가 물었다.

"이건 어쩌려고 찾아냈어요?"

아빠는 그저 쓸데가 있다면서 좀 있으면 다들 탄복할 거라고만 했다. 아빠가 그 기기를 조심스레 들어내면서 부속품이 부딪쳐 망가질까봐 나를 불러 거들게 했다. 나는 손을 내밀어 거들어주었다. 아빠는 또 공구상자를 들춰냈다. 안에는 다양한 공구들이 들어있었다. 그 많은 것들 중에서 내가 아는 건 펜치밖에 없었다. 그 외 것은 모양이 괴상했다. 이들 공구들은 뭐라고 부르는지 알 수가 없었다. 그럼에도 아빠는 나에게 조수 직을 맡기고 이것저것 쥐어달라고 시켰다. 나는 꼭 마치 수술 집도의의 조수가 된 기분이었다. 그렇게 그 낡은 기기에 대한 수리에 들어갔다. 아빠는 그 기기에 푹 빠져 펜치를 달라고 했다가 드라이버를 달라고 했다가 하면서 분주하게 움직였다. 나는 아빠가 요구하는 공구를 찾느라고 덜그럭거리며 헤맸으나 못 찾고 말자, 끝내는 아빠가 찾아내곤 했다. 한 참을 바쁘게 움직이던 아빠는 크게 낙담하면서 철물점에 가서 부속품들을 사와야겠다면서 엄마에게 돈을 달라고 했다. 엄마는 거기에 돈을 들일 가치가 없다면서 주려고 하지 않았다. 그러면서 정 할 일이 없어 심심하면 어디 가서 장기나 두며 시간을 보내라고 했다. 아빠는 엄마에게

"당신이 뭘 알아? 돈 들여 부속품을 사서 이걸 수리하는 건 투자하는 것과 같은 일이야. 이익이 있을 거라니까."

라고 말했다. 그러나 엄마는 그 낡은 기기가 이익을 가져다줄 거라고 믿지 않았기에 돈을 주려고 하지 않았다.

급해난 아빠가 말했다.

"우리 집 영화관이 이제 곧 개업할 판인데 뭐가 두려워!"

아빠가 수리한 기기는 영사기였다. 예전에 영화 영사대가 해체될 때 아빠가

담배 두 보루로 이 고물을 바꿔다 기념으로 삼으려고 하였던 것이다. 그런데 이제 와서 이 낡은 기기가 역할을 발휘하게 될 줄 누가 알았으랴.

엄마는 한참을 생각하다가 아빠에게 '투자'하기로 마음먹었다. 다만 아빠에게 합법적으로 경영할 것을 요구했다. 아빠는 합법적으로 경영하려면 많은 수속이 필요하니까 먼저 시험적으로 해보다가 수속을 보완하자고 했다. 엄마는 하는 수 없이 동의했다. 아빠는 학교 다닐 때부터 규율을 잘 지키지 않는 학생이었다니 지금 이러는 것도 전혀 이상할 것은 없는 일이었다.

둘째 날

아침 일찍 아빠는 그 낡은 영사기를 자전거 뒤 짐받이에다 꽁꽁 묶었다. 예전대로 나에게 거들게 하면서도 함부로 만지지 못하게 했다. 마치 그 물건이 당장 돈을 만들어내기라도 하는 것처럼 말이었다. 내가 이렇게 일손을 거들고 있는 것도 투자라고 할 수 있을지는 몰랐지만, 앞으로 돈을 벌게 되면 나에게도 이익을 나눠줘야 하는 거 아닌지 아빠에게 물었다. 아빠는 나의 노동을 지분으로 쳐줄 수 있고, 우리 영화관이 주식제 유한회사라고 할 수 있다면서 이제 외부 사람들 앞에서는 정식으로 아빠를 사장이라고 불러야지 않겠냐고 말했다. 그럼 나의 호칭은 뭐라고 해야 하는지를 물었다. 아빠가 한참 생각하더니 부사장은 너의 엄마가 맡아야 하니 넌 합법적인 상속자라고 하자고 말했다. 그럼 이 영사기가 나중에 내거가 되는 건가 하고 물으니 아빠가 머리를 끄덕였다. 나는 입이 함박만 해졌다. "합법적인 상속자라니 마음에 들어. 그 직위가 부사장보다 훨씬 좋지 좋아……"하고 생각했다.

아빠는 밥을 뜨는 둥 마는 둥 하고 그 돈을 생산하게 될 기기를 가지고 출발했다. 어제 저녁 그 일을 하기로 작심한 뒤로 아빠는 마치 초등학교 코흘리개들처럼 신이 나 있었다.

엄마와 나도 밥을 뜨는 둥 마는 둥 했다. 사장님의 배치에 따라 엄마는 우리 집 정원을 정리하여 노천영화관으로 개조하여야 했다. 기반은 괜찮은 편이었다. 우리 집은 담이 높고 면적도 배구장만 하여 몇 십 명을 수용하는 데는 문제가 없었다. 엄마가 집에 있는 의자며 쪽걸상이며 작은 소파까지 다 합쳐 헤아려보니 좌석이 겨우 9개밖에 안 되었다. 내가 내 의자를 내놓겠다고 하니 엄마가 그건 안 된다고 했다. 공부도 해야 하니 내 의자는 안 된다면서 차라리 벽돌을 몇 장 가져다 놓는 게 낫다고 말했다. 나는 집에서 이렇게 큰 주식회사를 운영하는데 합법적인 상속자로서 당연히 일정한 공헌을 해야지 않겠느냐며 숙제를 안 하는 한이 있더라도 옆에 서서 같이 영화도 볼 겸 질서를 유지하는 데 힘쓰겠다고 했다. 그러나 엄마는 꿈도 꾸지 말라며 나를 꼬집었다.

엄마가 신바람이 나서 일하는 것을 뻔히 보면서도 나는 참여할 수도 없었고 또 학교도 가야 했다.

그러나 수업시간이 끝날 때마다 나는 가만히 있지 않고 우리 집 영화관을 홍보하기에 바빴다. 나는 제일 먼저 리샤오찬에게 알려주었다.

"얘, 우리 집에서 영화관을 열었어. 너도 와. 우리는 특별한 사이니까 부사장에게 얘기해서 너에겐 표 값을 반만 받을게."

리샤오찬은 처음에는 믿지 않더니 후에는 믿는 것 같았다. 그는 표 값이 얼마냐고 묻더니 우리 사이에는 무료로 해줘야지 않겠냐고 말했다. 나는 생각해보마고 대답했다. 그러나 우리 영화관은 경영정관이 있어서 무료로 하는 일은 사장과 의논해봐야 한다고 덧붙였다.

리샤오찬이 사장과 부사장은 누구냐고 물었다. 나는 한 사람은 우리 아빠고, 다른 한 사람은 우리 엄마이며, 나는 합법적인 상속인이라고 사실대로 알려주었다. 그 말을 듣더니 리샤오찬은 바로 조금은 더 친근하게 나를 대하는 것이었다.

나는 수업시간과 휴식시간을 이용하여 모든 학우들에게 우리 집 영화관을 홍보했다. 회사를 운영하는데 어찌 홍보를 하지 않을 수 있겠는가!

학우들은 모두 정원에 앉아 영화를 본다니 신기해하면서 영화는 언제부터 볼 수 있는지, 오늘 저녁에 가도 되는지, 그리고 표 값은 얼마인지 등을 물어보면서 마구 떠들어댔다. 나도 일시에 대답할 수가 없었다. 그래서 내가 사장이었으면 좋을 텐데 하고 생각했다. 사장 아빠의 영사기는 수리가 다 됐는지 궁금했다. "서둘러야 할 텐데. 이쪽에 손님을 적잖게 모아놨는데……"하고 중얼거렸다.

겨우 학교가 끝나기를 기다려 나는 나는 듯이 집으로 달려갔다. 리샤오찬이 헐레벌떡 내 뒤를 따라 뛰었지만 한참 뒤처졌다.

아빠는 이미 정원에서 바쁘게 움직이고 있었다. 흐뭇한 표정을 짓고 말이다. 엄마는 이웃들에게 홍보하러 가고 없었다.

아빠는 영사기를 다 수리해놓고 또 영화회사에서 근무하는 외삼촌한테서 옛날 영화필름도 한 부 얻어왔다. 영화 제목은 「지뢰전」이었다. 나는 오래 전에 아빠에게서 이 영화에 대해 들은 적이 있지만 아직 보지는 못했다. 아빠가 영사기를 정원 한 가운데 고정시킨 뒤 원반을 영사기 바퀴에 장치하자 영화필름의 특수한 냄새가 정원에 가득 차 넘쳤다. 리샤오찬이 눈이 휘둥그레져서 바라보고 있었다. 영사기기에 반해 버렸던 것이다. 나는 리샤오찬에게 비싼 기기니까 좀 떨어져 서있으라고 귀띔했다. 리샤오찬이 순순히 비켜섰다. 이 드센 계집애가 내 앞에서 이렇게 고분고분했던 적은 한 번도 없었다.

리샤오찬이 영화는 언제 시작하느냐고 계속 물었다. 나는 일부러 침착한 체하면서 생각처럼 그렇게 간단한 일이 아니라며 기기가 복잡한 거라고 알려주었다. 사실은 나도 마음이 급하긴 마찬가지였다.

아빠가 영사기를 다 장착한 뒤 우리 둘에게 스크린을 치는 것을 거들어달라고 했다. 나는 아직 스크린의 그림자도 본 적이 없었다. 아빠가 또 창고로 들어갔다. 저 안에 아직도 얼마나 많은 재산이 들어 있는지 알 수가 없었다. 아빠가 다시 창고에서 나올 때는 손에 흰 천이 들려져 있었다.

펼쳐보니 쭈글쭈글한 것이 몇 년 동안이나 처박아 뒀던 것인지 알 수가 없었다. 이러면 안 되지 하면서 아빠가 다리미로 꼼꼼하게 다리니 쭈글쭈글하던 흰 천이 반듯한 스크린이 되었다.

아빠는 단 한 번도 나에게 옷을 다려준 적이 없었지만 본업 앞에서는 정성을 다했다.

우리는 스크린 위쪽 변두리를 지붕 위에 걸어놓았다. 스크린은 자연스레 창문 앞에 내리 드리워졌다. 맞은편에 걸상 열 몇 개를 가지런히 놓았다. 오늘은 벽돌을 놓지 않았다. 엄마가 오늘은 첫날이니 사람이 많이 오지 않을 것이라고 말했다. 나는 신이 나서 정원을 뛰어다녔다.

리샤오찬은 집에 가는 것도 잊고 내 뒤를 따라 뛰었다. 리샤오찬이 낮은 소리로 오늘은 돈도 가져오지 않았으니 무료로 해주라고 나에게 소곤거렸다. 나는 그 아이에게 먼저 소문 내지 말고 있으라고 일렀다.

온 집 식구가 이리 뛰고 저리 뛰며 바삐 보내다나니 저녁밥 짓는 것조차 잊었다. 날이 어두워질 때까지도 엄마와 아빠는 표 가격을 정하지 못했다. 아빠는 3원으로 하자고 하고 엄마는 2원으로 하자고 했다. 모두가 이웃이고 잘 아는 사이인데 돈 받기도 무엇하니 돈 받는 시늉만 하면 된다는 게 엄마의 생각이었다. 요즘 이틀간은 아빠가 하자는 대로만 따랐고, 엄마 부사장은 일만 하는 지위에 있었다. 엄마는 이제부터는 뭐나 다 아빠 마음대로 해서는 안 된다면서 중요한 일은 온 집안 식구가 다수결로 결정해야 한다고 말했다. 그러면서 엄마가 나에게 눈을 찡긋해보였다. 아빠는 엄마 말에 일리가 있다고 여겨 내 의사를 물었다. 그래서 나는 2원으로 하자고 대답했다. 그렇게 해서 표 가격은 2원으로 정해졌다.

이때 리샤오찬이 큰 소리로 말했다.

“2원이라 해도 우리 어린애들은 보지 못해요.”

나는 이건 회사 내부의 일이니 그 아이에게 발언할 자격이 없다고 귀띔했다. 그래도 리샤오찬의 말에 일리가 있다고 여겨 나는 리샤오찬의 제안을 받아들여 학생 표는 반값인 1원으로 하자고 제안했다. 그리고 손을 들어 엄마를 바라보았다. 엄마도 손을 들어 찬성했다. 리샤오찬도 망설이지 않고 손을 번쩍 들었다. 나는 그 아이의 손을 잡아당기면서 이것도 주식회사 내부의 일이라고 알려주었다. 리샤오찬이 겸연쩍어하면서 바로 손을 내렸다. 또 다시 같은 실수를 하지 않기 위해 그 아이는 두 손을 뒤로 가져가 수업에 집중할 때처럼 자세를 취했다.

학생표 값도 통과되었다. 아빠는 화가 많이 나서 이렇게 하다간 돈 벌기는 글렀다면서 씩씩거렸다.

마지막에 업무에 대한 구체적인 분공을 거쳐 엄마가 문을 지키면서 돈을 받고 아빠가 영화 상영을 맡기로 했다.

아빠는 또 나무판을 하나 찾아 분필로 이렇게 썼다.

오늘 상영 영화 : 지뢰전

표 값 : 어른 2원, 어린이 1원

나는 나무판을 대문 옆에다 내다 걸었다. 그 일까지 마치자 아빠는 이제 더 이상 내가 할 일은 없다고 알려주었다.

나는 그건 너무 불합리하다면서 같은 회사 사람인데 편히 놀고 있는 건 미안한 일이라고 말했다. 이번에는 아빠와 엄마가 의견 차이가 없이 이구동성으로 말했다.

"들어가서 귀 틀어막고 숙제나 해. 공부를 해야지 누가 너더러 편히 놀고 있으라고 했어!"

엄마는 또 리샤오찬에게도

"너도 집에 가거라. 보고 싶으면 토요일에나 오너라."

하였다. 그러나 리샤오찬은 가지 않으려고 떼를 썼다. 그리고

"시작하는 것만 보면 안 돼요?"

라며 사정했다. 그러나 엄마는 허락하지 않았다. 나는 이 틈을 타 그럼 남아서 나랑 같이 숙제를 하면 안 되냐고 말했다.

그 말에 엄마는 반대하지 않고 밖으로 문을 잠그고는 시름을 놓았다는 듯이 가버렸다. 엄마가 가자마자 나는 손을 뻗어 쉽사리 문을 열어버렸다.

“엄마는 내 아이큐를 너무 저평가하고 있단 말이야.”하고 말하며 리샤오찬을 바라보자, 그녀는 나를 숭배하는 눈빛으로 바라보았다.

첫 번째 관중은 아빠와 같은 작업장에서 일하는 조 씨 아저씨였다. 아저씨는 심심해서 아빠와 장기라도 한 판 두려고 찾아온 것이었다. 그러나 대문에 들어서는 순간 문 옆에 걸린 나무판을 발견하고는 뭔가 다른 것을 느꼈는지 멈칫해 했다. 그러자 아빠가 말했다.

“영화관을 만들었어. 자넨 무료야.”

조 씨 아저씨가 말했다.

“지뢰전이네! 어렸을 때 봤는데 재미있는 영화였지.”

아저씨가 앉아서 담배를 피우고 아빠는 어렸을 때 노천영화의 묘미에 대해 이야기하면서 영사기를 조절하느라 바빴다.

아빠는 나와 엄마의 동의도 거치지 않고 제멋대로 자기 오랜 친구에게 무료로 해준 것이었다. 아빠가 규정을 어겼던 것이다.

이윽고 이웃들이 하나둘씩 모여와 주머니에서 잔돈을 꺼내 엄마에게 주고 웃고 떠들며 자리에 앉았다. 엄마는 받지 말아야 할 돈을 받는 것처럼 부끄러워했다. 다행히도 우리 집은 이사 온 지 몇 개월이 되지 않아 주변 사람들과 별로 익숙한 사이는 아니었다. 그렇지 않았다면 엄마는 아마도 사직하고 그 일을 그만두었을 것이다. 두 사람은 산책을 나왔다가 여기서 영화를 상영하는 것을 보고 돈을 가져오지 않아 외상으로 해달라고 했다. 엄마는 그래도 된다고 했으나 아빠가 동의하지 않았다. 그리고 분필로 널판 아래에 “외상 사절”이라고 적어 넣었다. 그 두 사람은 아는 사람에게서 잔돈을 빌려서 들어왔다.

엄마는 거듭 죄송하다고 말했다. 그 사람들은 괜찮다면서 이익을 내야 하는 상품사회가 아니냐며 지극히 정상적인 일이라고 말했다. 그러자 아빠가 "그렇지요!" 하고 맞장구를 치면서 "죄송할 게 뭐 있냐"고 말했다.

그렇게 되자 조 씨 아저씨가 더 이상은 앉아있을 수 없었던지 2원을 꺼내 엄마에게 찔러 주려고 했다. 그러자 아빠가 오늘 하루만 무료로 해주고 다음에 다시 오면 돈을 받겠다고 말했다. 아저씨는 그제야 안심하고 자리에 앉더니 감사의 눈빛으로 우리 식구들을 바라보았다. 우리에게 큰 인정을 빚진 것처럼 말이다.

나는 손을 들고 동의한다고 말했다. 엄마는 돈을 받느라고 바빠서 이쪽 표결에 미처 주의를 기울이지 못했다.

날이 어두워질 때까지 정원에는 관중이 무료로 관람하게 된 조 씨 아저씨까지 포함해서 총 8명이 앉아 있었다. 나는 엄마 대신 계산을 해보았다. 2×7=14. 엄마는 14원을 받은 것이었다. 처음으로 수업시간에 배운 것이 진짜 쓸모가 있다는 사실을 발견했다. 나는 바로 방으로 들어가 리샤오찬에게 말했다.

"공부 열심히 하자. 앞으로 정말 쓸모가 있을 거야."

리샤오찬은 영화가 언제 시작하는지에만 관심이 있었다. 정원에서는 표를 사고 들어와 앉은 7명도 조급해 했다. 돈을 빌려 표를 산 두 사람은 지금 당장 시작하지 않으면 표를 물리겠다고까지 했다. 아빠는 까치발을 해가지고 담 밖을 내다본 뒤 더 이상 사람이 올 기미가 없는 것을 보고는 엄마에게 길에 나가서 한 번 더 큰 소리로 외쳐보라고 했다. 엄마는 아무리 애를 써도 입이 떨어지지 않아 결국 포기하고 말았다. 아빠는 크게 언짢았지만 하는 수 없이 영화를 바로 시작한다고 대답했다. 잠시 후 영사기 필름이 돌기 시작하고 음악이 흘러나오기 시작했다. 오래 된 영화인 탓에 음악은 음이 엉뚱한 데로 흐르곤 하였지만 그것이 오히려 특별한 느낌으로 들렸다. 그와 동시에 자막이 튀어나왔고 썩 반듯하지 않은 스크린 위에 영상이 나타났다……

리샤오찬은 조급해서 마구 소리 지르며 뛰쳐나가려고 했다. 나도 더 이상 앉아 있을 수가 없었다. 문을 열고 뭐가 뭔지 미처 똑똑히 볼 새도 없이 엄마가 다가오더니 문을 다시 걸어버렸다.

"들어가. 들어가. 숙제 다 하고 봐."

그리고는 우리 둘의 귀를 종이로 틀어막았다. 우리 둘은 뭘 쓰고 있는지도 모르고 부리나케 숙제를 해 나갔다. 영화가 어디까지 진행됐는지 궁금해서 견딜 수 없었다. 그러다가 다른 방이 바로 스크린이 걸린 창문이 있는 방이라는 것을 발견하게 되었다. 방 안에서 유리창 너머로 영화 뒷면을 볼 수가 있었다. 앞면과 별로 다르지 않았으며 정원에서 관중들이 웃는 소리도 이따금씩 들려왔다. 나와 리샤오찬은 번갈아 뛰어나가 구경했다. 숙제를 다 했을 때는 영화가 절반 이상 진행된 뒤였다. 나와 리샤오찬은 편안하게 정원에 나와 앉았다.

나와 리샤오찬은 또 스크린 위에 달이 떠 있는 것을 발견했다. 가을의 밤하늘은 맑았으며 달도 여름보다 깨끗했다. 리샤오찬은 입이 크게 벌어졌다. 눈도 반짝반짝 빛나고 있었다. 우리는 너무 오래 동안 고개를 들어 밤하늘을 바라보지 못했던 것 같았다. 선생님이 얘기한 적이 있는 저 은하수가 머리 위에서 보일 듯 말 듯 흘러가고 있었다. 나는 리샤오찬에게 저 안의 물이 왜 흘러내리지 않는지, 흐린 날 내리는 비가 설마 은하수 안의 물인지를 물었다. 리샤오찬이 배를 끌어안고 웃어재꼈다. 그 모습이 너무 과장돼 보였다. 너무 무식하다고 비웃는 표정이었다. 리샤오찬은 은하수에서 흐르는 건 물이 아니라 별이라고 알려주면서 틀림없이 수업시간에 선생님 말씀을 잘 듣지 않았을 것이라고 나에게 핀잔을 했다. 나는 리샤오찬과 입씨름할 마음이 없었다. 은하수를 보러 온 것이 아니라 영화를 봐야 했으니까 말이다.

그러면서도 나는 관람객 수를 헤아려보는 것을 잊지 않았다. 그 결과 정원에 한 사람이 더 많은 것을 발견했다. 그래서 엄마에게 한 사람이 더 많아졌는데 알고 있었느냐고 물었다. 엄마는 몰랐다고 대답했다. 엄마도 영화에 정신이 팔려 있었던 것이다. 아빠는 누군가 어두운 틈을 타 몰래 들어왔을 것이라고 단정했다. 그런데 날이 어두운지라 엄마는 누가 표를 샀고 누가 사지 않았는지 가려낼 수가 없었다. 표를 산 사람도 엄마에게 돈만 냈을 뿐 아무런 증거도 없으니 조사할 근거도 없었다. 표를 판다고는 했지만 관중들에게 표를 끊어준 것도 아니었으니 말이다.

아빠가 영화를 멈추고 말했다.

"누가 돈 안 내고 영화를 보고 있어요?"

조 씨 아저씨가 민망해하면서 일어섰다. 아빠는 아저씨에게 앉으라고 하면서 그와는 상관없는 일이라고 말했다. 아저씨가 어색하게 웃으면서 앉았다.

관중 속에서 술렁이는 소리가 1분 동안 일더니 골목 동쪽 끝에 사는 얼간이가 자리에서 일어나며 자기가 몰래 들어왔다고 인정했다. 그러나 얼간이를 탓할 일은 아니었다. 그는 영화가 돈 내고 보는 건지도 모르고 떠들썩하기에 들어와 앉은 것뿐이라면서 돈을 내야 하는 거였다면 보지 않았을 거라고 말했다. 그는 돈을 가지고 나오지 않았다면서 조소가 섞인 웃음을 지으며 나가려고 했다. 그러면서도 스크린에서 눈을 떼지는 못했다. 그러자 아빠가 조건을 하나 내세우면서 남아서 계속 봐도 된다고 했다. 그 조건은 영화가 끝난 뒤 트렁크 옮기는 것을 거들어 노동으로 표 값을 대신하면 된다고 했다. 얼간이는 그러겠다고 했다.

영화가 끝난 뒤 엄마는 비평을 받았다. 아빠가 말했다.

"이제는 평소와 달리 바보처럼 혼자 텔레비전 보듯이 하면 안 돼요. 얼간이가 몰래 숨어들어왔잖아."

아빠는 또 영화가 보고 싶으면 어느 날 한가할 때 단독으로 보게 해줄 수도 있다고 말했다. 엄마는 아빠에게 말대꾸를 하지 않았으며 영화가 너무 재미있어서 그랬는데 앞으로는 시정하겠다고 반성까지 했다. 아빠에게서 사장다운 위엄을 느꼈다.

그날 밤 아빠는 영화표를 만들기로 결정했다. 정식 영화관처럼 표 검사할 때 증표로 사용할 수 있도록 말이다.

그렇게 밤중까지 이야기하다가 잠자리에 들어서도 아빠는 마음을 가라앉히지 못했다. 아빠는 관리제도를 보완해야 한다고 강조하면서 그렇잖으면 엉망이 될 거라고 말했다.

아빠는 잠이 들어서도 "보완해야 돼. 보완해야……"라고 잠꼬대까지 했다고 한다. 아빠가 잠꼬대하는 걸 엄마가 듣고 나에게 알려준 말이었다.

셋째 날

아빠가 디자인한 영화표 크기는 명함장만 했으며 액면이 두 가지로 되어 있었다. 2원짜리는 어른 표이고 1원짜리는 어린이 표였다. 상영 시간도 정해졌다. 매일 밤 7시 40분으로 중앙텔레비전방송 「뉴스 연합방송」프로가 끝난 뒤로 정했다.

아빠도 우리 영화가 「뉴스 연합방송」프로와 경쟁할 수 없다는 사실을 잘 알고 있었다.

점심시간에 집에 와보니 아빠가 영화표를 다 인쇄해서 만들어 왔다. 2원짜리 200장, 1원짜리 200장이었다. 아빠가 말했다. 이게 바로 돈이야. 계산해봐 우리 집에 돈이 얼마가 있는지? 나는 이런 숙제가 좋았다. 바로 계산식을 썼다. 200×2+200×1, 그리고 바로 결과를 계산해냈다. 600원이라고 했다. 아빠가 "헤헤" 하고 웃으며 우리에게 600원이 있다고 말했다. 나는 우리에게 1만원이 있을 수 있다면서 인쇄만 하면 된다고 말했다. 아빠가 1만원이 생기려면 영화표가 몇 장 있어야 하는지 계산해보라고 했다. 나는 한참 낑낑거렸으나 계산해내지 못했다.

이 문제는 너무 어려웠다.

학교 갈 시간이 되어 나는 아빠에게 영화표를 몇 장 달라고 했다. 반에 가서 팔아볼 계획이었다. 우리 반에 영화팬이 적지 않았는데 모두 우리 집에 와서 노천영화를 볼 기회만 기다리고 있는 중이었다. 아빠가 나에게 10장을 주면서 다 팔지 못하더라도 잃어버려서는 안 된다고 당부했다. 표를 잃어버리면 돈을 잃어버리는 것과 같다는 것이었다. 지금 아빠는 그 어느 때보다도 돈을 좋아하는 것 같았다.

막 골목을 벗어나려는데 리샤오찬이 꽥 소리를 지르며 뒤에서 뛰쳐나오는 바람에 나는 너무 놀라 입에 게거품을 물 뻔했다. 나는 "너 오늘 죽었어!"하며 그 아이를 쫓았다. 나와 리샤오찬은 앞서거니 뒤서거니 하면서 달음박질쳤다. 한참을 뛰던 리샤오찬이 맥이 다하자 그제야 더 뛰다가는 자기가 게거품을 물겠다며 나에게 항복했다. 그제야 나는 쫓기를 그만두었다. 그러나 한 가지

조건이 있다면서 별로 영화표 한 장 사야 한다고 말했다. 나는 영화표 한 묶음을 꺼내 그 아이에게 보여주었다. 리샤오찬은 주머니를 한참 뒤져서야 겨우 1원짜리 동전을 찾아냈다. "1원밖에 없어." 나는 동전을 받아 앞뒷면을 자세히 살펴본 뒤 주머니에 넣고 리샤오찬에게 표를 한 장 주었다. "잃어버리지 마. 잃어버리면 영화 못 봐. 우리 아빠는 사정을 잘 봐주지 않거든."

리샤오찬은 표를 접어 호주머니에 넣고 나에게 말했다. "두 장 더 줘봐. 내가 팔아줄게."

나는 기꺼이 리샤오찬에게 표 두 장을 더 줬다. 그리고 그 아이에게 팔지 못하더라도 잃어버리지는 말라고 일렀다. 표를 잃어버리면 돈을 잃어버리는 것과 같다며 돈이 없어 물어낼 수도 없다고 말했다.

오후 휴식시간에 내가 반에서 영화표를 팔고 있는 사이에 리샤오찬이 몰래 어디론가 나가는 것이었다.

나는 우리 반 영화팬들의 내막을 잘 알고 있었다. 그 아이들은 옛날 영화를 별로 좋아하지 않았다. 걔들의 마음을 끄는 것은 노천식 '영화보기'일 뿐이었다. 오후 첫 수업이 끝난 뒤 나는 6장을 팔았다. 두 번째 수업시간이 되자 리샤오찬이 완전 신이 나서 제일 마지막에 교실로 뛰어 들어왔다. 수업이 시작되어 몇 분이 지나지 않았는데 리샤오찬이 나에게 쪽지를 보냈다. 쪽지 속에는 지폐가 2원 들어 있었고 쪽지에는 이렇게 씌어져 있었다.

표 두 장을 다 팔았어. 이건 표 값이야. 몇 장 더 줘 봐. 표가 모자래.

좋았어! 나도 사양할 것 없이 나머지 두 장을 리샤오찬에게 주었다. 나는 그 아이와 점점 더 친해지고 있었다.

하교를 알리는 종이 울리고 어문선생님이 교실에서 나간 뒤 내가 미처 리샤오찬 자리까지 가기도 전에 문 앞에 늘씬하게 생긴 남학생이 와서 물었다.

"이 반에 리샤오찬라는 아이가 있어? 노천 영화표가 있다며? 나와 봐."

리샤오찬이 용수철처럼 자리에서 튕겨 일어서더니 쏜살같이 밖으로 달려 나갔다. 그리고 휴식시간 10분 내내 그 아이는 그림자도 보이지 않았다. 수업시간이 되자 리샤오찬이 구름과 안개를 타고 나는 듯이 돌아오더니 동전 2원을 내 책상 위에 탕 올려놓았다.

"팔았어!"

나는 리샤오찬에게 "넌 정말 좋은 친구야."라고 다섯 번이나 말했다. 리샤오찬은 오히려 쑥스러워했다. 나는 걔가 지금처럼 얌전하게 있는 모습을 한 번도 본 적이 없었다.

우리 집 노천영화관 덕분에 나는 우리 반에서 초점 인물이 되었다. 아빠가 장이머우와 같은 영화업계 종사자니까 나도 영화배우 정도는 되지 않을까? 또 학생들이 영화표를 사겠다고 나를 찾아왔다. 나는 표가 다 팔리고 없다면서 영화표 공급이 딸리는 편이라고 그들에게 알려주었다. 그리고 저녁에 직접 우리 집으로 가면 된다면서 같은 학우들이니 부사장한테 부탁해서 표를 살 수 있게 해주겠다고 약속했다. 학우들은 부사장이 누구냐고 물었다. 나는 우리 엄마라고 알려주었다. 그리고 사장은 우리 아빠이고 나는 합법적인 상속인이며 이만하면 부자라고 할 수 있다고 말했다. 그 말을 할 때는 정말 부끄러웠다.

학우들 속에서 감탄소리가 터져 나왔다.

그중에서 뭘 좀 아는 아이가 말했다.

"가족 산업이구나!"

이제 곧 수업이 시작되려 할 때 리샤오찬이 나를 한쪽 구석으로 끌고 가더니 내일 영화표를 좀 더 많이 가져 오라면서 나를 도와 팔아주겠다고 했다. 나는 리샤오찬의 어깨를 툭 쳤다. 리샤오찬은 이제 나의 가장 친한 친구가 되었다.

오후에 학교가 끝나 집에 돌아오자 나는 아빠에게 10원을 꺼내 주었다. 아빠는 너무 좋아서 입이 다 비뚤어졌다. 나는 엄마에게 저녁에 문 앞에 와서 표를 살 사람도 있다고 알려주었다. 엄마는 우리 노천영화가 학생들의 공부에 지장을 줄까봐 걱정했다. 아빠가 "헤헤"하고 웃으며 말했다.

"이게 다 자질교육이라고. 하루 종일 책에만 파묻혀 있으면 안 되지. 우리의 옛날 영화를 보는 것도 애국주의교육이 아니겠어."

나는 얼른 손을 들어 아빠의 견해를 지지하면서 오늘 저녁 교육을 받겠다고 자청했다. 그러자 아빠가 바로 자질교육도 좋지만 숙제부터 해야 한다며 숙제를 다 한 다음에 다른 교육을 받아야 한다고 보충했다. "정말 실망이야. 어떤 사람은 말로만 "자질교육" 어쩌고저쩌고 하면서 실제 행동은 영 딴판이란 말이야." 하고 투덜거렸다.

우리 사장님도 금전에 완전히 이성을 잃은 건 아니었다.

오늘 저녁에는 관중들이 꾸역꾸역 모여들어 26명이나 모였다. 그중에 십 여 명은 우리 항만초등학교 학생이었다. 학교 영화팬들이 온 바람에 관람석은 조용하지 않게 되었다. 그들은 조용히 앉아 영화를 관람하는 것이 아니라 이 장소를 단순히 편히 놀기 위한 곳으로 삼았다. 영화를 보기 위해서 온 어른들을 모두 화가 나서 투덜거렸다. 요즘 아이들은 공중도덕심이 전혀 없다고 말했다. 아빠는 몇 번이나 질서를 유지하려고 애쓰지 않으면 안 되었다. 그 아이들 때문에 합법적인 상속자인 나의 체면이 말이 아니었다.

겨우 조용해지고 그 아이들도 영화에 끌리기 시작하여 흥미진진하게 구경하면서 어른들을 따라 웃기도 했다.

그때 갑자기 한 남학생이 큰 소리로 묻는 소리가 들렸다.

"리샤오찬 왔어?"

잔뜩 화가 난 말투였다. 리샤오찬이 얼른 자리에서 일어서서

"나 여기 있어! 표 사려면 내일 교실로 찾아와."

라고 말하고는 도로 자리에 앉아 계속해서 영화를 봤다. 바로 그 늘씬하게 생긴 남학생이었다. 그 학생이 사람들 틈을 비집고 리샤오찬에게 다가가더니 리샤오찬을 한쪽 구석으로 끌고 갔다. 그리고 질서니 뭐니 관계치 않고 더 큰 소리로 따져 물었다.

"다른 학생들은 다 1원씩 주고 수수료도 내지 않았는데 왜 나에게는 수수료를 1원씩 받은 거지?"

그러자 리샤오찬이 우물거리면서 말했다.

"나도 좀 벌어야지 않겠어! 공짜로 일하는 사람 어디 있어?"

알고 보니 리샤오찬이 가져간 표를 다 2원에 팔아 표 한 장에 1원씩 벌었던 것이다. 어쩐지 표를 열심히 판다 싶었던 터였다.

늘씬하게 생긴 남학생이 속았다고 소리를 질러대더니 털썩 하고 자리에 앉아버렸다. 그 바람에 우리 집 걸상에서 삐걱하는 소리가 났다. 그 아이가 리샤오찬에게 불만이 있는 건 알겠지만 우리 걸상을 그렇게 대해서는 안 되는 일이었다. 그렇게 떠드는 통에 다른 반 학생 몇몇도 따라서 떠들어댔다. 이제부터는 절대 속지 않을 것이라며 여기 표 값이 싸니까 영화를 보려면 직접 여기 와서 표를 사야겠다고 말했다. 리샤오찬은 우리 집 안방으로 잽싸게 몸을 피

하면서 문제를 하나 틀리게 풀었다고 중얼거렸다. 그리고 한참이 지나서야 슬그머니 나오더니 구석진 자리를 찾아 앉았다.

리샤오찬의 돌아가는 머리에 나는 두 손을 들었다. 아빠도 탄복했다. 그러나 그 아이의 재물운은 그것으로 끝이 나고 말았다. 수수료까지 붙은 그 아이의 영화표를 살 사람은 더 이상 없게 될 터이까 말이다.

내일 그 아이에게 그 불법 소득으로 한 턱 내라고 해야겠다.

저녁에 잠자리에 들기 전 엄마가 오늘 벌어들인 지폐와 동전을 분류했다. 지폐는 한 장씩 반듯하게 펴고 동전은 한 잎 한 잎 쌓은 뒤 다시 한 번 헤아려봤다. 아빠는 흡족해하며 소주병 마개를 따서 한 모금 크게 들이켰다. 그런 다음 전등을 끄고 창문을 열자 달빛이 쏟아져 들어왔다. 나와 아빠는 또 아주 많은 이야기를 나누었다. 예를 들면 만약 부자가 된다면 그 많은 돈을 어떻게 쓸 것이냐는 문제를 둘러싸고 이야기를 나누었다. 아빠는 자신의 극장을 경영할 생각이었고, 나는 내 뜻대로 학교를 운영할 생각이었다. 내가 교장이 되고 리샤오찬에게 담임선생님 직을 맡길 작정이었다. 우리는 수업을 반나절만 할 것이다. 오후에는 수업을 하지 않고 주로 다른 일을 할 것이다. 예를 들면 이 도시 거리 이름을 다 수집한다거나, 공원에 가서 꽃이며 풀이며 야수들에 대해 공부한다거나, 탐험을 한다거나…… 식량이며 칼을 지니고서 말이다.

우리 둘은 달빛 아래서 그런 생각들에 대해 이야기했다. 아빠의 눈이 반짝반짝 빛났다. 나의 눈도 반짝반짝 빛났을 것이다. 내 생각에 아빠는 전적으로 반대하지 않았고, 아빠의 이상에 나도 지지한다고 표했다. 문득 나는 우리 둘이 줄곧 딱 맞는 친구였다는 사실을 발견했다.

아빠는 나와 이야기를 나누면서 칠이 떨어진 영사기를 닦고 또 닦았다. 달빛 아래서 그 기기는 마치 마법이 들어 있는 보물 상자 같았다. 지금 그 기기는 아빠의 보물 상자임이 틀림없었다! 물론 이후에 그 보물 상자는 내 것이 될 것이지만 말이다. 결국 합법적인 상속자의 소유가 될 것이 틀림없었기 때문이었다.

나는 금세 잠에 떨어졌다. 꿈에서 리샤오찬이 다른 반 남학생들을 한 무리 거느리고 영화표를 달라며 내 뒤를 쫓아왔다. 나는 밤새 뛰었고 그 아이들은 밤새 나를 쫓아왔다. 그 아이들은 그렇게 밤새 쫓아오다가 이튿날 아침에 내가 잠에서 깨어서야 비로소 그만두었다. 나는 리샤오찬에게 두 손 두 발 다 들었다.

넷째 날

하루 종일 장사가 없어 심심한 리샤오찬은 쉬화이위(徐懷鈺)의 노래 「나는 여학생」을 수도 없이 흥얼거렸다.

누가 표를 사려고 나를 찾아오면 그 아이는 내 옆에 앉아서 초조해하는 품이 꼭 마치 세상에서 제일 매운 고추를 먹은 모습이었다. 다른 반 아이들도 나를 찾아와 수수료 없는 영화표를 사갔다. 그 늘씬하게 생긴 남학생도 왔다. 리샤오찬이 손바닥을 비비면서 쉴 새 없이 중얼거렸다. "돈아, 돈아, 그렇게 날아가 버리는 구나……"

기실은 나도 표를 2원에 팔고 싶었다. 그러나 그 영화팬들이 모두 표 값을 알고 있어서 어쩔 수가 없었다. 나는 나도 그 날아간 돈이 아깝다고 리샤오찬에게 말했다.

오후 학교가 끝나자 리샤오찬이 나에게 정식으로 의논을 해왔다. 우리 집에 와서 취직 면접을 봐서 직원이 되겠다는 것이었다. 리샤오찬이 말했다. "다른 대기업들을 보면 사장과 부사장이 직접 일하는 경우가 없어"라고 하면서 "나 같은 상속자는 매일 강아지를 데리고 놀기만 할 뿐 학교도 가지 않는다고……"

리샤오찬이 그렇게 말하는 바람에 내 체면이 영 말이 아니었다.

리샤오찬이 면접을 보러 와서 제시한 조건은 무료로 영화를 보게 해달라는 것이었다. 맡고 싶은 업무는 표를 받고 표를 검사하는 것이었다. 여전히 자기를 믿어준다면 매표도 거들 수 있다고 했다.

나는 저녁에 사장을 만나 리샤오찬을 추천해주겠다고 약속했다.

"그러나 표 파는 일은 네가 할 필요 없어. 너 아직도 돈 벌고 싶은 거니?"

라고 힐책하자 리샤오찬은 "히히"거리며 도망쳤다.

저녁 무렵, 리샤오찬은 저녁밥을 먹자마자 몰래 빠져나왔다. 스크린을 막 내다걸자마자 벌써 관중들이 그 아래에 앉아 한담을 시작했다. 오늘 저녁에는 「지뢰전」을 상영하지 않기로 한 모양이다. 문에 들어서자 나무판에 오늘 저녁에는 새 영화 「갱도전(地道戰)」을 상영한다고 쓰여져 있는 것을 보았다.

관중들이 의견을 제기했던 것이다. 또 「지뢰전」을 상영하면 표를 무르겠다고 했던 것이다. 그래서 아빠가 오후에 자전거를 타고 영화회사로 가서 외삼촌에게 새 영화를 얻어왔던 것이다.

리샤오찬은 쉴 새 없이 나에게 눈짓했다. 나는 그 아이 뜻을 알고 있었지만 아빠가 허락하지 않을까봐 걱정했고, 한편으로는 그래서 리샤오찬 앞에서 체면이 서지 않을까봐 걱정했기에 리샤오찬을 고용하는 건에 대해서 질질 끌면서 말을 꺼내지 못하고 있었다. 아빠는 그 보물 기기를 다루는 데만 전념하고 있었다. 나는 용기를 내 말했다.

"아빠, 직원을 한 명 쓰지요. 지금 우리만 있으니 전혀 정식 주식회사 같지 않잖아요."

아빠는 나를 한 번 힐끗 쳐다보았다. 내 말을 알아듣지 못한 것 같았다. 아빠는 언제나 내 말을 별로 대수롭게 여기지 않았다. 그래서 나는 또 다시 말했다.

"직원을 한 명 써요. 우리만 일하니 전혀 정식 주식회사 같지 않잖아요."

그러자 아빠가 말했다.

"다른 사람에게 월급 줄 돈이 우리에겐 없어."

내가 말했다.

"그저 영화만 무료로 보게 해주면 된대요."

아빠가 기뻐하며 물었다.

"그럼 좋지! 그게 누군데?"

나는 나에게 익살궂은 얼굴을 해보이고 있는 리샤오찬을 가리켰다.

아빠가 말했다.

"저 계집애는 꾀가 너무 많아. 생각 좀 해보자."

아쉽게도 아빠가 미처 결정도 내리기 전에 리샤오찬의 엄마가 찾아 왔다.

때마침 리샤오찬이 자기 일자리에 대해서 미리 실습하고 있는 중이었다. 자기 엄마가 문으로 들어오는데도 그 아이는 머리도 들지 않고 말했다.

"표 사세요. 「갱도전」이에요."

내가 재빨리 리샤오찬에게 귀띔을 했다.

"얘, 네 엄마야."

그래도 리샤오찬은 머리를 들지 않고 자기 업무에만 빠져 있었다.

엄마가 누군지도 잊은 채

"누구라도 표를 내야만 들어올 수 있어요."

내가 잽싸게 걸어가 리샤오찬을 슬쩍 밀쳤다. 리샤오찬의 엄마는 무섭기로 우리 반에 소문이 나 있었다. 그래서 우리는 모두 리샤오찬을 동정했다. 그런 엄마이니 이번에 리샤오찬이 살아남을 수나 있을지 걱정이었다.

리샤오찬은 그제야 엄마가 온 것을 발견하고는 "깔깔" 웃으면서 말했다.

"나 숙제 다 했어요……"

"숙제 다 했어도 집에 가자! 한 가지 숙제를 더 내야겠다."

리샤오찬의 엄마는 가기 전에 우리 아빠를 째려보기까지 했다. 우리 집 영화에 적대감을 품고 있는 눈치였다. 아빠는 매우 난감해하면서 무슨 말을 해야 할지 몰라 쩔쩔매고 있었다. 그러다가 겨우 한마디 했는데 "갱도전이 재미있어요."라고 했다.

리샤오찬의 엄마는 아무 대꾸도 하지 않았지만 스크린을 힐끗 쳐다봤다. 그도 이 노천 영화에 흥미를 느끼는 것이 분명했다. 문을 나서려다가 참지 못하고 고개를 돌려 아빠에게 물었다.

"몇 시에 시작하지요?"

리샤오찬이 입빠르게 대답했다.

"일곱시 사십분이에요, 뉴스 연합방송프로가 끝난 다음에요!"

"너에게 물은 거 아냐. 똑똑히도 알고 있구나!"

아빠가 말했다.

"일곱시 사십분 맞아요. 표 한 장에 2원이구요."

리샤오찬의 엄마가 리샤오찬을 끌고 갔다. 리샤오찬은 두 볼이 발갛게 상기

되어 있었다. “저렇게 무서운 엄마를 만나다니 너무 불행한 것 아냐!”

하고 나는 동정하듯 중얼거렸다. 리샤오찬이 찍소리도 못하고 끌려가는 모습이 너무나 불쌍했다. 마치 사고 친 강아지 같았다. 정말 영화표라도 몇 장 줘서 상황을 잘 알지 못하는 다른 학교에 가서 수수료라도 벌게 해주고 싶었다.

이날 저녁에는 관중이 어제보다 더 많아졌다. 아빠는 으쓱해서 관중들과 인사를 나누었다. 벌써 유명한 영화배우가 된 것처럼 으쓱대면서…… 아빠가 정말 스스로 장이머우와 같은 유명한 사람인 줄로 착각하고 있는 것 같았다. 아빠는 어쩌면 관중들에게 사인을 해줄 준비까지 하고 있을지도 몰랐다. 나는 아빠가 윗옷 주머니에 펜을 꽂는 것까지 직접 보았기 때문이었다. “사인할 때 쓸 게 아니라면 어디에 쓰겠는가?”하고 생각했다. 엄마는 처음 이틀보다 착실하게 업무를 보았다. 낮에도 표를 일부 팔았다. 엄마는 공공버스 매표원처럼 일했다. 아빠가 엄마에게 준비해준 것도 그들 매표원과 같은 지갑이었다. 검은색으로 되었고 목에 걸 수도 있는 그런 것이었다. 엄마는 또 처음 오는 사람의 질문에도 가끔씩 대답을 해주곤 하면서 오늘 저녁에 상영하는 새 영화와 앞으로 상영하게 될 영화에 대해서 소개하곤 했다. 엄마는 영화채널 진행자를 해도 될 것 같았다.

리샤오찬의 엄마가 결국 참지 못하고 영화를 보러 왔다. 그러나 리샤오찬은 오지 않았다. 리샤오찬은 지금 뭐 하고 있느냐고 내가 물었다. 리샤오찬의 엄마는 리샤오찬이 집에서 자기가 내준 숙제를 하고 있다고 알려주었다. 그 숙제는 수학문제 10개와 작문 한 편을 쓰라는 것이라고 했다. 나는 리샤오찬이 오늘 밤 힘들어서 피를 토할지도 모른다고 생각했다.

"그러고 보면 나는 너무 행복해!"

하고 뿌듯해 했다. 불운한 리샤오찬을 위문이라도 해야 했다. 그래서 리샤오찬에게 전화를 걸었다. 때마침 영화에서 자지러질 듯한 총소리가 울려 나오고 있었다.

내가 말했다.

"얘, 들었어? 영화가 한창 재미있거든."

리샤오찬이 말했다.

"정말 내가 불쌍해 보이면 약 좀 올리지 말아줄래?"

내가 말했다.

"너의 엄마도 참 너무해. 우리 엄마 좀 봐. 너무 자상하지 않니. 꼭 할머니 같이 말이야."

리샤오찬이 하품을 하다가 말고 갑자기

"얘, 중요한 정보가 있어.

하마터면 잊어버리고 너에게 알려주지 못할 뻔 했어……"

라고 하면서 알려주었다. 그러나 하려던 말을 도로 삼키는 것이었다.

내가 물었다.

"무슨 정보야? 빨리 말해봐!"

"내가 말해주면 어떻게 보답할거야? 비싼 것 아니면 말 안 해줄래."

리샤오찬은 절대로 손해 보는 법이 없었다.

"알았어. 무료 영화 세 번, 어때?"

리샤오찬이 2초가량을 생각하더니 나에게 알려주었다.

"오늘 밤 표를 사지 않고 담을 넘어 들어가려는 자식이 몇이 있을 거야."

그 정보는 리샤오찬이 엄마와 같이 집에 가는 길에서 수집한 것이었다. 때마침 두 남학생이 앞에서 걸어가면서 저들의 계획에 대해 흥미진진하게 이야기하는 것을 리샤오찬이 죄다 들었던 것이다. 나는 바로 전화를 끊고 손전지를 찾아 들었다.

영화가 막 시작된 때가 바로 도둑을 잡을 절호의 기회였기 때문이었다.

우리 집 담장은 내 키보다 높았다. 대문이 있는 남쪽은 엄마가 지키고 있기 때문에 그쪽으로는 감히 뛰어넘을 엄두를 내지 못할 것이다. 그들은 분명 동쪽이나 서쪽 담을 넘으려고 할 것이다. 나는 허리를 꼬부리고 서쪽 담장 아래 쪼그리고 앉아서 귀를 담장에 바싹 갖다 댔다. 그렇게 한참을 들었지만 아무런 기척도 없었다. 나는 서둘러 동쪽 담장 아래로 갔다. 또 한참을 듣고 있자니 과연 인기척이 났다. 나는 심장이 쿵쿵 뛰기 시작했다. 나는 큰 광주리를 옆에 갖다 놓았다.

담장 밖에서 말소리가 들렸다.

"너 먼저 넘어. 그 다음에 내가 넘을게."

그 목소리는 분명 떨고 있었다. 아마도 너무 격동되었던 모양이다.

"너 먼저 넘기로 했잖아?"

"임시로 바꾸자 야. 만약 네가 잡히면 내가 뛰어 넘어가서 널 구해줄게."

"겁쟁이! 나 보고 먼저 넘으라면 넘지 뭐. 까짓것.

그런데 너 도주병은 되지 마라."

"나, 난 도망병은 안 할 거야.

누구든지 도망치면 한간(漢奸)이라는 소리를 듣게 될 테니까……"

그렇게 주고받는 말을 듣고 있자니 나는 하마터면 웃음을 터뜨릴 뻔했다.

그때 담을 기어오르려고 애 쓰는 소리가 들렸다.

"빨리 나 좀 도와줘……"

"낑낑"거리며 담을 넘는 것 같았으나 "털썩"하고 두 번이나 미끄러져 떨어졌다. 저쪽 사내대장부가 담을 넘는 기술은 별로인 것 같았다.

그 자식이 담을 오르는 대체적인 위치를 나는 쉽게 판단할 수 있었다. 나는 담장 아래 쪼그리고 앉아 있다가 그 아이가 땅에 뛰어 내리는 순간 큰 광주리를 머리 위에 덮어씌울 준비를 하고 있었다. 이때 누군가가 나를 탁 치는 바람에 나는 깜짝 놀라 하마터면 심장이 멎을 뻔 했다.

자세히 보니 리샤오찬이었다.

리샤오찬이 낮은 소리로 소곤거렸다.

"나 늦지 않았지?"

리샤오찬이 옆에 있는 광주리를 발로 "툭툭" 찼다.

"이 무기는 제법 선진적인데!"

내가 가슴에 손을 대 보니 심장이 벌컥벌컥 뛰고 있었다. 그러나 목소리를 낮추어 말했다. "곧 올 거야……"

말이 채 끝나기도 전에 "쿵" 하는 소리와 함께 검은 그림자가 뚝 떨어졌다. 표적이 등장한 것이다! 나와 리샤오찬이 잽싸게 광주리를 들어 그 자식을 덮어씌웠다. 리샤오찬이 빈틈없이 손을 맞춰준 덕분에 광주리는 전혀 빗나가지 않고 표적에 명중했다! 표적은 순간 어리둥절해서 몸부림치는 것조차 잊은 채 광주리 안에 얌전히 있었다. 무슨 일이 일어났는지 모르는 게 분명했다.

리샤오찬이 말했다.

"영화표 두 장 값 낼만 했지?"

나는 광주리 위에 엎드려 포로를 내리누르면서 대답했다.

"그래 낼만 했어."

리샤오찬이 말했다.

"하하, 표가 생겼다!"

이때 담 밖에서 소리치는 소리가 들렸다.

"어때? 잘 보여? 영화는 어디까지 했어?"

광주리 안의 포로는 그때서야 정신이 들어 큰 소리로 외쳤다.

"나 망했어! 빨리 와서 도와줘!"

"엉? 나 혼자서는 안 되겠어. 두 사람 더 불러다 도와줄게……"

그 뒤로 담장 밖에서는 감감무소식이 되었다. 실제로 영화가 끝날 때까지도 그 남학생은 나타나지 않았다! 아마도 이쪽 일을 잊은 모양이었다.

"한간(漢奸, 중국민족을 배신한 스파이 - 역자 주)이야! 한간!"

포로가 광주리를 벗어버리려고 안간힘을 썼다.

포로의 이름은 양커무(楊棵木)인데 웨야완(月牙灣)초등학교에 다니고 있었다. 몇 학년 몇 반인지는 우리에게 알려주지 않았다. 포로가 된 신세임에도 말하는 기세는 당당했다. 대장부는 어떤 경우에도 이름을 숨기지 않는다면서 이름은 호기롭게 말한 이외에 다른 건 뭘 물어도 모른다고만 대답했다.

나는 짜증이 났다.

"넌 왜 모른다는 말밖에 할 줄 모르니? 두 글자짜리 말은 할 줄 몰라? 네 글자짜리여도 돼!"

양커무는 정원에 있는 스크린을 뚫어져라 바라보았다.

"팔로군은 원래 그래. 세 글자밖에 안 해. 모른다!"

나는 좀 더 심문하고 싶었다. 재미가 있었기 때문이었다. 다음에는 가혹한 형벌이라도 좀 들이대야 하지 않을까도 생각했다. 양커무는 풀려나려고 급급해하는 눈치는 아니었다. 영화에만 눈길을 주며 우리의 심문은 아예 신경도 쓰지 없었다. 조금만 더 있으면 영화 한 편을 다 보게 될 판이었다. 그것도 무료로 말이다. 나는 그를 풀어주기로 결정했다. 나는 먼저 이 일을 사장에게 보고하고 이참에 리샤오찬에게 상으로 줄 영화표 석 장도 달라고 했다. 아빠는 나의 보고에 매우 흡족해하면서 무임관람객을 잡은 것은 참 잘했다고 칭찬해주었다. 그리고 그렇게 하니 이제 제법 영화관다운 것 같다면서 시원스레 표 석 장을 꺼내 나에게 건네주었다. 리샤오찬이 잽싸게 표를 받아 직접 자기 호주머니에 집어넣었다. 나는 그 표 석 장을 애초에 손도 대보지 못했다.

나는 문어귀로 양커무의 등을 떠밀고 가서 양커무가 담을 넘어왔다고 우리 부사장 엄마에게 보고했다. 엄마가 양커무를 살펴보고 나서 말했다.

"이후에는 표를 사고 들어오너라. 고작 1원인데. 어디 다친 데는 없니?"

엄마가 그렇게 묻자 양커무는 입을 비죽거리더니 울기 시작했다. 옷소매로 연신 눈물을 닦아가면서 물었다. 리샤오찬은 "울긴 왜 우냐고 나무라면서" 자기도 따라서 울려고 했다. 나는 무슨 말을 해야 할지를 몰랐다. 아무래도 그를 달래줘야 할 것 같았다.

"잘못했어도 괜찮아. 다음에 고치면 되지 않아. 돌아가서 반성문을 쓰면 돼. 이제 울지마, 울긴 왜 울어?" 그런데 이런 말들은 입가에서만 맴돌았을 뿐 한 마디도 밖으로 내뱉지 못했다.

엄마가 말했다.

“울지 말고 집에 가거라.”

그리고 나와 리샤오찬에게 물었다.

“너희 둘이 얘를 때렸니?”

나와 리샤오찬이 얼른 머리를 가로저었다.

양커무가 울먹이면서 말했다.

“아직 다 보지 못했어요. 돈을 내면 안 돼요?”

그리고는 주머니에서 돈을 꺼냈다. 그러나 두 번이나 꺼냈지만 꺼낸 건 껌뿐이었다.

엄마가 아빠를 힐끗 쳐다봤다. 아빠는 영사기기를 다루는 중이었다.

엄마가 말했다.

“그냥 다 보고 가거라. 표 값은 외상으로 해주마.”

기실 엄마는 돈을 받지 않겠다는 뜻이었다. 양커무가 울기까지 했으니 나는 엄마의 그런 처사에 찬성이었다. 그래서 엄마의 직무상 실수에 대해 회사에서는 적발하지 않기로 했다. 그런데 하필 양커무가 고집을 부렸다.

“내일도 갚을 돈이 없으니 어떡하죠? 이제 안 볼래요.”

리샤오찬이 자기 표 한 장을 꺼내 양커무에게 쥐어 주면서 말했다.

“받아. 내가 내는 거야.”

그제야 양커무는 씩하고 웃었다. 나는 양커무가 웃을 때 이가 엄청 희다는 사실을 발견했다. 리샤오찬보다도 훨씬 더 흰 것 같았다.

리샤오찬이 양커무에게 영화표를 주어 영화를 보게 해서 나는 기분이 썩 좋지 않았다. 그러나 바로 대수롭지 않게 여기기로 했다. 그날 저녁 나와 리샤오찬, 그리고 양커무는 좋은 친구가 되었다. 영화 후반을 우리는 아예 보지를 않았다. 리샤오찬이 엄마에게 발각될까봐 두려워했기 때문에 우리 셋은 담장 아래에 쪼그리고 앉아서 의리로 가득 찬 말들을 했으며, 또 최근에 해야 할 많은 계획도 세웠다. 예를 들면 내일 양커무가 나와 리샤오찬을 초청해 그 애가 다니는 웨야완초등학교에 가기로 한 것이다. 양커무가 다니는 학교 옆에는 큰 홰나무가 한 그루 있는데, 양커무는 그 나무 위에 보물을 하나 숨겨 놓았다면서 우리 둘에게 놀게 할 수 있다는 것이었다. 그리고 우리 셋은 또 우리 집 담장 위에 유리조각들을 펴 놓아 다른 사람이 표를 사지 않고 담을 넘어 들어오지 못하게 방지할 계획도 세웠다. 양커무는 자신이 그것도 잘할 수 있다고 말했다. 그 아이는 학교 화단 안에 유리를 한 장 숨겨놨는데 이제 쓸데가 있게 됐다고 했다. 그 유리를 깨서…… 우리는 내일 당장 학교에 가지 않고 우리가 하고 싶은 큰일을 하지 못하는 것을 한스러워 했다.

사실 우리의 가장 주요한 계획은 오후에 학교가 끝난 뒤 '한간'을 잡는 일이었다. 옛날 영화를 몇 부 보고난 우리는 모두 '한간'을 잡는 느낌을 체험해보고 싶었다. 이번에 한 번 크게 해볼 기회가 생긴 것이다.

양커무를 담장 안에 버리고 간 '한간'의 이름은 송차오(宋朝)였다. 양커무와는 유치원 때 '동창'이었는데 지금은 같은 반이 아니었다. 송차오라는 이름이 '한간'의 이름 같지는 않았다.

영화가 끝나기 전에 리샤오찬은 엄마보다 먼저 집으로 돌아갔다.

숙제를 채 못했기 때문이었다. 나와 양커무가 리샤오찬을 문밖까지 배웅해 주었다. 양커무도 집에 가야겠다고 말했다. 그런데 무슨 영문인지 헤어지기가 아쉬웠다. 양커무의 집은 동쪽 거리에 있었다. 양커무는 뛰어서 집으로 돌아갔다. 양커무의 모습은 바로 깊고 고요한 골목으로 사라져 "탁탁"하는 발자국 소리만 들릴 뿐이었다.

휘영청 밝은 달이 하늘에 걸렸는데 당장이라도 물방울이 떨어져 내릴 것만 같았다. 멀리서 우리 집 영화 속의 대화소리와 음악소리가 들려왔다. 순간 나는 자신이 어디 있는지 어리둥절해졌다.

다섯째 날

우리 집 영화표를 돈으로도 쓸 수 있게 되었다. 아빠는 신이 나서 아침식사도 하지 않았다.

어찌 된 일인가 하면 아침에 엄마가 홍윈(紅運) 마트에 가서 짠지 반찬을 샀다. 한 봉지에 2원이었는데 엄마가 50원짜리를 마트 사장에게 주며 거슬러 달라고 했다. 마트 사장이 싱글벙글 웃으며 어제 저녁에 상영한 영화 「갱도전」에 대해 이야기하면서 거스름돈을 챙기다가 보니 거스름돈이 모자랐던 것 같았다. 마트 사장은 기발한 생각이 떠올랐다는 듯이 "그냥 영화표 한 장 주세요. 한 장에 2원이니까 짠지와 같은 값이네요."라고 말했다. 엄마는 그렇게 거래할 수 있으리라고는 생각도 못했던지라 한참 멍해 있다가 결국 영화표를 한 장 꺼내 주고 2원을 대신했다. 마트 사장은 영화표를 받아 넣으면서 오늘 저녁에는 무슨 영화를 상영하느냐고 물었다. 엄마가 「꼬마 전사 장가(張嘎)」를 상영한다고 알려주었다. 마트 사장은 연신 좋다고 말하면서 영화표를 집어넣었다.

텔레비전에서 드라마 「꼬마 전사 장가」 방송이 막 끝난 뒤여서 옛날 영화 「꼬마 전사 장가」에 대한 관심이 특히 컸다. 아빠는 그럴 줄 알고 특별히 외삼촌에게 부탁해 그 옛날 영화를 얻어왔던 것이다.

엄마가 얘기하는 과정을 들은 아빠는 반 토막 남은 담배를 깊게 한 모금 빨아들이더니 말했다.

"대단한데. 직접 가서 시험해봐야겠군!"

엄마가 그러지 말라고 말렸다. 정 시험해보려거든 밥이나 먹고 가라고 했다. 그러나 아빠는 기다릴 수 없다면서 뒤도 돌아보지 않고 콧노래를 흥얼거리면서 나갔다.

나도 얼른 책가방을 둘러메고 찐 빵을 두 개 들고 아빠 뒤를 따랐다.

나는 아빠가 홍운 마트로 갈 줄 알았다. 그런데 아빠는 나보다 똑똑했다. 그 집은 마트 사장 혼자 옛날 영화를 즐겨 보는데 이미 표를 한 장 갖고 있으니 더 필요하지 않을 것이라고 아빠가 말했다. 아빠는 한참을 돌아다니다가 골목어귀의 오래된 홰나무 아래로 갔다. 아빠는 구두를 닦겠다고 했다. 구두닦이 서씨 할아버지는 우리 집 단골 관중이었다. 할아버지가 돋보기를 걸고 아빠의 구두를 살펴보더니 아직 반들거리니까 닦을 필요가 없다고 말했다. 그래도 아빠는 계속 닦아달라고 고집을 피웠다. 닦아주지 않으면 소비자협회에 가서 신고라도 할 기세였다. 할아버지는 어이가 없다는 표정으로 아빠를 쳐다봤다. 아빠가 뭔지 모르지만 열 받는 일이 있어서일 거라고 생각했을 것이다. 실제로 아빠는 머리가 뜨거워져 있었다.

"그럼 구두 보양을 한 번 해드리죠."

고객의 요구니까 당연히 존중해야만 했다.

"얼마지요?"

아빠가 앉으면서 물었다. 아빠는 오늘 처음 구두를 닦으러 왔던 것이다.

"구두 닦는 건 2원이구요 보양은 1원이면 됩니다."

"2원 드릴게요."

"1원이에요. 영화관을 운영하니 돈이 있으시겠지만 전 싫습니다. 1원만 주십시오."

구두닦이 서 씨 할아버지가 고객의 구두를 닦기 시작했다. 할아버지는 아주 천천히 정성을 다해 닦았는데 마치 구두 닦는 일을 즐기고 있는 것 같았다. 돈을 지불할 때 아빠가 호주머니를 뒤지는 시늉을 하더니 말했다.

"아이고, 잔돈이 없네요."

할아버지는 머리도 들지 않고 공구들을 정리하면서 말했다.

"외상으로 하세요. 저녁에 영화를 보러 갈 테니 그때 주시면 됩니다. 오늘 저녁에는 무슨 영화지요?"

"「꼬마 전사 장가」에요."

아빠가 영화표 한 장을 꺼내면서 말했다.

"영화표 한 장을 대신 드릴게요. 그래도 되죠?"

할아버지가 말했다. "안 됩니다."

아빠가 입을 실룩거리며 나를 바라봤다. 아빠가 너무 민망할 것 같았다. 홍운 마트에서는 예외였던 것 같았다. 영화표가 여기서는 돈 대신 쓸 수가 없었던 것이다.

아빠가 무슨 말을 했으면 좋을지 몰라 머뭇거리는데 구두닦이 할아버지가 말했다.

"이렇게 하지요. 이 표는 받고 1원을 거슬러 드리지요.
영화표는 2원이니까요."

이런 이유 때문에 그는 거절했던 것이었다. 그 말을 듣는 순간 아빠는 흐뭇해하면서 말했다.

"거슬러주지 않으셔도 돼요."

"아니에요. 1원은 1원이죠. 어서 거스름돈을 받으세요."

아빠는 그 할아버지 뜻을 거역할 수가 없어 하는 수 없이 1원짜리 거스름돈을 받았다.

돌아오는 길에 아빠도 소원을 이루었다고 나에게 말했다. 영화표 한 장으로는 두부를 한 모 샀고, 표 석 장으로는 소주를 한 병 샀다. 두부는 먹는 사람이 없어서 저녁이 되니 쉬어버렸고, 소주는 궤 안에 넣어둔 후 아빠가 잊어버려서 묵은 술이 되어버렸다. 아빠는 다만 영화표를 쓸 수 있는지를 시험해보고 싶었을 뿐이었다.

나는 아빠에게 영화표 다섯 장을 달라고 했다. 「꼬마 전사 장가」가 틀림없이 인기를 끌 것 같았다. 사실 다섯 장도 모자랐지만 아빠는 다섯 장밖에 주지를 않았다. 아빠가 이제는 우리 정원에 더 많은 관중을 수용하지 못한다면서 표를 너무 많이 팔면 안 된다고 했다. 아빠가 표를 한 장씩 헤아려 나에게 줬는데, 100원짜리 지폐 다섯 장을 헤아리는 것보다도 더 신중했다. 아빠는 표를 헤아리면서 말했다.

"이걸 돈이 아니라고 생각하지 마라. 이게 바로 돈이다, 돈!"

오후 학교가 끝나자 나와 리샤오찬은 웨야완초등학교 문어귀로 양커무를 찾아갔다. 양커무가 이미 문어귀에서 기다리고 있었다.

우리 셋은 처음에 달빛 아래서 만나 서로 얼굴을 똑똑히 보지 못했으나 이제 햇빛 아래서 만나자 서로를 확인할 수가 있었다.

"오늘 저녁 영화도 「지뢰전」이니?"

"아니. 「꼬마 전사 장가」야."

이렇게 서로 암호를 맞춘 뒤 양커무가 나와 리샤오찬을 데리고 학교 동쪽에 있는 완구점으로 뛰어 들어갔다. 그곳은 송차오가 반드시 지나야 하는 길목이었다. 오늘 오전 두 번째 수업시간이 끝난 뒤 양커무가 철봉대 앞에서 송차오를 만났었다. 송차오는 머리를 숙이고 양커무를 못 본체하며 몸을 낮춰 철봉대를 에돌아 도망쳐버렸다. 양커무는 송차오가 도망가는 모습이 더욱더 영화에 나오는 '한간' 같았다면서 정말 구제불능이라고 말했다.

그래서 우리는 그 아이를 제거해버리기로 했다. 그 아이가 슈퍼 앞을 지나갈 때 먼저 잡기로 했다.

리샤오찬이 나지막한 소리로 물었다.

"제거해버린다는 게 무슨 뜻이야?"

내가 손을 권총 모양으로 뻗으며 말했다.

"탕! 탕! 총살시킨다는 거지."

리샤오찬이 입을 일그러뜨리며 말했다.

"예전에 한 번도 사람을 죽여본 적이 없는데……"

양커무가 좀 아쉬워하면서 말했다.

"걔는 나랑 유치원 동창이야. 죽이지는 말자."

우리가 한참 속닥거리고 있는데 양커무가 손으로 바깥을 가리키면서 말했다.

"송차오가 오고 있어. 제일 앞에 선 애가 걔야."

아이 다섯이 문 앞을 지나갔다. 제일 앞에 선 아이는 몸이 마른 편이었다. 그 아이는 길옆에서 아이스크림을 네 개 사서 뒤에 따라오는 친구들에게 나눠줬다. 자기건 사지 않고 그들이 먹는 걸 보고만 있었는데 엄청 먹고 싶어 하는 눈치였다. 짠돌이이기까지 했던 거였다. 송차오는 지은 죄가 있으니 홀로 집에 돌아가는 게 두려워서 아이스크림으로 학우 네 명을 매수한 것이었다. 양커무는 그 네 명의 아이가 원래 송차오와 싸운 적이 있는데 그때 자기가 송차오를 도와줬었다고 나에게 알려줬다. 뜻밖에도 아이스크림 하나로 그들의 우의가 회복된 것을 본 양커무는 너무 분해했다.

걔들이 숫자가 많은 것을 보고 우리는 경거망동하지 않았다. 걔들이 지나가기를 기다렸다가 멀리 떨어져서 뒤를 따랐다. 그 다섯은 웃고 떠들면서 잠깐 사이에 아이스크림을 다 먹어치웠다. 그중 한 녀석이 '시공간 탈출' PC방 앞에서 걸음을 멈췄다. 송차오에게 게임 비용까지 내라는 뜻인 것 같았다. 송차오는 머리도 가로젓고 손도 흔들었다. 돈이 없는 게 분명했다. 그러자 그들은 더는 웃고 떠들지 않고 말없이 걷기만 했다. 그렇게 그들은 송차오를 따라 송차오 네 집 앞 골목으로 굽어들었다.

송차오는 친구들과 헤어지기 바쁘게 후다닥 뛰기 시작했다. 우리가 거의 뒤쫓아 갔으나 대문이 이미 닫힌 뒤였다. 문틈으로 들여다보니 송차오가 마당에 놓인 작은 나무탁자 옆에 앉아 있었다. 나무 탁자 위에는 새 옷들이 한 무더기 쌓여있었다. 송차오가 책가방을 열더니 숙제를 하려는 것 같았다. 양커무는 송차오가 평소에는 저렇게 공부에 열중하지 않았는데 '한간'이 되더니 철이 든 모양이라고 말했다. 송차오가 책가방에서 꺼낸 것은 숙제하는 책이 아니라 가위였다. 우리는 너무 놀라서 숨이 턱 막히는 것 같았다.

세상에 손을 대지 않길 천만다행이었다. 도둑이 제발 저리다고 저 나쁜 놈이 진짜 흉기를 가지고 있었던 것이다.

송차오는 과연 숙제를 하려는 게 아니었다. 송차오는 공부하기 싫어하는 게 확실했다. 가위를 쥐고 새 옷 한 벌을 집어 들더니 싹둑싹둑 자르기 시작했다. 설마 새 옷들을 베어 망가뜨리려는 건 아니겠지? 정말 집안을 망쳐 먹을 놈이구나. 나는 지금까지 저렇게 집안을 망칠 돼먹지 못한 일은 해본 적이 없었다.

송차오가 정원 안에 숨어서 나올 생각을 않는 바람에 오늘은 그만두는 수밖에 없었다. 송차오 네 집을 떠나면서 우리 셋은 아무도 송차오가 뭘 하고 있는지 알 수 없었다. 그 아이는 옷에 있는 뭔가를 베어내고 있을 뿐이었다. 더군다나 그런 게 무슨 재미인지 알 수 없었다.

우리 셋은 집에 돌아가 빨리 숙제를 끝낸 뒤 7시 40분에 우리 집에 와서 「꼬마 전사 장가」를 보기로 약속했다.

오늘 아빠의 광고문이 조금은 창의적이었으며 글도 이전보다 반듯했다. 아빠는 나무판에 이렇게 써놓았다.

"오늘의 영화 '꼬마 전사 장가' 새 드라마보다 더 재미있는 옛날 영화!"

우리 집 관중들은 대체로 고정되어 있었다. 옛날 영화를 즐겨 보는 사람의 수는 일정했다. 드라마를 즐겨 보는 사람들은 우리 집 고객이 아니었다. 영화가 시작하기 전에 그들은 언제나 뉴스나 일화에 대해, 그리고 동네의 자질구레한 일들에 대해 이야기하곤 하였으며 어떤 때는 한바탕 논쟁을 벌이기도 했다. 논쟁이 승부가 나지 않을 때면 사장이 나서서 가라앉혀야 했는데, 아빠의 영사기기가 돌기 시작하고 스크린이 밝아지면 논쟁은 자연히 가라앉곤 했다.

오늘은 꼬마 관중들이 평소보다 많았다. 대다수는 우리 학교 학생들이었다. 그들은 늘 부러워하는 표정으로 나를 바라보곤 했다. 몇몇 여학생들은 쭈뼛거리며 내 이름을 부르곤 했다. 그럴 때면 나는 그들을 본체만체 하며 으쓱하곤 했다. 그러면서 그들이 앉은 쪽을 향해 "야야! 좀 조용히 해라! 교양 없이 굴지 말고. 영화 이제 곧 시작한단 말이야!"라고 소리 지르곤 했다. 사실은 아빠가 필름을 아직 바퀴에 걸지도 않은 상태였음에도 말이다. 그중에는 오기가 생겨 부루퉁해서 "쳇! 잘난 체 하긴!"이라고 반발하는 아이도 있었고, 그럴 때마다 그런 아이를 응원하는 웃음소리도 있었다. 그런 상황에 닥치면 나도 인정사정 보지 않고 한달음에 달려가 누가 반발하는지 조사하곤 했다. 물론 인정하는 사람은 없었다. 그러면 나는 너무 어색하여 투덜거리면서 가버렸다. 그러면 뒤에서 "히히"하는 웃음소리가 들리곤 했다. 나는 그 후론 이 때의 교훈을 통해 못들은 체 했다.

오늘 저녁은 리샤오찬의 엄마가 야근이어서 리샤오찬은 자유로운 몸이 되었다. 그래서 일찌감치 숙제를 끝내고 왔다. 2분 뒤 양커무도 왔다. 나는 그 아이들을 위해 앞의 좋은 자리를 차지해 놓고 있었다. 양커무는 정말 약속을 잘 지키는 아이였다. 양커무는 유리조각을 한 박스나 가져왔다. 그것은 그가 학교에 있을 때 다 깨 놓았던 것이다. 리샤오찬이 양커무를 도와 유리조각을 동서 두 곳의 담장 위에 펴놓았다. 오늘 저녁에는 어쩌면 몇 쌍의 작은 손에서 피를 보게 될 것이다. 빨간 피를 ……

영화가 시작할 무렵 또 다섯 명의 꼬마 관중이 왔다. 송차오와 그의 네 친구가 온 것이다. 사람마다 영화표 한 장씩 쥐고 있었으며 그들 손에서는 피가 나지 않았다. 저 아이들이 언제 표를 샀을까? 나는 저 아이들에게 표를 팔지 않았다. 엄마가 그들에게서 표를 거둘 때 나는 뛰어가 살펴보았다. 틀림없이 표를 갖고 있었다. 다른 사람에게서 고가로 영화표를 산 게 분명했다. 물론 송차오가 샀을 것이다. 아이스크림 네 개에 이번에는 영화표까지 녁 장을 냈던 것이다. 그 다섯 녀석은 좋은 자리를 차지하지 못하고 제일 뒷줄에 벽돌 한 장씩 깔고 앉았다. 송차오는 양커무가 있는 걸 보지 못했다. 송차오는 나와 양커무가 동맹을 맺었다는 사실을 알 리 없었다.

그 다섯 녀석은 규율을 잘 지켰다. 조용히 앉아서 스크린만 쳐다봤다. 송차오는 초조한지 계속 목을 빼들고 아빠가 돌리고 있는 영사기를 지켜보고 있었다.

영화가 시작할 때 엄마는 대문을 닫고 표를 거둘 때 앉았던 의자를 송차오에게 주었다. 나는 저 녀석도 어제 저녁에 담을 넘으려다가 후에 양커무를 배신하고 홀로 도망쳤다고 엄마에게 귀띔했다. 내가 우리 집 의자를 도로 빼앗으려 하자 엄마가 말렸다. 엄마는 그 남자아이를 알고 있다면서 이삼일에 한 번씩 의류공장에 가서 옷을 가져다 실밥을 떼는 일을 하는 아이인 것 같다고 했다. 나는 엄마 말을 다 알아듣지 못했다. "송차오가 의류공장에 가서 옷을 가져다 실밥을 뗀다는 게 무슨 뜻이지?"

나는 허리를 굽히고 앞쪽으로 와 양커무와 리샤오찬에게 송차오가 왔다고 알려주었다. 우리는 의논을 거쳐 영화가 끝나 사람들이 흩어질 때를 기다려 기회를 엿보기로 했다.

오늘 저녁 영화 「꼬마 전사 장가」는 너무 재미있었다. 관중들 속에서는 이따금씩 웃음이 터져 나왔으며 확실히 드라마보다 재미있다고 낮은 소리로 소곤거리는 말도 들렸다.

내가 가만히 고개를 돌려 보니 송차오 네는 앞뒤로 몸을 흔들면서 웃어대고 있었다. '한간' 주제에 왜놈과 싸우는 영화를 보기 좋아하는 모양이다.

영화가 끝나 사람들이 흩어지기 시작하자 우리 셋은 바로 사람들 틈을 비집고 나왔다. 그런데 송차오는 그림자도 보이지 않았다. 그 아이들이 문에서 가까운 뒷줄에 앉았기 때문에 우리는 끝내 놓치고 만 것이다. 별 수 없었다.

송차오가 문에 들어가기 전에 따라잡는 수밖에 없었다! 우리 셋은 흩어져가는 사람들 틈을 요리조리 누비면서 송차오가 집으로 돌아가는 방향으로 추격했다. 얼마 안 가 달빛 아래서 검은 그림자 몇몇이 어른거리는 게 보였다. 걸으면서 영화에 대해 이야기하고 있었다. 우리 셋은 몰래 그들의 뒤를 밟았다.

"하하하, 아까 그 통역관 말이야. 그렇게 뚱뚱해가지고도 살 뺄 생각은 않고 수박까지 먹겠다고 말야……"

양커무는 송차오가 그 뚱뚱한 매국노를 지칭하면서 말하고 있음을 알았다.

"아이고, 그 주제에 팔로군인 체 하는 것 좀 봐!"

다른 아이들도 말하고는 깔깔거리며 웃곤 했다. 그 웃음소리에 달님도 바르르 떠는 것 같았다.

잠간 뒤 그 중 셋이 다른 골목으로 굽어들었다. 골목으로 굽어들기 전에 그들은 송차오에게 "내일도 영화표가 있냐?"라고 물었다. 송차오는 갖고 싶다면 얼마든지 줄 수 있다면서 담을 넘지 않아도 된다고 대수롭잖게 말했다. 그 으스대는 말투는 완전히 허풍쟁이 같은 말투였다. 그 셋은 송차오의 대답에 흡족해하면서 서로 어깨동무를 하고 멀어져갔다.

그러다보니 송차오 혼자 남았다. 그러자 양커무가 잽싸게 뛰어가 송차오의 앞을 가로막았다. 나와 리샤오찬은 송차오의 뒤를 지키고 섰다.

"서라. 서!"

양커무가 말했다.

"누구냐?"

송차오가 깜짝 놀라며 멈춰 섰다.

"'한간'이 되더니 유치원 동창도 잊어버린 거니?"

양커무가 말하면서 송차오의 멱살을 거머쥐었다. 송차오가 몸부림치며 도망치려 했다. 나와 리샤오찬이 다가가 힘도 별로 들이지 않고 송차오를 담벼락에 밀어붙였다. 겁이 난 송차오는 자기 친구들의 이름을 소리쳐 불렀다. 그러나 아무도 대답하는 소리가 들리지 않았다. 달빛 아래서 골목은 조용했다. 송차오의 얼굴은 희고도 바싹 야위어 있었다.

심문이 시작되었다. 이것저것 닥치는 대로 질문했다. 모두 영화 줄거리와 관련이 있는 질문이었다.

"너 그 뚱보 통역관이 언제부터 왜놈의 앞잡이가 된 거냐?"

송차오가 대답했다.

"영화가 막 시작해서부터였다."

"왜놈이 너에게 어떤 이익을 주더냐?"

"수박을 무료로 먹게 했다……"

송차오가 대답을 잘하고 있었다.

"자백해라. 네가 보기에 드라마와 영화중에서 어디서 더 나쁘게 나오는 것 같으냐?"

"우리 집에는 이제 텔레비전이 없어. 그래서 드라마는 보지 못 했어……"

송차오가 거짓말을 하기 시작했다. 집에 텔레비전이 없을 리가 없었다. 솔직하지 않은 이상 계속 시간을 끌 필요가 없이 빨리 끝을 내야겠다고 생각했다.

"개다리 한간 놈을 어떻게 처리하지? 엉?"

"명세서를 작성해야지."

송차오가 말을 하다가 웃음을 터뜨렸다.

"너희들도 다 봤으면서 뭘 나한테 물어?"

내가 그 아이 이마빡을 손가락으로 누르며 조용히 하라고 주의를 주었다.

마지막에는 총살을 해야 했다. 우리 셋은 나란히 줄을 지어 서서 '손'권총을 쳐들고 송차오를 겨냥한 뒤 입으로 "탕! 탕! 탕!"하고 소리를 냈다. 송차오가 배를 끌러안고 웃었다.

화가 난 양커무가 다가가 송차오를 밀쳤다.

"야! 너 빨리 쓰러져. 너 총 맞았잖아. 죽은 사람이 어떻게 깔깔거리며 웃냐?"

송차오는 하는 수 없이 시키는 대로 땅에 쓰러지면서 나 "죽었다."고 했다.

리샤오찬이 낮은 소리로 말했다.

"이제 됐어. 탄알 그만 낭비하자."

내가 말했다.

"이게 바로 한간의 끝장이야!"

우리 셋은 흐뭇해서 돌아섰다. 몇 걸음 걷다보니 뒤에서 낮게 흐느끼는 소리가 들렸다. 송차오가 울고 있는 게 틀림없다. 양커무와 리샤오찬은 신이 나서 웃고 떠드느라고 듣지 못한 듯했다. 내가 고개를 돌려 보니 그 아이는 계속 그렇게 앉아 있었다. 하얀 달빛이 비춰 땅 위에 하얀 서리가 한 층 더 내린 것 같았다. 그리고 그 검은 그림자는 흰 서리 위에 조그맣게 쪼그리고 앉아 있었다.

순간 뾰족한 것에 심장이 콕 찔린 듯 아파왔다. 그래서 오는 길 내내 웃지를 못했다. 다시 고개를 돌려 보았을 때 달빛 아래의 골목은 텅 비어있었다. 하얀 땅 위도 비어 있었다. 그제야 나는 마음이 놓여 예전처럼 웃고 떠들었다.

그날 밤 장부를 정리하던 중 영화표 다섯 장 값이 적은 것을 발견했다. 다시 말해서 영화표 다섯 장 돈을 받지 않았던 것이다. 엄마와 아빠가 돈 대신 사용한 표는 이미 제외한 뒤였다. 아빠는 이상하다고 생각하면서 엄마가 받은 영화표를 상 위에 올려놓고 자세히 살펴보았다. 드디어 문제를 발견했다. 영화표 다섯 장이 가짜였던 것이다.

가짜 표가 나타났다!

아빠가 디자인하고 제작한 영화표는 너무 간단했다. 백지에 검은 색 펜으로 쉽게 그릴 수 있었던 것이다. 그러니 사람들이 그 빈틈을 쉽게 파고들 수 있는 것도 전혀 이상할 것이 없었다. 아빠는 시비를 분명하게 따지는 사람인지라 이번에는 엄마의 업무상 실수에 대해 책망하지 않았다. 나는 조사할 것도 없이 송차오가 범인이라고 말했다. 그러나 엄마는 증거도 없이 그렇게 착한 아이에게 억울한 누명을 씌우면 안 된다고 말했다. 최근에는 어린 그 아이가 의류공장에 가서 옷을 가져다 실밥을 떼는 일을 한다고 했다. 이전에는 그 아이 엄마가 했었다고 했다. 나는 내일 그 아이들이 또 가짜 표를 가지고 영화 보러 오면 현장에서 잡으면 된다고 아빠에게 말했다.

아빠는 송차오를 어떻게 잡을지에 대해서는 별로 신경을 쓰지 않고 벌써 어떻게 가짜 표를 만들지 못하게 방지할지에 대해 연구하기 시작했다. 역시 아빠는 똑똑했다. 한 밤중에 갑자기 이불을 젖히고 일어나 신이 나서 방법이 생각났다고 떠드는 바람에 나와 엄마까지 모두 잠에서 깼다.

탕! 탕! 탕…… 깊은 밤중에 우리 집에서 이상한 소리가 울려나왔다.

여섯째 날

엄마는 토요일에도 의류공장으로 출근했다.

토요일 아침이면 나는 언제나 늦잠을 자곤 했다. 내가 잠이 채 깨기도 전에 아빠가 나를 흔들어 깨웠다. "새로 만든 영화표 한 번 봐봐." 아빠는 무척 신이 난 것 같았다. 밤 귀신은 어제 밤에 아빠가 잠을 얼마 자지 못한 것을 알고 있을 것이다. 내가 겨우 실눈을 뜨고 보니 우리 집 영화표에는 모두 아빠의 도장이 찍혀 있었다. 도장 색깔이 썩 빨갛지는 않았지만 확실히 원래 것보다는 더 정식 표처럼 돼 보였다. 이제 가짜 표를 만들려면 한 절차를 더 거쳐야 했다. 송차오의 수준으로는 만들 수 없게 되었다. 이제 우리는 저녁이 되어 그 다섯 바보가 가짜 영화표를 가지고 영화 보러 오기만을 기다릴 판이었다. 그 아이들의 표에는 도장이 찍혀 있지 않을 테니까 말이다.

내가 '아침식사'를 하고 있는데 리샤오찬이 왔다. 리샤오찬이 나에게 눈을 찡긋해보였다. 나는 아직 잠이 덜 깨서 그 아이 뜻을 이해할 수가 없었다. 나도 오늘 우리 셋이 무슨 약속을 했다는 기억이 어렴풋이 떠올랐지만, 무슨 약속을 했는지는 생각이 나질 않았다. 아빠는 리샤오찬이 무슨 꿍꿍이수작을 하려는 것을 눈치 채고 나에게 말했다.

"오전에는 까불지 말고 다들 집에서 공부나 하거라. 요즘 너희 둘 다 공부를 제대로 하지 않는 것 같아."

리샤오찬이 말했다.

"재가 뭐 공부할 필요가 있나요? 정 돈이 없으면 영화표를 찍으면 되죠. 그것도 돈이니까요."

"리샤오찬이 어느 사이에 우리 아빠의 말투를 그대로 본받았지? 너무 똑같잖아."하고 생각이 들 정도였다. 아빠가 웃으면서 말했다.

"그래도 공부는 해야지. 공부 안하면 나중에 돈도 제대로 셀 수 없거든."

리샤오찬이 아무렇지도 않다는 듯이 말했다. "그때 가서는 저를 고용하세요. 내일부터 전 수학공부만 할 거예요. 그러니 나중에 아저씨네 집에서 저를 재무 총괄로 고용하해주세요, 네?"

아빠가 나를 바라봤다. 내 의견을 기다리는 것이었다. 나는

"리샤오찬 말고 어찌 다른 사람을 고용할 수 있겠어요?"

후에 아빠는 자전거를 타고 외삼촌에게로 갔다. 가기 전에 우리 둘에게 공부에 열중하라고도 당부했다.

아빠가 나가기 바쁘게 리샤오찬이 말했다.

"이그, 이 바보야. 양커무랑 약속했잖아. 오늘 오전에 걔들 학교에 가기로. 걔가 우리에게 자기 보물을 보여준다고 했잖아."

맞다. 양커무가 나무 위에 보물을 숨겨놨다고 했었지.

"넌 오전에 예술학교로 플루트를 배우러 가야잖아?"

"갔다 왔어. 그깟 한 시간 하는 수업이 뭐가 대수라고."

리샤오찬이 말했다.

"그리고 또 스케치도 해야지?"

리샤오찬은 신이 나서 말했다.

"난 스케치 선생님 네 꼬마가 너무 좋아. 오늘 아침에 그 꼬마가 감기에 걸렸다지 뭐야. 그래서 스케치 선생님이 수업을 취소했거든. 넌 왜 우리 엄마보다도 더 나에게 관심을 두고 그러냐?"

"네 성적이 안 좋아 질까봐 그러지. 성적이 안 좋으면 나중에 내가 널 고용할 수 없잖아."

양커무는 학교 앞에서 오래 기다린 것 같았다. 조급해서 동물원 원숭이처럼 서성이고 있었다. 양커무는 나무에 기어오르는 솜씨도 꼭 원숭이 같았다. 잠간 사이에 그 큰 나무 위로 기어 올라갔다. 그리고는 바로 빈손으로 내려왔다.

양무커의 보물이 없어진 것이었다.

양무커는 안타까워하며 말했다. 그 보물은 작은 수레라고 했다. 기실은 나무로 만든 삼각대인데 밑에다 작고 귀여운 바퀴를 세 개 달아 모양이 특별한 보드처럼 생겼다고 했다. 한 달 전에 그 보드가 고물시장 앞에 버려져 있는 것을 발견했는데 누가 버리고 간 것 같았다. 그 아이는 그런 보물이 누군가에게 버려진 것이 마음에 걸려 주인이 되어주기로 했다고 설명했다…… 양커무는 정에 겨워 자기 보드에 대해 이야기하면서 곧 울 것 같았다.

양커무는 문득 생각이 났는지 말했다.

"알았다. 송차오가 한 짓이다. 이 비밀은 개밖에 모르거든……"

우리 셋은 송차오를 찾아가기로 했다. 가는 내내 나와 양커무는 송차오에게 어떤 가혹한 형벌을 줄까 하고 생각했다. 송차오를 한 번 더 "죽게" 해야 돼. 우리는 우리가 알고 있는 모든 영화와 드라마를 머릿속에 떠올려보았다.

방법은 많고도 많았다. 아쉽게도 우리에게는 도구가 없었다. 마지막에 리샤오찬이 어제 저녁처럼 그 아이를 또 한 번 "총살"하자고 했다.

이렇게 말하는 사이에 어느새 송차오 네 집으로 통하는 길을 걷고 있었다. 그 길은 좁은 길이었다. 우리 셋이 나란히 걷고 있는데 뒤에서 빵빵 자동차가 다급하게 클랙슨을 울렸다. 횟가루를 실은 낡은 화물차에게 길을 비켜준 나는 화가 나서 돌멩이를 집어 그 자동차를 향해 던졌다. 돌멩이는 화물차 뒤꽁무니에 맞혔다가 튕겨나갔다. 그 화물차는 우리 곁을 지나간 지 얼마 되지 않아 또 빵빵 클랙슨을 울렸다. 또 뭔가 갈 길을 가로막은 모양이다. 쉴 새 없이 클랙슨을 울리던 화물차가 무슨 영문인지 덜커덩 하고 들썩이더니 하얀 먼지를 뽀얗게 일구며 떠나갔다. 먼지가 사라지자 하얀 그림자가 나타났다. 그 그림자는 길옆에 딱 붙어 서서 계속 기침을 하면서 눈을 비볐다. 기침이 멎자 그 그림자는 큰 보따리를 밀면서 걷기 시작했다. 너무 힘겨워보였다. 걷는 속도는 개미 같았다.

양커무가 자세히 보더니 저건 송차오라고 말했다.

쫓아가 앞을 가로 막았다. 아니나 다를까 송차오였다.

송차오는 멈춰 서서 가쁜 숨을 헉헉 몰아쉬며 양커무를 바라보다가 또 나와 리샤오찬을 바라보더니 말했다.

"나 안 죽었어……"

양커무가 물었다.

"내 보드 어디다 감췄냐?"

송차오는 대답하지 않고 큰 보따리 밑을 가리켰다. 큰 짐 보따리는 작은 보드 위에 실려 있었던 것이다.

"나 빌려 쓴 거야. 점심 때 가져다 놓을게."

송차오가 설명했다. 양커무는 송차오의 설명을 들으려고도 하지 않고 큰 짐 보따리를 밀어서 떨어뜨렸다. 아니나 다를까 그 밑에서 그의 작은 보드가 모습을 드러냈다. 양커무는 자기 보물을 쳐들고 어디 망가진 곳이 없는지 자세히 살펴보았다. 아무렇지도 않은 것 같았다. 다만 세 개의 작은 바퀴가 흙이 한 층 더 묻어 반들거리지 않을 뿐이었다. 양커무는 작은 보드를 내려놓더니 악악 소리 지르며 큰 짐 보따리를 마구 찢어댔다. 안에는 옷이 가득 들어있었다. 양커무는 옷들을 하나씩 집어내 허공으로 던졌다.

삽시에 하늘이 알록달록해졌다. 나도 뒤질세라 같이 옷을 집어던졌다. 리샤오찬도 가세했다. 그러나 리샤오찬은 한 벌만 던지고 그만두었다. 모두 예쁜 옷들이어서 아까워서 그만두었을 것이다.

처음에 송차오는 옆에 비켜서서 반항하지 않고 잠자코 있었다. 알록달록한 옷들이 사방으로 흐트러지자 송차오는 얼굴이 벌겋게 상기되었다. 송차오는 양커무를 확 밀어버렸다. 그러나 양커무의 미친 듯한 보복을 제지시킬 수는 없었다. 송차오는 아무 말도 없이 이러 저리 두리번거리더니 길옆에서 큰 벽돌을 찾아 들고 미친 듯이 돌진해왔다. 리샤오찬이 비명을 지르며 손으로 눈을 가렸다. 양커무는 송차오가 눈에 독이 오른 것을 보자 나에게 빨리 뛰자고 소리 지르더니 머리를 싸쥐고 정신없이 냅다 뛰어 멀리까지 도망쳤다.

송차오는 쫓아오지 않고 벽돌을 땅에다 내리쳤다. 벽돌은 땅에 부딪쳤다가 다시 튕겨 몇 미터나 튀어 나갔다. 나는 그 벽돌이 양커무의 머리를 내리쳤을 때 정경을 상상하며 저도 몰래 몸을 부르르 떨었다. 나는 멍해졌다. 식물처럼 그 자리에 박혀 꼼짝도 할 수 없었다.

송차오가 나를 쏘아보며

"니들 사람 너무 업신여기지 마!"

라고 말하더니 쭈그리고 앉아 옷을 주섬주섬 줍기 시작했다.

리샤오찬은 한참 동안 멍해 있더니 정신이 들자마자 가슴을 쓸어내리면서 나에게 물었다. "나 아직 살아 있는 거니?"

리샤오찬이 묻는 말에 나는 비로소 식물에서 사람으로 돌아왔다. 나는 숨을 길게 내쉬며 리샤오찬에게 멀쩡하다고 알려줬다. 리샤오찬은 다행이라는 말만 반복하면서 허리를 굽혀 송차오를 도와 옷을 줍기 시작했다. 양커무가 멀리서 보면서 나에게 오라고 손짓을 했다. 나는 슬그머니 양커무가 있는 데로 가 리샤오찬을 불렀다. 리샤오찬은 우리 둘을 거들떠보지도 않고 옷에 묻은 먼지를 툭툭 털었다.

나와 양커무는 그 곳을 피해 가버렸다. 양커무의 보드는 가져가지 못했다. 양커무는 떨리는 목소리로 말했다.

"저 녀석 미쳤어. 건드리면 안 되겠어……"

돌아가는 내내 우리 둘은 아무 말도 하지 않고 직접 우리 집으로 갔다.

한 시간 뒤에 리샤오찬이 돌아왔다. 리샤오찬은 송차오를 집까지 데려다주었다면서 송차오와 걔 엄마는 잘 살지 못하고 있더라고 우리 둘에게 알려주었다. 그리고 걔 엄마가 침대에 누워 자고 있었는데 이따금씩 신음소리를 내면서 잘 자지 못하고 있더라고 알려주었다. 또 송차오는 숙제를 하는 것 이외에 실밥 뜯는 일을 하고 있었고, 아빠는 강소성에 일하러 갔는데 아직 돌아오지 않았다고 알려주었다……

리샤오찬이 송차오에 대해 이야기하는 말을 듣고 양커무는 예전에 몰랐던 일들을 많이 알게 되었으며 송차오에게 너무했다는 생각이 들었다…… 양커무는 매우 괴로운 표정이었다. 괴로운 나머지 얼굴이 일그러졌다. 리샤오찬이 보다 못해 그렇게 괴로워할 건 없다며 언젠가는 좋아질 것이라고 양커무를 위로했다. 리샤오찬도 대체 언제면 좋아질 수 있을지 알지 못했다.

리샤오찬은 양커무의 보물을 가져오지 않고 빈손으로 돌아왔다. 옷을 다 나른 뒤 송차오가 보드를 직접 그 홰나무 위에 가져다 놓았던 것이다. 그리고 앞으로는 쓰지 않을 것이라면서 이번이 마지막이었다고 말했다고 했다.

양커무가 말했다.

"걔에게 쓰지 말라고 말한 적은 없어. 미리 나에게 알려만 주었다면……"

"걔에게 전화해서 빌려주면 되지."

내가 전화기를 들어 양커무에서 쥐어주었다.

리샤오찬이 말했다.

"전화하지 마. 걔네 집 전화는 안 쓴지 오래 됐대. 텔레비전마저 팔아버렸대. 걔는 정말 「꼬마 전사 장가」라는 드라마를 본 적이 없대."

우리 셋은 한참 동안 아무 말도 없이 있다가 같이 나갔다.

양커무가 큰 나무 위로 기어 올라갔다. 그 아이의 보드가 나뭇가지 위에 걸려 있었다. 양커무는 작은 종이조각을 그 위에 걸어 놓았다. 그 낭만적인 아이디어는 리샤오찬의 머리에서 나온 것이었다. 글자도 리샤오찬이 썼다. 종이 조각에는 이런 몇 글자가 적혀 있었다.

송차오야, 보드는 네 거야. 양커무.

그리고 우리는 또 송차오 네 집 문밖으로 갔다. 송차오가 마당에 앉아서 가위로 실밥을 자르고 있었다. 종이비행기 한 대가 날아 들어가 송차오의 발 가까이에 떨어졌다. 종이비행기가 착륙하자 우리 셋은 도망쳤다. 종이비행기에는 이런 몇 글자가 적혀 있었다.

나무 위에 가봐. 선물이 있을 거야. 양커무.

저녁 무렵 밥을 먹으면서 엄마가 말했다. "오늘 그 아이가 또 의류공장에 가서 옷을 가져갔다, 아이 엄마가 아파서 입원해야 하는데 돈이 필요한 것 같다, 그 아이 아빠는 외지에 일하러 나가 아직 돌아오지 못하고 있다, 그 아이 집에 돈이 필요해서 계속 실밥을 자르는 일을 맡아서 하고 있다, 실밥을 자르는 일은 돈을 얼마 벌지 못한다, 옷 한 벌의 실밥을 자르면 겨우 십 전이다"라는 등의 말을 했다.

"옷 20벌을 잘라야 겨우 영화표 한 장을 살 수 있어요."

내가 재빨리 계산했다.

아빠가 젓가락을 내려놓으며 나에게 말했다.

"아이가 참으로 기특하구나. 너도 본받아야 한다."

스크린을 걸고 아빠가 영사기기를 고정시켰다. 내가 아빠에게 오늘 저녁에 왜 또 「꼬마 전사 장가」를 상영하느냐고 물었다. 아빠는 그저 "그 송차오라는 아이가 오면 어느 아이인지 나에게 알려주렴."하고 말했다.

나는 대답하면서도 조금은 시샘이 났다.

아니나 다를까 송차오가 왔다. 그리고 그의 네 친구도 같이 왔다.

그 아이들은 자기들이 만든 가짜 영화표를 꺼냈다. 표정들이 어색했다. 엄마는 그 아이들을 쳐다보지 않고 진지하게 표를 받아 구겨진 가짜 표를 반듯하게 펴기까지 했다. 엄마는 그 아이들의 장난을 까발리지 않았다.

내가 아빠에게 송차오를 가리켜주자 아빠가 걸어갔다.

"네가 송차오니?"

"네."

송차오는 얼굴이 붉어졌다.

가짜 표를 만들었으니 도둑이 발이 절인 것이었다.

아빠가 송차오를 방으로 데리고 들어가더니 철제함을 하나 꺼냈다. 안에서 "철그럭 철그럭" 소리가 났다. 그 안에는 최근 우리 집에서 창출한 이익금이 들어 있었다. 아빠가 그 철제함을 송차오 앞에 놓으며 말했다.

"가져가서 엄마 병치료 하는데 쓰거라. 500원이야. 요만큼밖에 벌지 못했다."

그러니 송차오는 그 철제함을 앞으로 밀어놓으며

"싫어요."

하고 대답했다. 아빠가 종이와 펜을 꺼냈다.

"누가 거저 준다던? 차용증을 쓰면 되지. 커서 돈을 벌거들랑 갚으면 돼."

송차오는 쓰려고 하지 않았다.

"제가 큰 다음 아저씨가 죽으면 어떡하죠?"

아빠가 웃으며 말했다.

"내가 죽으면 내 아들에게 갚으면 되지."

그제야 송차오는 시원스레 펜을 받으며 말했다.

"그럼 쓸게요!"

송차오는 내 책상 앞에 앉아서 정성을 다해 써 내려 갔다. 송차오는 차용증을 아빠에게 넘겨주고는 철제함을 들고 뛰어나갔다. 철제함에서 "철그럭 철그럭"하는 소리가 났다.

"그때 가서 이 철제함까지 같이 갚을게요!"

아빠가 차용증을 펼쳤다. 내가 가까이 다가가서 보니 이렇게 쓰여 져 있었다.

510원을 꿔감(영화표 10장, 10원). 송차오.

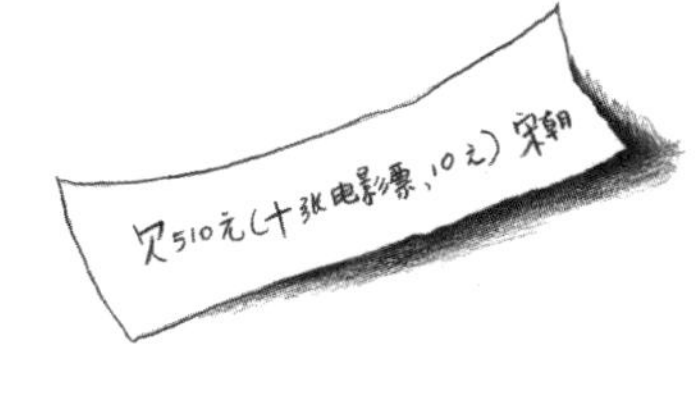

오늘은 달이 일찍 떴다. 달빛이 우리 집 마당에 하얀 서리가 한층 더 내렸다.

영화가 상영되기를 기다리던 사람들이 아빠를 불렀다. 아빠가 차용증을 정성스레 접어서 내 주머니에 넣어주었다.

"가자, 시작한다!"

...... 번째 날

아빠가 밤을 새며 만든 새 영화표는 고작 하루밖에 쓰지 못했다.

주민센터 왕 씨 아줌마가 문화국 관원과 함께 찾아왔기 때문이었다. 우리 집 노천영화관이 불법 경영에 속하는데다가 인근 주민의 정상적인 생활을 방해한다는 이유로 상영을 중단해야 했다. 아빠가 특별히 성실한 자세로 설명했다. 조선소가 휴업을 했기 때문에 아무 거라도 하지 않으면 먹고 살 수 없다면서 신청해서 허락을 얻으면 안 되겠느냐고 물었다. 문화국 관원은 그래도 안 된다고 말했다. 왕 씨 아줌마는 아빠가 괴로워하는 것을 보고 아빠에게 임시

직이라도 일자리를 알아봐주겠다고 약속했다.

더 이상 할 말이 없게 된 아빠는 하는 수 없이 우리 주식회사의 파산을 선포하고 말았다.

아빠는 영사기기와 스크린을 정리하면서도 그것들을 트렁크에 넣기 아쉬워했다. 내가 지금부터 이 영사기기를 상속 받을 수 있을지 아빠에게 물어보았다. 아빠가 나에게 눈을 한 번 흘기더니 아직은 때가 아니라고 했다. 나는 작은 방에 쏙 들어가 이 궁리 저 궁리 하면서 숙제를 했다. 아빠가 영사기기를 어루만지면서 혼잣말로 중얼거렸다.

"이 녀석 쓰기가 딱 좋은데 방치하기엔 너무 아깝단 말이야. 정 안 된다면 방안에서라도 해볼까? 텔레비전처럼 쓰면 되지 뭐."

그날 저녁 두부 파는 아줌마와 구두닦이 서 씨 할아버지가 표를 물려달라고 찾아왔다. 그들은 우리 집 영화관이 문을 닫는다는 소식을 전해들은 것이다. 그들에게는 아직 표가 한 장 남아 있었다. 그것은 그들이 두부를 팔고 구두를 닦아서 번 돈이었다. 엄마가 바로 돈을 돌려주려고 서두르고 있는데 아빠가 돌려줄 것 없다면서 오늘 저녁 방안에서 마지막 영화를 상영할 것이라고 말했다. 그날 저녁 우리 집 방안에서 마지막 영화가 상영되었다.

시간이 하루하루 흘렀다. 아빠는 이제 기대하지 않았다. 영화업계 종사자 역할도 끝이 났다고 생각했다. 이제 더 이상은 장이머우 쉬징레이(徐靜蕾)들과 같은 업계 종사자가 아닌 것이다. 아빠는 영사기기를 마지막으로 한 번 어루만져 본 뒤 나를 불러 기기를 "관" 속에 넣는 것을 거들게 했다. 마지막 시각에 주민센터 왕 씨 아줌마가 왔다. 아빠에게 나쁘지 않은 소식을 가져온 것이다. 싱룽(興隆)슈퍼마켓에서 아빠를 고용해 그들 문 앞 작은 광장에서 무료 노천영화를 상영하기를 원한다는 것이었다. 토요일과 일요일에 영화를 두 차례 상영하도록 하고 아빠에게 월급을 지불하겠다고 했다.

아빠가 "헤헤"하고 웃으며 "탱"하고 트렁크를 다시 열었다. 아빠는 또 다시 영화 종사자가 되었던 것이다!

그렇게 되어 매주 토요일과 일요일 저녁 무렵이 되면 아빠는 영사기기를 자전거에 싣고 싱롱슈퍼마켓 문 앞으로 가 아빠의 최신 업무를 시작하곤 했다. 그러면 나는 아빠 뒤를 달싹거리고 뛰며 쫓아갔다. 때로는 다른 아이들도 같이 따라서 뛰곤 했다. 나와 같은 반 학생들도 있고, 내가 알지 못하는 아이들도 있었는데, 부러워하는 눈빛으로 나를 바라보곤 했다. 그들은 또 "너 네 회사가 싱롱슈퍼마켓까지 진출했구나! 정말 대단해!"라고 말하기도 했다. 그럴 때면 나는 엄숙한 표정을 짓고 "좀 멀찍이 서라. 비싼 기기거든……"라고 하면서 아이들에게 비켜서라고 말하곤 했다.

싱롱슈퍼마켓이 출자해 영화 복사본을 임대하기 시작한 때부터 아빠가 상영한 첫 영화는 「나의 아버지와 어머니」였다. 첫 시작은 별로 재미가 없었다. 「꼬마 전사 장가」보다 별로였다. 차라리 스크린 위에 떠 있는 달을 보는 게 더 재미있었다. 그렇게 장난하다가 우리는 드디어 조용해졌다. 그날 양커무, 송차오, 그리고 리샤오찬은 다 울었다. 리샤오찬은 한참 울다가 고개를 돌려 나를 힐끗 쳐다봤다. 그 눈빛이 달빛처럼 맑았다. 나는 슬그머니 고개를 돌렸다. 내가 우는 것을 보이기 싫었다. 아마도 그날부터였던 것 같다. 나는 리샤오찬을 좋아하는 마음이 예전의 좋아하는 마음과 다르다는 것을 느꼈다. 또 그때부터 등교하고 하교할 때 나는 리샤오찬과 같이 다니지 않았다. 만나지 못하였던 것이다. 리샤오찬이 일부러 나를 피했을 것이다.

1년 뒤 우리는 초등학교를 졸업했다. 나와 송차오가 같은 학교 같은 반에 들어갔고 한 책상에 같이 앉았다. 리샤오찬은 다른 지역에 있는 좋은 중학교에 갔다. 양커무와 같은 학교였다. 그 일 때문에 나는 아주 오랜 시간 동안 양커무를 질투했었다. 같은 학교에 다니지 않으면서 나와 리샤오찬의 우의는 더 담담해졌다. 심지어 끝나버린 듯하기도 했다. 그러나 나는 그 아이를 잊지 않았다. 리샤오찬도 나를 기억하고 있을 것이다. 적어도 우리는 모두 우리 집 영화관을 기억하고 있을 테니까 말이다. 노천극장이라 맑게 갠 가을 밤 스크린 위에 달빛이 가득 쏟아지던 그 날의 추억을 말이다……

Part 7

작은 성

작은 성

1

사러우(沙漏)는 세계에서 나무껍질에 편지를 쓴 제일 마지막 사람임이 틀림없을 것이다.

사러우의 편지는 모두 한 사람에게 부쳐졌다. 그 사람의 이름은 샤오성(小僧)이었다. 샤오성은 절에서 염불을 하는 꼬마 중이 아니라, 도시에서 학교를 다니고 있는 보통 여학생의 이름이다. 샤오성은 사러우에게서 20킬로미터 가량 떨어진 곳에 살았기에 편지 한 통을 전하는 데 사흘이나 걸리곤 했다.

사러우와 샤오성이 주고받는 편지는 늘 몇 줄 되지 않는 글이었다. 마치 휴대폰 문자메시지 같았다. 그런데 그 몇 줄 안 되는 편지를 전하기 위해 배달부는 그들 둘 사이를 부지런히 오가야 했다.

사러우는 편지에 이렇게 썼다. "오늘 저녁에는 해가 5시 13분에 지평선으로 떨어졌어."

샤오성은 답장 편지에 이렇게 썼다. "알았어. 요즘 도시에서는 지평선을 볼 수 없어."

사러우는 또 이렇게 썼다. "여기도 상황이 좋지 않아. 새로 짓고 있는 빌딩들이 지평선을 먹어치우고 있거든."

배달부가 땀투성이가 되어 학교 접수실에 모습을 드러냈다가 또 지친 모습으로 떠나기를 반복하곤 했다.

어느 날 샤오성이 사러우에게 전화를 걸어 의논했다. "우편료를 고작 80전 쓰며 우리 둘이 너무 못된 것 아냐? 이메일로 바꿀까?"

그 말에 사러우가 소리를 질렀다. "네가 원하면 그렇게 해. 난 뭐 그러고 싶어서 그러는 줄 알아?"

그러자 샤오성이 아무 말도 할 수 없었다. 한참 있다가 나지막한 목소리가 수화기에서 새어나왔다. "그러지 마. 난 그래도 자작나무 껍질에 쓰여 있는 문자가 좋아."

그래서 샤오성은 사러우가 부쳐 보내는 자작나무껍질을 계속 받을 수 있었다.

샤오성은 조심스레 그 자작나무껍질을 봉투에서 꺼냈다. 반들반들한 나무껍질 한가운데 볼록 튀어나온 흉터가 하나 있었다. 그건 분명 매끄럽고 깨끗한 얼굴에 "눈"이 하나가 생겨난 것 같았다. 옛날 시가를 읽기 좋아하는 샤오성은 그것을 보자 자작나무에 대해 쓴 고성(顧城. 중국 몽롱시파의 중요한 대표인물 - 역자 주)[01]의 시가 떠올랐다.

"눈" 아래 작은 글이 한 줄 적혀 있었다.

"소중히 여기자. 이제 한동안 지나면 자작나무껍질도 벗기기 힘들 것 같아. 그들이 자작나무숲을 먹어치우고 있거든……"

샤오성은 회답편지에 이렇게 썼다. "그들은 닥치는 대로 먹는 구나!"

01) 몽롱시파(朦朧詩派): 중국 개혁개방의 조류를 타고 등장한 시파로 문화혁명시기의 극좌적 문예노선에 대한 발발로 생겨났다. 1980년대 중국현대문학에서 가장 두드러진 흐름을 형성했는데, 기존의 가치관과는 확연히 다른 가치관에 입각하여 시세계를 구축하였다. 중국사회의 전근대성과 정부 내 보수세력을 비판하였다.

사러우가 사는 타이양(太陽) 쩐(鎭, 비농업 인구를 위주로 하는 '도시'보다는 작은 규모의 거주 지역단위. 현[縣] 밑에 있는 행정단위. 한국의 읍[邑]과 비슷함. - 역자 주)은 북·동·남 3면이 자작나무숲에 둘러싸여 있고 서쪽 한 면만 열려 있다. 강물이 자작나무숲을 흘러지나 열린 서쪽으로 흘러나가 서쪽에 있는 큰 평원을 적셔주고 있다. 사러우가 편지에 썼던 지평선은 바로 그 큰 평원의 끝을 가리킨다.

그들은 먼저 동쪽의 그 넓은 자작나무숲을 먹어치우더니 식욕이 더 커졌다.

사러우가 커감에 따라 타이양쩐도 커졌다. 큰 거리가 가장 빨리 커져 동쪽으로 길게 뻗어 시내의 거리와 하나로 이어졌다. 그렇게 되어 큰 거리가 먼저 동쪽의 그 넓은 자작나무숲을 먹어치운 것이다. 자작나무숲의 가로막음이 없으니 큰 거리 한쪽 끝에 있던 도시가 밀물처럼 타이양쩐으로 밀고 들어왔다. 타이양쩐도 그에 호응하여 낡은 집들을 뭉텅뭉텅 먹어치우면서 새로 지은 집들을 이고 도시 마중을 나갔다. 그중 일부 건물들이 방향을 헷갈렸는지 북쪽으로 마구 퍼져나가면서 북쪽의 큰 자작나무숲을 모조리 먹어치웠다. 사러우는 자작나무가 뿌리째 뽑히는 소리를 들었다.

지붕 위에 쪼그리고 앉은 사러우는 타이양쩐이 너무 낯설게 느껴졌다. 사러우는 너무 쓸쓸해서 열흘 동안이나 샤오성에게 편지를 쓰지 않았다. 자작나무껍질도 아껴 써야 했기 때문이었다. 함부로 가져다가 편지를 써서는 안 되었다. 중요한 일이 없을 때는 편지를 쓰지 않아도 되었다. 사러우가 사라지자 배달부가 샤오성이 있는 학교로 별로 오지 않았다. 방과 후 샤오성은 그 야윈 체구의 배달부와 마주쳤다. 배달부는 감격에 겨워 샤오성을 한 번 쳐다봤다. 감명을 받은 샤오성은 바로 사러우에게 전화를 걸었다.

"야, 5초 전까지도 편지 좀 쓰라고 너에게 부탁하려 했었어. 그러나 이제는 생각이 바뀌었어."

사러우는 샤오성에게 동의한다고만 짤막하게 대답했다.

2

사실 타이양쩐은 어느 사이에 이미 이름이 바뀌어져 있었다. 지금은 타이양 주민센터라고 불리고 있다. 사러우는 왜 그렇게 되었는지를 알 수 없었다. 사러우가 보기에 그렇게 바꾸는 것은 이치에 맞지 않았다. 어른들이 하는 말에 따르면 그렇게 바뀌게 되면서 타이양쩐은 도시의 일부로 바뀌었으며 우리도 도시 사람이 된 셈이란다. 사러우는 타이양쩐이 결국 동쪽에 있는 도시에 먹혔다고 생각했다. 새로 바뀐 이름으로 며칠 부르긴 했지만 사람들은 그래도 예전처럼 타이양쩐으로 부르는 데 습관이 되어 있었다. 그 이름이 간단하기도 하고 또 이미 사람들의 마음에 깊이 자리 잡고 있었던 것이다.

사러우는 갑자기 그 이름에 대해 탐구하고 싶은 욕구가 생겼다. "이름이 왜 타이양쩐일까? 흐린 날과 밤을 제외하고 태양은 매일 이 진을 비추고 있다. 그래서 그 이름을 얻게 된 것일까?"

"전혀 창의성이 없는 생각이야."하고 사러우는 생각했다.

학교 앞에서 한 배낭 객이 사러우를 불러 세웠다. 사러우는 고개를 갸우뚱하고 배낭 객이 말하기를 기다렸다. 사러우는 그런 배낭 객들이 너무나 궁금했다. 그들은 출근도 하지 않고 학교도 다니지 않는다. 그들에게는 왜 시간이 그리 많으며 돈은 또 어디서 생기는 걸까?

배낭 객은 하늘을 쳐다보면서 사러우에게 물었다.

"여긴 왜 타이양쩐이라고 부르지? 혹시 넌 알고 있니? 남쪽에는 웨량쩐(月亮[달]鎭)이라는 곳도 있더구나. 여긴 너무 환상적이야."

사러우가 고개를 수그리고 대답했다.

"그러게요! 여기를 왜 타이양쩐이라고 부를까요? 나도 다른 사람에게 물어보려던 참이에요."

그때 사러우는 마음이 복잡하고 울적해 있었다. 심지어 희소식을 가져다주는 까치마저도 음모가처럼 느껴졌다. 그러니 타이양쩐은 이름에 어울리지 않는 곳이었다. 웨량쩐이라면 모를까? 두 쩐의 이름을 바꾸면 설명하기가 훨씬 수월할 것 같았다.

샤오성이 예측한 바로는 물고기자리 소녀는 이번 주에 운이 나쁘다고 한다. 당연히 사러우 역시 예외일 수 없었다.

요즘 사러우에게는 불쾌한 일만 생겼다. 6학년에 막 올라가자 사쉬안(沙宣) 곧 전임 담임 선생님이 다른 곳으로 전근을 간 것이다. 사러우는 자기 처지가 조금은 달라질 것이라고 여겼었다. 그래서 사러우는 경축하는 마음에서 간식을 한 봉지 가득 사서 반 전체 아이들에게 나눠주기까지 했다.

사러우와 사쉬안 둘은 500년 전쯤 한 집 식구였을 것 같았다. 그런데 그 사쉬안이라는 담임선생님이 친척도 몰라라 하는 매정한 사람일 줄을 누가 알았으랴. 담임 선생님은 사러우의 체면 따위는 아예 안중에도 없었다. 개학한 지 두 주일 만에 사러우에게 반성문을 세 부나 쓰게 했다. 반성문 한 부를 평균 다섯 번은 족히 고쳐야 통과되곤 했다. 사쉬안은 반성문에 대한 요구가 특별히 까다로웠다. 자신의 잘못을 깊이 인식하지 않아도 안 되었고, 문맥이 순통하지 않아도 안 되었으며, 문장부호가 틀려도 안 되었고, 글씨가 깔끔하지 않아도 안 되었다…… 사러우는 전임 담임 선생님이 전근되어 갔지만 원래의 액운은 함께 가져가지 않았다는 사실을 알게 되었다.

사러우가 원한에 가득 차서 사쉬안에게 물었다.

"선생님이 요구하시는 건 혹시 「난정서(蘭亭序)」(동진시대의 유명한 서예가 왕희지의 대표작 - 역자 주)가 아닌가요? 우리 이웃에 서예반을 운영하는 '염소수염'이 하는 말을 들었는데 그 문장만이 그런 수준에 도달할 수 있는 거래요."

사쉬안이 말했다.

"넌 그 문장의 절반 수준에만 도달할 수 있으면 돼. 어서 가서 고쳐."

사러우가 말했다.

"선생님처럼 유명한 선생님은 반드시 왕희지와 같은 뛰어난 제자를 양성할 수 있을 거예요."

"나는 여전히 나다. 여전히 재수 없는 나다."

사러우는 노트를 한 장 북 찢어 그 위에다 이렇게 적어 샤오성에게 부쳤다. 이런 말은 자작나무껍질에 쓰면 안 되었다. 그건 너무 낭비니까 말이다.

사러우는 책가방을 메고 쩐에 있는 유일한 거리에서 흔들거리며 걸어갔다. 책가방은 너무 무거웠다. 임무가 가득 담겨 있기 때문이었다. 배가 홀쭉하니 몸이 흔들리는 것이었다. 아무리 당당한 사러우라도 별 수 없었다.

사쉬안이 자전거를 타고 시속 20킬로미터의 속도로 사러우의 옆을 쌩하고 지나갔다. 그러다가 사러우를 발견하고는 바로 속도를 시속 5킬로미터로 줄였

다. 속도를 늦춘 사쉬안은

"너 똑바로 걸으면 안 되니? 너 때문에 우리 반 체면이 얼마나 깎이는데 계속 그 모양이니?"

라는 말을 사러우에게 던졌다. 사쉬안은 그렇게 말하고도 화가 풀리지 않는지 아예 자전거에서 내려 사러우 앞에 버티고 섰다. 그는 아주 음험한 표정을 짓고 말했다.

"잘 들어 사러우야. 너의 아빠와 엄마를 찾을 수 없다고 널 어찌 할 방법이 없는 줄 아는데. 나 어렸을 때는 너보다 더 못됐었어. 조심해!"

사러우가 말했다.

"사쉬안 선생님, 지금은 학교가 끝난 시간이에요. 선생님의 통제를 받을 시간이 아니거든요. 빨리 가셔서 집의 꼬마에게 밥이나 해주세요. 사쉬안 선생님의 아이도 사람이잖아요. 사람이면 누구나 배가 고프거든요. 배가 고프면 흔들거리게 돼요!"

사러우는 이런 말들을 단숨에 내뱉었다.

사러우는 사쉬안과 이제는 불구대천의 원수가 되어버렸다. 사러우는 둘 사이의 관계를 개선할 생각조차 하지 않았다.

사쉬안의 자전거는 측정하기 어려운 속도로 질주해갔다. 사러우는 사쉬안의 집 꼬마가 오늘 저녁에는 운이 나쁠 것이라고 예측했다.

사러우는 직성이 풀리지 않아 그 뒤에 대고 연사포를 쏘아댔다.

"선생님은 사쉬안이고, 나는 사러우이에요, 우리 둘은 .친척인데 왜 나만 그리 괴롭혀요~"

다 쏘아댄 뒤 사러우는 목구멍으로 억지웃음을 내뱉었다.

3

주민 센터에서 희고 뚱뚱한 간부 한 사람이 걸어 나왔다. 사러우는 그를 알고 있었다. 그는 같은 반 리싱예(李星野)의 아빠이고 타이양쩐 서열 2위인 쩐장(鎭長)이다. 지금은 주임으로 불린다. 그러나 그 본인은 여전히 쩐장이라는 호칭을 좋아한다고 했다.

리싱예는 계속 자기 아빠가 서열 1위라고 떠벌였다. 그런데 어느 날 4학년의 자오우훼이(趙无悔)가 학교 앞에서 리싱예를 가로막고 리싱예의 코를 손가락질하면서 말했다.

"리싱예, 넌 상식적인 실수를 저질렀어."

리싱예가 고개를 빳빳이 쳐들고 물었다.

"그럼 너 말해봐, 말해보란 말이야!"

리싱예가 자신만만해서 주변을 에워싼 학생들을 둘러봤다. 마침 학교가 끝나는 시간이어서 학교 앞에 빙 둘러서서 구경하는 장면이 벌어졌다. 타이양쩐의 학생들은 누구나 다 그런 특이한 기능을 갖고 있었다. 바로 두 남학생 사이의 PK(게임에서 아무 이유 없이 남의 캐릭터를 죽이는 사람 또는 행위 - 역자 주)냄새를 단번에 맡아낼 수 있었던 것이다. 그때 당시 리싱예와 자오우훼이 주변에는 숯불과자가 타는 냄새가 자욱했을 것이다. 그렇다면 재미있는 구경거리가 생긴 것이다.

자오우훼이가 그 실수에 대해 또박또박 지적했다.

"타이양쩐에서 우리 아빠가 서열 1위이고, 너의 아빠는 2위거든."

말을 마친 자오우훼이가 자전거에 기대어 리싱예의 반응을 기다렸다.

리싱예는 눈을 깜박깜박하면서 도도하게 고개를 쳐들었다. 그는 마치 오리처럼 멍하니 끝없이 넓은 하늘만 바라보았다. 그러자 자오우훼이는 자전거를 타고 가버렸다.

그 자리에 있던 사람들은 다 보았다.

자오우훼이가 리싱예보다 훨씬 자신감에 넘쳐 있다는 것을. 모두가 흩어지고 리싱예만 남았다. 거기서 멀지 않은 곳에 사러우가 쪼그리고 앉아 있는 것을 아무도 발견하지 못했다. 그렇다고 사러우가 리싱예의 앞잡이는 아니었다. 사러우는 그저 집에 돌아가기가 싫었고, 그 자리에 쭈그리고 앉아 리싱예의 낭패한 꼴을 구경하는 게 낫다고 생각했던 것이다.

리싱예가 말했다.

"언젠가는 우리 아빠가 1위가 될 거야."

리싱예가 이렇게 말한 것은 자기 실수를 인정한 것이며, 자오우훼이의 말을 묵인한 것이었다. 인정하지 않아도 별 수는 없었다. 이 세상에는 우리가 인정하나 인정하지 않으나 달라지는 것이 없는 일이 너무 많으니까 말이다.

리싱예가 그렇게 말할 때 사러우 혼자 그 자리에 있었다. 그래서 사러우는 리싱예가 사러우에게 자신의 실수를 인정한 것이라고 생각했다.

리싱예가 사러우를 발견했다.

그리고 사러우를 바라보면서 의기양양해서 말했다.

"우리 아빠가 언젠가는 1위가 될 거야. 너는 믿지?"

사러우가 말했다.

"너희 남학생들에겐 정말 실망이야!"

리싱예는 이 여학생에게서 좋은 소리가 나오지 않으리라는 것을 알고 있었다. 같은 반에서 6년이나 같이 공부하면서 사러우가 다른 사람의 말에 공감하는 것을 한 번도 보지 못했기 때문이었다. 그래서 그는 사러우에게 환상을 버린 지 오래며, 나아가 모든 여학생에게 다 환상을 버렸던 것이다.

그런데도 리싱예는 여전히 듣고 싶었는지 또 다시 물었다.

"뭐가 실망이라는 거냐?"

사러우가 말했다.

"너희들은 아빠를 가지고 겨루지 않을 수 없니? 아빠에게 기대지 않고 겨루는 게 진짜 자기 능력 아냐?"

그 말에 리싱예는 꿀 먹은 벙어리가 되었다.

얄미운 사러우의 모습이 골목으로 굽어들려고 할 때 리싱예는 문득 치명적인 아이디어가 하나 떠올랐다. 리싱예는 사러우를 좇아가 또박또박 말했다.

"어쨌거나 우리에게는 아빠가 있어. 너의 아빠는? 너의 아빠는 첩과 살림을 차리고 너를 버렸잖아……"

말을 마친 리싱예가 쾌감에 젖어 멀어져갔다. 그러나 걸어 가다가 갑자기 죄책감에 사로잡혔다. 리싱예는 입술을 질끈 깨물며 그 나쁜 느낌을 억지로 도로 삼켰다.

사러우는 돌멩이를 하나 주워들고 리싱예의 큰 머리통을 겨누고 던지려다가 그만두었다. 생각해보니 리싱예의 말이 틀린 말은 아니었던 것이다. 진실을 말하는 사람이 얻어맞는 것은 잘못된 일이라고 생각했던 것이다. 사러우는 진실을 말하는 사람은 때리지 않았다. 사러우 자신이 바로 진실을 말하는 사람이었기 때문이었다. 진실을 말하는 사람은 진실을 말하는 사람을 때리지 않는다. 이는 사러우의 마지노선이었다.

리싱예의 머리통이 돌멩이를 맞지 않은 것은 그가 운 좋게도 사러우와 한 부류였다는 점에 감사해야 했다.

사러우는 내친 김에 길모퉁이에 좀 더 쭈그리고 앉아 있었다. 사러우는 쭈그리고 앉아 있는 곳이 바람이 없어 춥지 않을 줄 알았는데 조금 있다 보니 유난히 음침하고 추운 곳이었다. 햇살이 비추지 않기 때문이었다. 사러우는 자신을 꼭 껴안았다. 마치 아플 때 엄마가 꼭 껴안아주던 것처럼. 그럴 때면 사러우는 언제나 정신이 흐릿해져 엄마에게 그렇게 하는 건 너무 오버하는 것이라며 이깟 감기로 사람이 죽지는 않는다고 말하곤 했다. 그러나 엄마는 여전히 오버하며 사러우를 꼭 껴안고 있곤 했었다. 이제는 사러우가 더 이상 엄마에게 애걸하지 않아도 되었다. 엄마가 먼 선쩐(深圳)에서 다른 한 더 작은 아이를 안고 있을 테니까 말이다. 그 아이의 항렬이 사러우는 바로 밑이라는 걸 알고 있었다. 곧 사러우의 여동생으로, 엄마는 같고 아빠가 다른 형제였던 것이다. 드라마에 나오는 것처럼, 사쉬안의 말을 빈다면 사러우의 경력이 바로 드라마이고, 사러우의 가정이 바로 드라마였다. 사쉬안도 늘 진실을 말하니까 본질적으로는 사러우와 같은 부류였다. 같은 부류의 사람끼리라 하여 꼭 서로 따뜻하게 대하는 것만은 아니다. 늘 서로 상처를 주기도 한다.

사러우가 문득 고개를 돌려 보니 자그마한 얼룩 강아지 한 마리가 옆에 쪼그리고 앉아 있었다. 그 강아지는 온 몸이 지저분한 것이 한눈에도 버려진 애완견이라는 것을 알 수 있었다. 강아지의 눈빛에 사러우는 일말의 따스함을 느꼈다. 잠시 후 강아지는 추워서 견딜 수 없었던지 햇볕 아래로 옮겨가 앉았다. 강아지는 눈을 찌프리고 사러우를 바라봤다. 사러우도 햇볕 아래로 오라고 말하고 있는 것 같았다. 그것도 강아지가 사러우에게 선의로 귀띔해준 것이었지만,

사러우는 움직일 엄두를 내지 않았다. 낮은 기온은 사람의 마음이 무감각상태를 유지할 수 있게 한다. 이는 의학 분야에서 사러우의 중요한 발견이었다.

사러우는 껌을 꺼내 입안에 넣고 씹었다. 사러우는 과장하여 껌을 씹으면서 텅 빈 위장을 기만하고 있었다.

강아지가 귀를 쫑긋거리며 혀를 코 위에서 왔다 갔다 하며 입맛을 다셨다. 음식을 구걸하는 것 같았다. 그러나 자존심 때문에서인지 강아지는 의사를 분명하게 밝히지 않았다.

사러우 또한 짠순이가 아닌지라 호주머니에서 껌을 하나 꺼내 강아지에게 흔들어보였다. "먹이를 얻고 싶으면 대가를 지불해야지. 이리와 내 동무가 돼줘."

강아지는 고분고분 뛰어 길모퉁이의 그늘진 곳으로 돌아왔다.

그리고 강아지는 즐거운 듯 꼬리를 살래살래 흔들면서 사러우가 하는 대로 과장하며 껌을 씹기 시작했다. 그 모습이 너무나 닮아서 사러우가 보고 있자니 너무 어색했다.

강아지는 난생 처음 그렇게 진득거리는 특별한 음식을 먹어보는 것 같았다. 그런데 웬 일인지 목구멍으로 삼킬 수가 없다는 것을 알았는지 강아지는 더 이상 꼬리를 흔들지 않았다. 즐거움이 사라졌기 때문이다. 그 끈적거리는 먹이에서 빨리 벗어나기 위해 강아지는 그것을 빨리 씹기 시작했다. 한때 강아지가 껌을 씹는 속도가 사러우와 같아지기도 했다.

사러우는 정말 화가 났다. 그래서 강아지를 손으로 탁 쳤다.

"왜 나를 따라 하는 거야?"

강아지는 정말 억울했다. 사러우를 따라 하는 게 아니라 그 끈적거리는 먹이는 그렇게 먹을 수밖에 다른 방법이 없었기 때문이었다. 강아지는 어찌 할 도리가 없다는 표정을 짓고 계속 그 끈적거리는 먹이를 씹고 있었다. 사러우는 강아지를 제지시킬 수 없으니 자기 자신을 통제하는 수밖에 없었다. 사러우는 씹기를 멈추고 껌을 뱉어버렸다.

이튿날 사러우가 또 그 강아지와 마주쳤을 때 강아지는 여전히 그 끈적거리는 먹이를 씹고 있었다. 강아지는 쉴 새 없이 씹고 있었으며 매우 고통스러운 표정이었다. 사러우는 잽싸게 강아지에게서 도망쳐 버렸다.

4

지금 사러우는 리싱예의 아빠인 리(李) 쩐장을 가로막고 서있다. 사러우는 그 문제에 대해 이를 갈고 있었다. 더 이상 해결하지 않으면 무슨 일이 날 것 같았다.

"왜 타이양쩐이라고 부르는 것이죠?"

"왜 그렇게 부르는 거예요?"

쩐장은 앞에 서 있는 지저분한 여자아이를 내려다보며 순간 얼떨떨해졌다. 이 여자아이를 어디서 본 적이 있는 것 같았다. 그랬다. 이 쩐에 있는 사물이 그에게는 모두 낯익은 것이었다. 그런데 그는 이 여자아이가 무슨 말을 했는지 알아듣지를 못했다. 그 아이가 말을 너무 빨리 했기 때문이었다.

"왜 타이양쩐이라고 부르죠?"

"왜 그렇게 부르는 거예요?"

오늘 많이 한가한 쩐장은 이 여아자이의 문제에 진지하게 대답해주기로 마음먹었다. 쩐장으로서 이 또한 그의 직책이기도 했다.

쩐장은 잠깐 생각하다가 말했다.

"내가 부쩐장이 되었을 때 이미 타이양쩐이라고 불렀었지...... 내가 민정국(民政局) 보좌관으로 있을 때도 타이양쩐이라고 불렀었단다. 더 이전으로 거슬러 올라가 내가 너만 할 때도 타이양쩐이라고 불렀었지."

사러우는 완전히 흥미를 느껴 쩐장과 그 화제를 둘러싸고 이야기하고 싶어졌다. 사러우의 자부심은 필요할 때면 언제나 수시로 작동되곤 했다. 절대 우물쭈물하는 법이 없었다.

그래서 사러우가 또 물었다.

"아저씨는 저만 할 때 쩐장에게 이 문제에 대해 물어본 적이 있어요? 아무 어른에게나 이 문제에 대해 물어본 적이 있느냐고요?"

쩐장이 눈을 찌프리면서 기억을 더듬는 것 같더니 물어본 적이 없다고 단정적으로 대답했다.

사러우는 결론을 내리기로 작심했다. 결론을 내리는 것으로 대화를 끝내는 것은 사러우의 습관이었다.

사러우의 결론은 이러했다.

"그러니까 그때 당시 아저씨는 지금의 저만 못했다는 거군요. 그래서 앞으로 저는 서기가 되어 서열 1위에 오를 수 있지만, 아저씨는 꼭 그리 되리라고는 말할 수 없는 거죠!"

쩐장은 잠깐 얼떨떨해 있다가 갑자기 웃음을 터뜨렸다. 때마침 쩐의 서기도 사무실을 나서서 문 앞까지 걸어 나왔다. 쩐장은 사러우를 가리키며 또 크게 웃었다. 그 바람에 서기가 어리둥절해서 쩐장에게 무슨 일이냐고 물었다.

둘은 귓속말로 한참 소곤거렸다. 사실 쩐장은 사실대로 말하지 않았던 것이다. 그는 서기에게 이 여자아이가 타이양쩐 이름의 유래에 대해 묻는다고만 알려주었을 뿐이다.

서기가 말했다.

"보잘 것 없는 여자아이가 국가대사에까지 관심이 있는 걸 보니 우리 쩐의 미래가 창창하구먼 그래……"

그 말에 쩐장이 말했다.

"서기님이 현명하게 이끌어 나가시는데 우리 쩐의 희망이 없을 리 있겠습니까?"

서기가 말을 받았다.

"쩐장인 자네가 우리 쩐의 주민들을 이끌고 노력하고 있으니 우리 쩐이 잘 되는 걸세."

서기와 쩐장이 서로를 격려하고 있을 때, 사러우는 이미 "서기가 되는 길"을 걷고 있었다. 빈 위장이 계속 항의를 해오고 있었지만, 사러우의 다음 목적지는 집이 아니라 자신의 비밀의 성이었다.

5

먼저 사러우의 현재 주거상황부터 소개해야겠다. 그렇잖으면 사러우에게는 그 성이 있을 수가 없을 테니까 말이다. 사러우의 신세는 참으로 드라마틱했다. 항상 의외의 일이 일어나곤 했기 때문이었다.

6

1년 전에 사러우의 엄마와 아빠의 혼인에 의외의 상황이 벌어졌다. 사러우는 그 상황이 언젠가는 발생할 것이라고 이미 오래 전부터 예측하고 있었다.

그래서 엄마가 한 사장님과 선쩐으로 갈 것이라는 말을 꺼냈을 때 사러우는 아빠보다 훨씬 침착했다. 엄마가 자신의 결정에 대해 말했을 때 아빠는 철없는 아이가 되었고 사러우는 오히려 세상 물정을 다 아는 어른 같았다. 사러우는 자기 집에서 발생한 이야기가 마치 수많은 인기 드라마들처럼 너무 상투적이고 창의성이 전혀 없다는 느낌이 들었다. 사러우는 그저 엄마에게 당부만 몇 마디 했을 뿐이었다.

"선쩐에 가게 되면 바뀐 전화번호나 저에게 알려주세요. 부양비를 받아야 하니까요. 엄마가 바빠지면 잊어버릴 수도 있으니까 나라도 잊으면 안 되니까요. 생각나면 엄마에게 문자 보낼게요. 전화는 하지 않고 문자만 보낼게요. 약속할게요."

엄마는 아주 정당한 명분을 내걸고 이 집을 떠났다. 엄마는 사장님과 함께 선쩐에 회사의 분사를 설립하러 간다고 했다. 엄마는 정당한 명분을 내건 것만큼 아빠의 체면을 충분히 살려주었던 것이다. 옛날 엄마의 꿈은 벌목공의 아내가 되어 남편과 나란히 두텁게 쌓인 낙엽 위에 누워서 햇볕 쪼임을 하는 것이었다. 엄마는 그 꿈을 이루었다. 이제 엄마는 계속 벌목공의 아내로 사는 것이 싫었다. 엄마에게 새로운 꿈이 생긴 것이다. 그것은 사장님의 아내가 되는 것이었다. 그 사장님은 처음에는 목재장사로 종자돈을 마련했다. 그 사장님이 엄마에게 이제는 벌목공과 같이 살지 말라면서 이렇게 말했다.

"나는 목재장사 출신이거든. 그래서 저 수림의 내막을 잘 알고 있지. 저 수림은 이제 더 이상 채벌하기엔 부족하단 말이야. 원시림의 나무가 할머니 머리카락처럼 하루가 다르게 줄어드는 걸 보지 못하나? 이제 더 이상 길이 없어."

그렇게 해서 엄마의 첫 번째 꿈은 깨져버렸던 것이다. 그리고 엄마는 두 번째 꿈을 꾸기 시작했다.

선쩐으로 떠날 때 엄마는 사러우를 한 번 안아보려고 했다. 그러나 사러우는 손을 흔들며 피해버렸다. 그리고 말했다.

"엄마, 너무 슬프게 그러지 마세요. 영원히 생이별하는 것도 아니고 그럴 것 없어요. 감기에 한 번 걸렸다고 사람이 죽지 않아요. 너무 오버하지 마세요."

사러우가 얼렁뚱땅 넘기려 했으나 소용이 없었다. 엄마는 끝내 눈물을 흘리면서 원한에 사무친 여인처럼 사러우를 바라보았다. 차에 탄 뒤에도 엄마는 차창을 내리고 사러우에게 손을 흔들었다. 사러우는 예의나 차려야 한다는 식으로 엄마에게 손을 흔들면서 큰 소리로 말했다. "엄마, 부자 되세요! 부자가 된 후에는 동북에 사러우라는 당신 딸이 하나 있다는 걸 잊지 마시고요."

엄마는 계속 머리를 끄덕였다.

그날 밤 사러우는 가장 깨끗한 자작나무껍질에 이 중요한 소식을 편지로 써서 샤오성에게 부쳤다.

사러우는 예나 다름없이 학교에 갔다. 교실에 들어서자 사러우는 큰 소리로 선포했다.

"오늘부터 난 자유의 여신이다! 드디어 해방이다!"

무슨 일인지 궁금해 하는 눈빛들이 일제히 사러우에게 쏠렸다. 사러우는 아예 책가방을 벗어 책상 위에 휙 던져버렸다.

"아빠 엄마 둘이 이혼했단 말이야. 이제 믿겠냐? 난 자유의 여신이 됐단 말이야. 찬성할 거지? 자, 누가 반대하나 보자."

그제야 교실 여기저기에서 드문드문 박수소리가 나기 시작했다.

오후에 학교가 끝난 뒤 사러우는 박수를 친 아이들을 청해 스티커 사진을 찍는 것으로 자신의 해방을 경축할까 하고 생각했었다. 그러나 하학종이 울리자 사러우는 갑자기 경축행사를 취소하고 부랴부랴 집으로 뛰어갔다. 친한 친구 몇은 못내 아쉬워하면서 사러우를 가만 놔두지 않겠다고 말했다. 그러자 사러우는 중요하게 해야 할 일이 있다고 이실직고하는 수밖에 없었다. 그 일은 한 사람의 목숨과 관련되는 일이었다. 만약 잘 처리하지 못하면 선쩐시에 기업가 한 명이 사라지게 된다고 했다.

사러우는 친한 친구들을 떼어버리고 집으로 뛰어갔다. 그 친한 친구들은 사러우의 뒤를 한참 동안 바싹 쫓아오다가 갑자기 재미가 없어져서인지 각자 집으로 돌아가 버렸다.

사러우의 임무는 그 사장님의 하찮은 목숨을 부지할 수 있게 아빠를 설득하려는 것이었다.

아빠는 꼬박 이틀 동안 먹지도 자지도 않고 밤낮없이 마당에 나앉아 칼을 갈고 있는 중이었다. 칼날은 숫돌과 철천지원수이기라도 한 것처럼 갈리면서 "스르륵 스르륵"하는 음산한 소리만 계속 내고 있었다. 아빠의 눈빛은 더 음산하고 무서웠다. 특히 밤중이면 "스르륵 스르륵"하는 칼 가는 소리가 밤하늘에 울려 퍼져 별빛과 달빛마저도 평소보다 훨씬 더 싸늘하게 느껴졌다.

사러우가 대문 밖에 막 이르렀을 때, 이웃에 사는 '염소수염'이 벌벌 떨면서 마주나왔다. 서예가인 '염소수염'은 언제나 자유분방한 예술가 기질이 넘치곤 했다. 그런데 오늘 그의 모습은 너무 이상했다.

'염소수염'은 밤낮 끊이지 않는 칼 가는 소리에 견딜 수가 없었던 것이다. 그렇다고 칼을 갈고 있는 그 미치광이와 직접 대화할 용기도 없어 사러우가 학교에서 돌아오기만 기다리고 있었던 것이다.

'염소수염'은 사러우를 옆으로 끌고 가더니 사러우에게 새우깡 한 봉지를 안겨주었다.

사러우도 사양하지 않고 새우깡을 옷 주머니에 쑤셔 넣었다.

"말씀하세요. 무슨 일이죠?"

'염소수염'이 벌벌 떨면서 자기 생각을 말했다. 사러우에게 저 미친 사람을 설득해 칼 갈기를 멈추게 하라는 것이었다. 소름 끼친다고 했다. 저녁에 서예를 배우러 오는 아이들이 붓도 바로 잡지 못한다는 것이었다. 이러다가는 그의 서예반이 문을 닫게 될 것이라고까지 했다. 그의 서예반이 문을 닫게 되면 태양주민센터와 미래의 국민자질에 직접적인 영향을 끼치게 될 것이라고까지 했다.

사러우는 '염소수염'의 새우깡까지 받았는지라 "저 미친 사람을 해결할 수 있다"고 흔쾌히 대답했다.

'염소수염'은 영 마음이 놓이지 않는지 의심에 찬 눈빛으로 사러우를 바라봤다.

사러우는 매우 의협심이 넘치는 표정을 지으며 말했다.

"돈을 받았으니 재난을 물리쳐 드려야죠. 어르신 걱정 마세요. 저에게 맡기세요."

두 사람의 대화가 끝나자마자 마당에서 칼 가는 소리가 다시 들리기 시작했다. '염소수염'이 기대에 찬 눈빛으로 사러우의 뒷모습을 바라보았다.

사러우가 마당에 들어서서 보니 아니나 다를까 아빠가 예나 다름없이 앉아서 아주 열심히 칼을 갈고 있었다. 그 칼은 아빠를 따라 십 수 년 동안 삼림 채벌장을 돌아다녔었다. 그 칼만 허리춤에 차면 아빠는 밤에도 마음 놓고 수림 속에 누워 있을 수 있었다.

오늘 그 칼은 다른 용도로 쓰이게 된다. 그래서 아빠는 그 칼을 먼저 숫돌과 겨루게 했던 것이다. 그래서 칼은 끊임없이 숫돌과 겨루고 있었던 것이다. 이틀이 지나자 숫돌이 훌쩍 야위었다. 그리고 칼은 갈수록 번쩍번쩍해져 싸늘한 한기를 시퍼렇게 내뿜고 있었다. 아빠가 손가락으로 칼날을 튕겨보더니 여전히 만족할 수 없다는 표정을 띤다. 그래서 칼날과 숫돌은 또 뒤엉켜 마찰하기 시작했다.

사러우가 아빠 곁에 쪼그리고 앉으며 말했다.

"아빠, 내가 보기엔 그럴만한 가치가 없는 일이에요. 그리고 또 너무 어리석어요."

아빠는 열심히 칼만 갈면서 멈출 생각을 안 했다.

사러우가 계속 말했다.

"아빠, 생각해봐요. 아빠가 그 하찮은 목숨을 끊어버리면 아빠도 총살당하게 될 거잖아요. 아빠가 총살당하면 난 어떻게 살아요!"

칼 가는 속도가 느려졌다.

칼날과 숫돌 사이에 화해의 분위기가 흐르고 있었다.

쇠뿔도 단김에 빼라는 말처럼 사러우가 계속 말했다.

"아빠랑 그 하찮은 사장의 목숨이 없어지면 엄마는 또 다른 사람에게 시집을 갈 거잖아요. 엄마와 다른 놈에게 나를 맡기면 아빠가 시름을 놓을 수 있겠어요? 아빤 그거 몰라요? 사내란 다 나쁜 놈들이라는 것을요?"

칼날과 숫돌이 순간 잠잠해졌다.

아빠가 갑자기 칼을 내팽개쳤다. 그 칼이 한 번 튀어 오르더니 숫돌 위에 도로 떨어지며 쟁그랑 하고 요란한 소리를 냈다. 그건 칼날과 숫돌의 마지막 충돌이었다. 그 뒤로는 다시는 만나지 않았다.

아빠가 담배를 한 대 꺼내며 맞장구를 쳤다.

"그렇지. 내 목숨까지 걸면 우리 딸은 어떡하니? 안 될 일이지!"

사러우는 아빠의 담배에 불을 붙여주고 아빠와 함께 마당에 한참 앉아 있었다. 그리고 사러우는 아주 단호하게 말했다.

"아빠, 아빠가 나에게 계모를 만들어준대도 난 의견이 없어요. 다만 난 그 사람을 엄마라고 부를 수는 없어요. 친 엄마 자리는 남겨둬야 하니까요……"

아빠는 딸의 말을 아주 잘 듣고 있었다. 반년 뒤 사러우에게는 계모가 생겼다. 사러우는 전혀 급작스런 일이 아니었다. 그저 너무 상투적인 일이라는 느낌만이 들었다. 그리고 아빠도 삼림 채벌장의 친구들과 작별하고 사장님이 되었다. 아빠는 타이양쩐의 중심 위치에 사진관을 개업했다. 그리고 더 많은 돈을 벌 것이라고 맹세했다. 아빠가 치욕을 씻기 위해서라는 것을 사러우는 알고 있었다. 아직까지 아빠는 횡재는 하지 못했지만 쩐에서는 명망이 있는 인물이라고 할 수 있다.

아빠는 삼림채벌장을 잊은 것 같았다. 사러우가 예전에 모아뒀던 자작나무껍질을 꺼내서 가지고 놀고 있는데 아빠가 뜻밖에도 "뭘 가지고 놀고 있느냐?"라고 묻는 것이었다.

아빠가 매 한 걸음씩 성장할 때마다 사러우는 엄마에게 문자로 알려줬다. 엄마 또한 일일이 딸을 통해 전 남편에게 축하의 뜻을 전하곤 했다.

그 후 일어난 일도 물론 상투적인 일이었다. 사러우가 계모와 친구가 되지 못한 것이다. 물론 적이라고도 할 수 없다. 그 둘은 모두 이성적으로 각자의 마지노선을 지키면서 얼굴을 붉히지 않고 있을 뿐이었다. 사러우는 계모를 엄마라고 부르지 않고 아줌마라고 불렀다.

사러우는 아빠에게 자신의 원칙을 반복해 얘기하지 않고 그 원칙을 새로 온 아줌마에게 이야기했다.

"나는 나의 원래 엄마를 배신할 수가 없어요. 내가 이러는 건 우리 엄마를 위해서가 아니라 나 스스로 품행을 단정히 하기 위해서예요. 여자아이라면 품행이 단정해야 하잖아요. 여기에 대해서는 의견이 없으시죠?"

아줌마는 의견이 없다고 하면서 머리를 끄덕였다. 아줌마는 아주 감칠맛 나게 말했다.

"내년이면 나에게 딸이나 혹은 아들이 생길 수가 있을 거야……"

사러우가 말했다.

"그럼 그 아이는 나의 이복형제겠네요. 딸이면 여동생이라고 부를 거고 아들이면 남동생이라고 부를게요."

그러자 아줌마가

"사러우가 정말 철이 들었구나."

라고 칭찬해주었다. 사러우가 바로 설명했다.

"아줌마 잘 들으세요. 이건 타협이 아니에요. 전적으로 아빠와 연관이 있는 일이거든요."

아줌마는 아무 말도 하지 않았다.

사러우가 말을 계속했다.

"우리 엄마 그쪽에도 이제 곧 남동생이 생긴대요. 갑자기 동생들이 생겨나 나중에 엄마 아빠 아줌마가 다 죽은 뒤에도 나는 외롭지 않을 거예요."

아줌마가 겸연쩍게 웃으면서 아빠에게 말했다.

"얘 말이 다 맞네요."

그렇게 되어 대화 쌍방은 최초로 적당한 냉정함을 유지하게 되었다. 이는 앞으로 그들이 서로를 대하는 기조를 마련했던 것이다.

사러우는 자신의 삶을 새롭게 조정해야 했다. 사러우는 아빠와 그의 새 부인에게 별로 많은 특권을 요구하지 않았다. 그저 사진관 2층에 침실 겸 식당 겸 서재로 쓸 수 있는 아주 작은 방을 하나 달라고 했다. 사러우는 어찌 됐건 자신은 이제 사장 딸이 되었으니 자기 방 하나쯤 갖는 것도 지나칠 것 없다고 분명하게 말했다.

아빠가 동의했고 아줌마도 이견이 없었다.

그때부터 사러우는 그들과 한 밥상에 마주 앉아 밥을 먹지 않았다. 사러우는 매우 정교한 도시락 용기를 하나 사서 밥과 반찬을 담아서 자기 방에 들어가곤 했다. 사러우가 그렇게 하는 데는 그럴만한 근거가 있었다. 대갓집 규수라면 마땅히 집안에 틀어박혀 바깥출입을 삼가야 한다는 것이었다.

아빠는 예나 다름없이 사러우를 지지했다. 그는 딸이 자기 손에서 대갓집 규수로 자라주기를 바랐다. 이 또한 그 자신이 치욕을 씻는 계획의 일부였다.

사러우는 자신의 삶이 크게 바뀌었다는 느낌은 들지 않았다.

7

국경절을 며칠 앞두고 결혼 준비를 하는 사람들이 갑자기 많아졌다. 인근 여러 쩐의 신혼부부들도 모두 아빠의 사진관에 와서 웨딩촬영을 했다. 아빠와 아줌마가 바빠지기 시작했다. 따라서 사러우의 "규방"도 조용할 틈이 없었다.

그 며칠 사이에 사러우는 조용한 성을 얻게 된 것이다.

사러우의 성은 사실 철거작업 현장에 있었다. 그 곳을 점령할 수 있었던 것은 그 며칠 사러우에게 일어난 불쾌한 일과 연관이 있었다.

8

나쁜 일은 언제나 예고도 없이 찾아온다. 그런 나쁜 일은 사러우를 제일 좋아하는 것 같았다.

오후에 사쉬안이 중요한 통지를 발표했다. 내일 새 학년 학부모회의를 연다는 것이었다.

학부모회의가 열릴 때마다 사러우는 강적이 들이닥치는 느낌이었다. 그것은 사쉬안이 사러우의 아빠에게 사러우의 죄를 고자질할 수 있는 절호의 기회이기 때문이었다. 학교에 있는 동안 사러우의 "훌륭한 실력"에 대해 아빠가 알게 되는 것은 대부분 학부모회의에서였다. 사쉬안이 고자질할 때는 인정사정을 두지 않았다. 타이양쩐 교육계에서 사쉬안은 엄격하기로 유명했다. 그래서 구(區)급 상까지 여러 차례 받았다.

아빠가 그렇게 보수적인 사람은 아니지만 그래도 사러우는 다른 사람에게 약점을 들키는 것이 싫었다. 사러우가 바늘방석에 앉은 것처럼 진정을 못하고 있는데 사쉬안은 또 여학생들에게 보충 통지를 한 가지 발표했다.

사쉬안은 갑자기 목소리를 낮추어 이번 학부모회의에서는 사춘기 관련 내용에 대해 언급할 것이라며 학부모가 학교 업무에 협조해 학생교육을 진행해야 하기 때문에 학부모와 학생 간 소통의 편리를 위해 여학생은 엄마가 학부모회의에 참가하도록 하라고 말했다.

사러우는 하마터면 기절할 뻔했다. 사러우가 손을 들고 발언을 청했다. 그러나 사쉬안은 이 여학생이 또 말썽을 부리려 한다는 걸 알고 발언할 기회를 주지 않았다. 그래도 사러우는 계속 쳐든 손을 내리지 않았다. 손을 오래 들고 있어 힘들었으므로 사러우는 팔꿈치 아래에 책 몇 권을 받쳐서 쳐든 손이 근엄한 높이를 유지하도록 했다. 마지막에 리싱예가 일어서서 사러우를 대신해 부탁했다. 그제야 사쉬안은 사러우에게 발언할 기회를 주었다.

사러우가 냉큼 자리에서 일어나 큰 소리로 말했다.

"저는 아빠가 회의하러 와야 해요. 아빠가 올 거예요."

같은 반 아이들은 모두 사러우의 가정 형편을 잘 알고 있기 때문에 사러우의 요구가 지나치지 않다고 생각했다.

사쉬안은 칠판지우개로 교탁을 탁탁 치면서 말했다.

"너의 아빠가 너와 사춘기에 대해 이야기하려면 불편할 텐데……"

그래도 사러우는 할 말이 있었다.

"저는 아빠와 무슨 말이든 다 하거든요."

사쉬안은 후회가 되었다. 이 여학생에게 발언할 기회를 준 것이 후회스러웠다. 자신의 권위가 이 가시 같은 여자아이 때문에 또 한 번 깎였기 때문이었다. 게다가 그 기회는 어이없게도 자기 스스로 그 원수 같은 아이에게 부여했기 때문이었다.

사쉬안은 평정심을 유지하려고 애썼다. 최고의 공격은 방어다. 사쉬안이 말했다.

"사러우 너에게만 특별대우를 해줄 순 없어…… 이건 학교의 규정이다."

사러우는 계속하여 새로운 공세를 폈다.

"저에게 엄마가 없다면 어떡하죠? 학교의 규정을 위해 아빠가 하루 빨리 새장가라도 들어야 하나요?"

교실 여기저기서 킥킥거리는 소리가 들렸다. 리싱예가 머리를 돌려 자기 웃음을 뒤로 전파했다. 그 바람에 웃음소리가 더 커져버렸다. 모두들 이번 회합에서는 사쉬안 선생님이 졌다고 여겼다.

사쉬안은 순간 얼떨떨해 있더니 끝내 이 여학생의 허점을 공격했다.

"사러우야, 너의 집 상황을 알고 있어. 너의 아빠는 일부러 결혼할 것 없어. 지금 아내가 있지 않니. 법률적으로 그 분이 바로 너의 엄마란다. 내일 그 분에게 오시라고 해라!"

리싱예는 저도 모르게 사쉬안에게 엄지손가락을 들어보이고는 낮은 소리로 같이 앉은 학생에게 소곤거렸다. "역시 구관이 명관이야……" 그리고 고개를 돌려 사러우를 바라보면서 속으로 생각했다. "넌 아직 멀었어. 이제 어떻게 기사회생할 거냐?"

사러우가 아주 침착하게 고개를 갸우뚱하면서 말했다.

"그 사람은 날 낳지 않았어요.. 그 사람은 나의 엄마가 아니에요."

리싱예는 사러우를 다시 보지 않을 수 없었다. 전교에 이름난 작은 고추라는 별명을 거저 얻은 게 아니었던 것이다.

교실 안이 갑자기 물 뿌린 듯 조용해졌다. 바늘이 땅에 떨어지는 소리도 들릴 것 같았다. "끼룩! 끼룩!" 그때 창밖에서 기러기 울음소리가 들려왔다. 그 울음소리가 얼마나 처량한지 깜짝 놀라 혼이 나갈 것만 같았다. 교실 안에서 날카롭게 맞섰던 두 신경이 무의식간에 대치상태를 포기하고 약속이나 한 듯이 고개를 들어 창밖의 끝없는 하늘을 바라보았다. 정연하게 줄을 지은 기러기 대열이 지나가고 있었다. "ㅅ"자 모양이 서서히 흩어지더니 점차 한일 "一"자 모양으로 바뀌었다. 그들의 질서정연함에 하늘 아래의 이 혼잡한 교실은 빛을 잃어버렸다.

연속 몇 년 동안 사러우는 기러기 대열이 상공을 날아 지나가는 것을 보았다. 가을에는 남방으로 날아가고 봄이면 북방으로 돌아오곤 했다. 아마도 이곳은 그 기러기들의 남북항로인 모양이었다. 사러우는 매년 기러기들이 날아 지나가는 날짜를 기록해두곤 했다. 그렇게 몇 년이 지나는 사이에 사러우도 일개 "코흘리개"에서 6학년의 "왕 언니"가 되었다.

기러기 대열이 창문으로 내다보이는 좁은 하늘을 순식간에 스쳐지나가고 교실 안은 또 방금 전의 분위기를 회복했다. 모두가 그들 둘의 대결이 계속되기를 기다리고 있었다. 그런데 사러우의 투지는 어떤 실망과 슬픈 정서 때문에 약화되어 있었다. 사러우의 혼은 남으로 날아가는 기러기에게 빼앗겨 드넓은 곳으로 가버렸던 것이다. 사람은 마음이 넓어지면 다른 사람과 논쟁할 마음이 없어지는 법이다.

사쉬안이 말했다.

"너의 엄마가 오기를 기다리마."

그러나 사러우는 아무 대꾸도 하지 않았다. 사쉬안이 사러우를 바라봤다. 사러우의 관심이 사쉬안에게 있지 않음을 발견한 사쉬안은 안도의 숨을 내쉬었다. 그건 절호의 기회였다. 기회를 놓치지 말고 곤경에서 빠져나가는 것이 현명한 선택이었다. 그래서 사쉬안이 말했다.

"됐어. 이제 다들 자습해라."

이튿날 오후 학부모회의에 사러우의 학부모는 결석했다. 엄마가 오지 않은 건 어쩔 수 없다지만 아빠도 오지 않았던 것이다. 사쉬안은 치미는 분노를 꾹꾹 누르며 겨우 학부모회의를 마쳤다. 사러우가 학부모회의 통지를 뱃속에 집어삼키고 애초에 집에 가서 전하지 않았음을 사쉬안은 짐작할 수 있었다.

"너 집에 가서 얘기하지 않았구나. 그렇지?"

"선생님 제대로 맞췄어요. 역시 선생님은 절 잘 아시네요."

"저기 맨 뒷줄에 가서 선채로 수업을 들어라."

사러우는 순순히 벌을 받아들였다. 그러면서도 한 가지 작은 요구를 제기하는 것도 잊지 않았다.

"교실 밖에 나가 벌을 서고 싶어요. 교실 안에 있으면 선생님이 강의하시는데 지장을 줄 것이고 모두가 수업을 듣는 데도 지장을 줄 것 같아서요."

그 제안을 사쉬안은 허락했다. 그래서 사러우는 자기 반 문 앞에 서서 타이양쩐의 푸르고 높은 하늘을 감상할 수 있었다.

또 다른 기러기 대열이 남으로 날아가고 있었다. 이번에 기러기들은 비행 자세를 바꾸지 않고 곧장 남으로 빠르게 날아가면서도 어딘가 아쉬워하는 분위기였다. 그 기러기들은 분명히 집을 떠나기 가장 아쉬워하는 기러기대열이었던 것 같았다. 그래서 남으로 이주할 최적의 시기를 놓칠 뻔한 것이라고 생각되었다. 그러나 계속되는 저온 날씨는 그들을 어서 떠나라고 재촉하고 있었다. 사러우는 그들에게 집이 두 개 있다는 것을 알고 있다. 북방의 둥지는 시베리아에 있다. 그들은 내륙을 떠나서 일부는 해안선을 따라 남으로 날아 푸젠 성에 이르고 다른 일부는 중국의 서남방향으로 날아간다. 그러나 그들은 북방의 집을 더 좋아하고 있는 것이라고 사러우는 믿고 있었다. 뉴스에서 지난해 그 기러기들이 일주일 앞당겨 북방에 돌아왔다고 보도한 것으로 미루어 보아 남방에서 그들은 견딜 수 없었을 것이라 여겨졌다.

기러기대열의 서글픔이 스쳐지나가면서 파란 하늘에도 서글픈 분위기가 가득 서렸다. 사러우도 그 기러기 대열에 가담하고 파란 서글픔에 가담했다. 그래서 사러우는 서글픈 마음을 참을 수 없어 머리 위를 날아 지나가는 기러기들의 주의를 끌어보려고 그만 소리를 지르고 말았다. 그러나 기러기대열은 여전히 남으로 날아가 버리고 사러우의 외침소리는 교실 안의 주의를 끌었다.

사러우의 "외침"은 그 자신에게 새로운 죄명을 하나 더 추가해 주었다. 그 죄명에 대한 벌로 사러우는 이 학기 일곱 번째 반성문을 써야만 했다. 학교를 파하고 집으로 돌아가는 길에 사러우는 반성문 쓸 일이 걱정이었다.

1학년부터 6학년까지 강도 높은 훈련을 받아온 사러우인지라 반성문에 있어서는 선수였다. 사러우 스스로도 반성문 쓰기 프로작가라고 자처하고 있었다. 그래도 매번 임무가 주어질 때마다 마치 풋내기가 된 느낌이었다. 사러우는 스스로 발전이 어려운 존재라고 굳게 믿고 있었다. 사쉬안은 사러우를 훤히 꿰뚫고 있었다.

사람은 울적할 때면 폐허를 더 쉽게 발견할 수 있는 것 같다. 마음이 무너지면 눈앞에 보이던 집도 무너지는 것은 참으로 이상한 일이다.

한 폐허가 사려우의 하굣길에 나타났다. 사려우가 한탄했다. “사람은 기분이 좋지 않을 때면 희망이 있는 것을 볼 수 없구나. 죄다 폐허뿐이구나……”

사려우의 기분이 폐허 밑바닥까지 가라앉을 무렵 폐허 중간에 작은 기와집이 있는 것을 발견했다. 그 기와집은 그 곳에 외롭게 서 있었다. 기와집을 동무해주고 있는 것은 오직 옆에 자란 자작나무뿐이었다. 자작나무의 임무는 작은 기와집의 동무가 되어 주는 것이었고, 작은 기와집의 임무는 기분이 밑바닥까지 떨어진 사려우를 구원하는 것이었다.

사려우는 방긋 웃었다. 그랬더니 시름이 절반은 날아가 버린 것 같았다.

자작나무가 황금빛 잎사귀를 반짝이며 사려우에게 어서 오라고 손짓했다. 사려우는 분위기에 젖어 얌전히 그 작은 기와집을 향해 걸어갔다.

뜻밖에도 폐허 사이로 오솔길이 어렴풋이 나있어서 사려우를 그 작은 기와집 앞까지 안내해주었다. 기와집까지 가는 도중에 장정 몇이 큰 망치를 휘두르며 콘크리트를 부수고 있었다.

그들은 여자아이가 폐허로 걸어 들어오는 것을 보고 휘두르던 망치를 놓고 서서 땀을 훔치면서 아이에게 빙그레 웃어주었다. 사려우도 해맑은 미소로 보답했다. 그들이 휘두르는 망치는 매우 힘이 거셌다. 내리치는 망치에 기와가 혼비백산하여 흩어지면서 철근이 한 토막씩 드러났다.

뒤에서 또 “쿵쿵” 하는 시원스런 소리가 들려왔다. 그 소리에 사려우의 마음에 끼었던 먹구름도 절반은 넘게 부서져 흩어져버린 것 같았다.

9

울타리가 기와집을 에워싸고 있었다. 울타리는 비뚤비뚤 쓰러질 것 같았지만 가없이 넓은 폐허에서 작은 기와집의 얼마 안 되는 영역을 지켜주려고 애써 둘러서 있었다. 가장 눈에 띄는 것은 역시 저쪽에 서 있는 자작나무였다. 그 자작나무는 마치 눈부신 깃발처럼 작은 기와집의 주권을 표명하고 있는 것 같았다. 사러우는 바로 그 자작나무 때문에 온 것이다. 그 자작나무는 꼭 어디서 본 것 같았다. 그러나 사러우는 어디서 봤던지 도무지 생각이 나질 않았다. 그래도 어쨌든 쩐 밖의 수림에서 자란 자작나무 중의 한 그루임은 틀림없었다.

자작나무 한 그루, 기와집 두 칸, 세 줄의 울타리, 폐허에 둘러싸인 작은 기와집은 당장이라도 점령할 것 같은 성과를 이룰 것 같았으며, 또 의지할 데 없는 속세의 노인과도 같았다. 다행히도 햇빛이 고루 비춰 작은 울안은 그나마 따뜻하고 정결하였다. 자작나무 아래에 놓인 흔들의자가 눈에 띄었다. 사러우는 그 흔들의자가 마음에 들어 그 위에 누워 흔들거리면서 "가장 낭만적인 일"이라는 노래를 흥얼거렸다. …… 소르르 잠이 왔다.

"잘 놀고 있구나!"

쇠붙이가 부딪치는 것처럼 쩌렁쩌렁한 목소리가 들려왔다. 사러우가 깜짝 놀라 눈을 뜨고 앞쪽을 바라보았으나 온통 폐허만 눈에 들어왔다. 철근을 빼고 있는 몇몇 장정이 여전히 멀리서 쿵쿵 큰 망치를 힘 있게 휘두르고 있었다. 사러우가 옆에 있는 울타리 밖으로 힐끗 눈길을 주었다. 그제야 깡마른 노인이 눈에 들어왔다. 노인은 소매를 걷어붙이고 삼륜차에 기대 서 있었다. 삼륜차 위에는 플라스틱 병이 가득 실려 있었다.

사러우는 조롱이 섞인 노인의 말에 별로 개의치 않고 대답했다.

"네. 괜찮네요. 다섯째 할아버지."

사러우는 그제야 이곳이 다섯째 할아버지의 집임을 알아차렸다. 자작나무가 어쩐지 눈에 익다 했더니. 다섯째 할아버지의 집에 사러우는 어렸을 때부터 지금까지 두 번 왔었는데 이 자작나무만 기억에 남아 있었다. 지금은 주변이 폐허로 변하고 이 작은 기와집만 덩그러니 남아 있어서 사러우는 미처 알아보지 못했던 것이다.

"다섯째 할아버지, 어렵게 사시고 있네요."

사러우가 말했다. 사러우는 이 깡마른 노인을 만난 날부터 계속 다섯째 할아버지라고 불렀다. 다른 아이들도 따라서 다섯째 할아버지라고 불렀다. 마치 다섯째 할아버지가 그 사람의 이름이라도 되는 것처럼. 사러우가 그를 다섯째 할아버지라고 부르는 건 제멋대로 부른 것이 아니라 항렬에 따른 것이었다. 다섯째 할아버지는 아마도 할아버지의 먼 친척뻘 되는 형 혹은 아우일 것이다. 오래 전에 그들은 삼림 채벌장에서 함께 벌목하였는데 쩐에서 제일 늙은 벌목공이었다. 사러우도 그가 대체 할아버지의 형인지 아니면 아우인지를 잘 모르고 있었다. 어쩌면 다섯째 할아버지 자신도 명확히 말할 수 없을지도 모른다.

많은 일들은 일단 역사가 돼버린 뒤에는 명확히 말할 수 없게 된다. 이것이 바로 시간의 잔혹함이다. 시간은 분장사와도 같아 진실을 다른 모양으로 분장을 해버려 알아보지 못하게 만든다.

아마도 할아버지는 다섯째 할아버지와의 형제관계에 대해 분명히 알고 있었을 수도 있다. 그러나 할아버지는 이미 오래 전에 할머니를 찾아 천국으로 가고 계시지 않는다. 할아버지가 간 곳이 천국일지 아니면 지옥일지는 오로지 할아버지 본인만 가장 잘 알고 있을 것이다. 어쩌면 천국도 지옥도 아닌 아주 먼 원시림에 가셨을지도 모른다. 할아버지와 할머니는 마치 가장 젊은 나뭇잎처럼 수림 속에서 자유롭게 떠돌아다니며 머물지 않은 곳이 없을 수도 있다.

사람이 죽은 뒤에 대체 어디로 가는지는 아무도 명확하게 말할 수 없다.

그것이 바로 운명의 잔혹함이다. 운명은 설계사와도 같아 사람의 생사를 미리 설계해놓고도 그 본인에게는 알려주지 않고 본인이 신이 나서 종점을 향해 걸어가도록 내버려둔다.

"다섯째 할아버지는 왜 우리 할아버지보다 더 오래 살 수 있어요?"

사러우가 슬프게 물었다.

"왜? 서운하냐?"

다섯째 할아버지가 사러우를 한 번 흘겨보았다. 다섯째 할아버지가 삼륜차를 거꾸로 끌며 마당으로 들어오다가 나무 대문에 끼고 말았다. 다섯째 할아버지가 사러우를 힐끗 쳐다봤다. 사러우에게 도움을 청하는 것이다. 사러우는 그 뜻을 알아채지 못한 척 하며 다섯째 할아버지가 하는 양을 재미있게 보고만 있었다.

다섯째 할아버지는 기분이 상했다.

"이 계집애야, 너 우리 집에 오는 걸 주인이 허락했냐?"

"여긴 허물 거잖아요? 주인이 어디 있어요?"

사러우가 대수롭지 않게 말했다.

"이리 와 날 좀 도와줘."

다섯째 할아버지가 직접 사러우를 불렀다.

"이 기와집이 얼마나 낡았어요? 왜 아직도 허물지 않는 거예요? 여기서 살 수 있을 것 같아요? 다섯째 할아버지?”

사러우는 그대로 누워서 꼼짝도 하지 않았다. 사러우는 흔들의자에서 일어나는 것이 싫었다.

“이 기와집은 지금도 내거야. 기어이 허물지 못하게 할 거야. 누가 허물려고 들면 목숨 걸고라도 싸울 거야!”

다섯째 할아버지가 말했다. 다섯째 할아버지는 흥분하자 온 몸에 기운이 도는지 단숨에 삼륜차를 끌어들여왔다.

“대단하세요!”

사러우가 다섯째 할아버지에게 엄지손가락을 치켜세우더니 순순히 흔들의자에서 일어났다. 철거이주사무소도 두려워하지 않는 다섯째 할아버지가 나 같이 이마에 피도 안 마른 계집애를 두려워할까? 사러우는 물러설 때는 물러설 줄 아는 아이였다.

“거기 서, 이 계집애야.”

다섯째 할아버지는 의미가 있는 눈빛으로 사러우를 힐끗 바라봤다.

“남의 집에 함부로 들어오면 안 되죠. 더 이상 머물 수 없지 않겠어요?”

사러우가 겸손하게 말했다.

“이 곳을 너에게 주마. 어때?”

“다섯째 할아버지, 돈을 받으시려면 철거이주사무소를 찾아가세요. 우리 아빠는 이제 막 가난에서 탈출한 신세거든요. 난 재벌 2세가 아니에요.”

사러우는 마음에 없는 말을 하고 있었다. 기실 사러우는 이 곳이 너무 마음에 들었다. 폐허 한 가운데 있는 울안, 마치 인가에서 멀리 떨어진 외딴 성과도 같았다. 사러우는 이 외딴 성 안의 공주가 되고 싶었다.

"공짜야. 앞으론 너 매일 여기에 와도 돼. 여기 와서 한참 있다가 가도 돼. 서쪽 곁채 작은 방을 너에게 줄게."

다섯째 할아버지는 사러우가 믿지 못할까봐 허리춤에서 열쇠꾸러미를 끌러내더니 그중에서 녹이 슨 열쇠를 꺼내 사러우에게 던져주었다.

사러우는 다섯째 할아버지의 진심을 의심할 수가 없었다.

"약속하신 거예요? 계약이라도 맺어야 하나요?"

사러우의 공주 꿈이 바야흐로 실현될 판이었다.

"내 눈을 봐라. 내 눈은 계약보다 더 유효하니까."

사러우는 진심이 어려 있는 한 쌍의 눈빛을 보았다.

"다섯째 할아버지, 왜죠? 이유가 없잖아요?"

사러우는 여전히 미심쩍었다.

"난 돌아다니면서 폐품을 모아야 하거든. 계속 여기만 지키고 있을 순 없잖아. 그래서 도와줄 조수가 필요해."

사러우는 다섯째 할아버지의 조수는 어떻게 해야 하는지 알 수가 없었다. 다섯째 할아버지도 말해주지 않았다. 다섯째 할아버지가 말해주지 않았으므로 사러우도 묻지 않았다.

사러우는 할아버지가 다시 한 번 부탁해주기를 바랐다.

그래서 이 곳은 사러우의 영지가 되었다. 서쪽에 있는 방은 지저분했으며 곰팡이냄새도 났다. 그런데 사러우는 그 곰팡이냄새가 은근히 좋기까지 했다. 사러우가 방에서 나와 자작나무 아래에 다시 섰을 때 다섯째 할아버지가 걸레에 먹을 가득 묻혀가지고 벽에 글을 쓰고 있었다. 사러우는 궁금해서 집을 에워싸고 한 바퀴 둘러보았다. 동·남·북 3개 면의 벽에 "집안에 사람이 있으니 잘 살펴봐주세요."라고 대문짝만하게 쓰여 져 있었다.

눈에 아주 잘 띄었다.

다섯째 할아버지는 뒤로 몇 발자국 물러서서 자세히 본 뒤 서쪽 벽에도 계속 써내려갔다. 사러우는 자기 임무가 뭔지 바로 알아차렸다.

그래서 매우 떳떳하게 그 성을 차지했다.

"제가 해야 할 일이 또 없나요?"

사러우가 자발적으로 물었다.

"철거이주사무소 사람들과 시비를 따져야 하면, 그 따지는 비용은 따로 받을 거예요."

"네가 시비를 따질 것 없어. 넌 그저 방안에서 큰 소리로 글이나 읽고 있으면 돼. 그래서 그 사람들이 주인이 폐품을 모으러 나갔고 방안이 비어 있지 않다는 것을 그들에게 알리면 돼. 그러면 그들이 함부로 하지 못할 거야."

"큰 소리로 노래 불러도 돼요?"

"네 마음대로 해라. 난 널 단속할 수가 없으니까.

할아버진 네 성미를 알거든."

다섯째 할아버지는 폐품을 부려놓고 자작나무를 바라보면서 말했다.

"여보, 나 다녀올게. 우리 집 재산을 잘 보살펴주구려."

말을 마친 다섯째 할아버지는 삼륜차를 타고 폐허 속으로 뛰어들었다. 다섯째 할아버지는 폐허 한가운데를 가로질러 가면서 철근을 부수고 있는 장정들과 우스갯소리를 해 그들을 웃기기까지 했다.

그들의 웃음이 멎지도 않았는데 다섯째 할아버지는 이미 폐허를 벗어나 새로 일어선 빌딩숲 속으로 사라져버렸다.

사러우는 뒤로 물러서서 눈앞에 있는 작은 기와집을 아래위로 훑어봤다. 이곳은 사진관에 있는 자기 방보다 훨씬 더 조용하고 훨씬 더 든든해보였다. 폐허 위에서 자신의 마지막 영역을 외롭게 지키고 있는 그 작은 기와집의 모습이 사러우의 마음에 꼭 들었다. 사러우는 자신을 두 부분으로 나누어 정신세계는 이곳으로 옮겨오고, 몸은 집과 학교에 두기로 했다. 다시 말하면 이곳 성만 떠나면 사러우는 곧 산송장이 걸어 다니는 것이나 다름없다는 의미였다.

사러우는 저도 모르게 득의양양해서 음흉한 웃음소리를 냈다.

사러우는 샤오성에게 보낸 편지에 이 방안에 대해 얘기했다.

"나는 자신을 두 개의 나로 나누어 하나는 집과 학교에 두고 다른 하나는 ……"

사러우는 여기까지 쓰고 멈췄다. 아직은 모든 비밀을 다 털어놓고 싶지 않았다. 이 편지를 사러우는 매우 정성을 들여 고른 자작나무껍질에 썼다. 그 자작나무껍질은 색깔이 깨끗하고 윤이 돌았으며 무늬도 정교하고 또 나무향기도 짙었다. 그 나무껍질은 사러우가 가장 중요한 일에 쓰려고 계속 아껴두고 있었던 것이다.

샤오성은 회답편지에 이렇게 썼다.

"사러우야, 너 점점 더 잔인해지고 있구나……"

10

사러우가 1층 홀을 꿰질러 들어갈 때 아빠는 카메라 성능을 테스트하는 중이었고, 아줌마는 웨딩촬영을 하러 온 한 쌍의 신혼부부와 상담 중이었다. 사러우는 머리도 들지 않고 평소처럼 재빨리 그 민감한 지대를 통과했다.

"동작 그만."

아빠는 보지도 않고 예나 다름없이 머리를 숙이고 카메라를 살피고 있었다. 그 모습이 매우 도도해보였다. 사진관을 운영하기 시작해서부터 아빠는 촬영가로 자처하면서 스스로를 '염소수염'과 같은 예술계 동인으로 귀결시켰다. '염소수염'도 아빠의 예술가 신분을 인정하는지 한가할 때면 늘 아빠를 찾아와 예술에 대해 논하곤 했다. 예술을 논하면서 한탄도 했다. 타이양쩐에 예술에 종사하는 사람이 너무 적다면서 말이 통하는 사람은 우리 둘밖에 없다고 말하곤 했다. 그러다나니 아빠도 점차 '염소수염'의 예술가 틀거지가 몸에 배는 것 같았다. 그래서 다른 사람과 대화할 때도 하늘을 보지 않으면 땅을 보면서 사람을 보지 않고 말하곤 했다.

그러나 사러우는 그 틀거지에 관심이 없었다.

사러우는 탕탕 발을 구르면서 계단을 올라갔다. 사러우는 산송장 같은 자기 몸뚱이를 위층으로 옮기기 급했다.

"너의 선생님이 다녀가셨어."

아빠의 목소리가 한 톤 높아졌다.

"사쉬안이? 벌써?"

사러우가 걸음을 멈췄다. 아빠의 말이 사러우를 계단 중간에 붙들어놔 올라갈 수가 없었다. 기실 사쉬안이 그럴 거라는 건 사러우도 예상했던 일이다. 다만 이렇게 빠를 줄은 미처 몰랐다.

"내려와. 얘기 좀 하자."

아빠가 카메라를 받쳐 들고 새하얀 벽에 대해 찰칵찰칵 셔터를 두 번 눌러 보고는 흡족한 표정을 지으며 머리를 수긋하고 자기 무기를 살펴보았다. 이미 해결한 것 같았다.

사러우가 몸을 돌려 홀 안을 휙 둘러보다가 아줌마의 시선과 마주쳤다. 사러우는 아줌마가 조금은 화가 나 있을 줄 알았다. 그러나 아줌마의 눈빛에는 분노 대신 의기양양한 빛이 어렸다. 다시 말하면 엄마의 신분으로 학부모회의에 가지 못한 것을 그녀는 별로 개의치 않는 것이었다. 학부모회의가 중요한 건 사실이지만 그건 사러우와 그 아빠의 일이지, 사쉬안의 가정방문과 사러우의 행위가 그녀와는 무관한 일이었다. 게다가 학부모회의에 결석한 것도 나쁜 소식은 아니었다. 오히려 의외의 수확을 얻을 수 있었던 것이다.

아줌마는 약점을 잡았다고 의기양양하고 있는 게 분명하다고 사러우는 생각했다. 그런 생각을 하자 사러우는 계단을 내려와 아무 일도 없다는 듯이 아빠 곁에 앉았다. 형세가 다소 불리한 편이었다. 사러우는 아빠에게서 허실을 탐지할 필요가 있었다. 아무 것도 모른 채 궁지에 빠져 있을 수만은 없었다.

"선생님이 또 뭐라던가요?"

사러우는 학부모회의 건은 건너뛰고 직접 더 가치가 있는 정보부터 파고들었다.

아빠 곁에 앉아서야 사러우는 아빠가 머리도 길었고 수염도 꺼칠해진 것을 발견했다. 완전 '염소수염'의 판박이였다.

"그걸 나한테 물으면 어떡해?"

아빠의 수염이 움찔했다.

긴 머리카락 뒤에서 두 눈이 분노의 빛을 뿜고 있었다.

"푸흡"

사러우가 터져 나오는 웃음을 가까스로 참으며 말했다.

"아빠, 맹목적으로 따라하지 않으면 안 돼요? 예술가는 꼭 그래야 해야 해요? 이제 한 달만 더 있으면 아빠랑 '염소수염'을 분간할 수 없겠어요.

아빠 딸 근시안인 줄 알면서 일부러 번거롭게 하려는 건 아닌가요?"

사러우가 아줌마를 힐끗 쳐다봤다. 아줌마가 입을 오므리며 웃고 있었다. 그래서 사러우는 재빨리 그 화제를 마무리 지었다. 그 화제는 사러우와 아빠에게만 속하는 것이어서 남의 웃음거리가 되게 놔둘 수는 없었다.

아빠가 머리카락을 뒤로 넘기며 말했다.

"우리처럼 예술에 종사하는 사람은 다 이래. 너희 같은 문외한은 알지 못하지. 내 얘기는 그만하고 너의 얘기나 하자. 너 학교에서 공부를 제대로 하지 않다가 앞으로 어떻게 살려고 그래?"

아빠가 화제를 바로 사러우에게 끌어왔다.

"내가 뭘? 전 반 38명 학생 중에서 계속 15등 좌우를 유지하고 있잖아요? 이만하면 너무 못하는 건 아니잖아요? 13등 좌우의 학생이 성공할 확률이 가장 크대요. 난 많이 접근한 거죠."

아줌마가 갑자기 말참견을 했다.

"그 선생님은 여학생을 별로 안 좋아하는 것 같더구나. 개별적으로 여학생을 대하는 태도는 그냥 포기한 것 같더라. 선생님이 그렇게 하는 건 옳지 않지. 내가 보기에는 그 선생님 도덕적으로 문제가 있어."

평소에 아줌마는 사러우와 아빠의 대화에 참견하는 경우가 매우 적은데 아마도 오늘은 참지 못하였던 것 같다.

사러우는 여전히 아빠만 쳐다보면서 큰 소리로 말했다.

"그 선생님이 누굴 포기했는지는 난 몰라요. 우리 둘 사이에는 그저 오해가 좀 있을 뿐이에요! 그 선생님도 개성이 너무 강하거든요. 모르고들 계셨어요?"

아줌마는 더 이상 아무 말도 하지 않고 살피는 듯 하는 눈빛으로 사러우를 바라보았다. 마치 "그걸 어떻게 증명할 건데. 아무튼 내 손에는 그 선생님이 널 좋아하지 않는다는 것을 증명할 자료가 있거든. 네가 바로 선생님이 포기한 그 여학생이야."라고 말하고 있는 것 같았다.

아줌마의 눈빛에 사러우는 기분이 바닥으로 떨어졌다.

사러우는 자리에서 일어나 발을 쿵쿵 구르면서 계단을 올라가다가 고개를 돌려 아빠에게 말했다. "얘기하고 싶으면 올라오세요. 아래층에서는 서로 방해가 되니까요."

사러우는 자기 방에 쑥 들어가 버렸다. 그러나 아빠는 뒤따라 올라오지 않았다. 아빠는 적어도 반분(半分) 동안은 망설였던 것 같다. 사러우는 방문 밖으로 머리를 내밀고 아래층에서 나는 말소리에 귀를 기울였다.

"여자아이는 생김새가 아주 중요한데 저 아인 엄마를 닮지 않은 게 틀림없어요. 어쩐지."

아니나 다를까 아줌마는 하고 싶은 말이 있었던 것이다. 그녀는 사러우의 생김새를 두고 헐뜯었으며 한편으로는 사러우 엄마의 아름다움은 인정했다.

"저 아인 날 닮았어. 올라가서 저 아일 좀 보고 올게."

이어서 아빠가 계단을 오르는 소리가 들렸다. 사러우는 또 침대 위에 털썩 드러누워 버렸다.

"조금만 더 노력하면 안 되겠니?

아빠 걱정시키지 말고. 아빠도 힘들단 말이야."

아빠의 말투가 방금 전과는 달랐다. 딸아이의 존엄이 시련을 겪고 있었으므로 아빠로서 계속 자극할 수가 없었던 것이다.

"내가 남자 예술가를 닮았어요? 촬영가를 닮았어요?"

사러우가 거울을 찾느라 여기저기를 살폈다.

"공부 얘기를 하고 있는 거야! 쓸 데 없는 소리는 그만해."

아빠가 문어귀에 서서 두 손으로 문틀을 짚고 있었다.

"내 행복은 내가 알아서 할게요. 아빠는 아빠 행복만 생각하면 돼요……"

"거짓말 빼고 학교에서 또 무슨 짓을 했어?"

"무음모드에 들어가요. 묻지 마세요. 아무튼 사쉬안은 날 싫어해요. 아줌마에게 너무 의기양양하기에는 아직 이르다고 일러주세요."

그리고 사러우는 입을 꾹 다물고 말하기 기능을 꺼버렸다. 그러는 사러우를 아빠도 어찌 할 도리가 없어 문을 닫고 나가버렸다. 저녁에 사러우는 밥을 특별히 많이 먹었다. 아무 생각도 없는 것처럼…… 그러나 여전히 말은 하려 하지 않았다.

서쪽 하늘에 저녁노을이 다 사라질 때쯤 사러우는 숙제를 다 끝냈다. 아래층에서는 여전히 웨딩촬영과 관련해 상담 중이었다. 까치 몇 마리가 아빠의 업무에 협조하려는지 계속 사진관 주변을 맴돌았다. 맴돌기만 해도 괜찮으련만 쉴 새 없이 재잘거리는 것이 마치 웨딩촬영에 흥겨운 분위기를 만들어주려는 것 같았다.

계속 싱글벙글 웃고 있던 신랑이 아빠에게 물었다.

"까치 울음소리는 사장님이 녹음해놓은 소리인가 봐요?"

아빠가 대답했다.

"녹음한 거 아니에요. 밖에서 까치가 우는 소리거든요. 정말 까치가 흥을 돋우려고 날아왔나 봐요."

신랑이 또 말했다.

"흥겨운 분위기를 연출하기 위해 사장님께서는 까치까지 훈련시켰군요."

아빠가 대뜸 엄숙하고도 멋진 표정을 지으며 허튼소리를 했다.

"제가 연구한 바로는 까치의 울음소리를 들으면 신랑 신부의 표정이 더 행복해보일 수 있거든요. 그래서 까치 울음소리는 저의 촬영예술에 보조 역할을 해주고 있어요."

신부가 행복한 표정을 지으며 신랑을 쳐다보았다. 그리고 그의 눈에는 독특한 견해를 가진 눈앞에 있는 이 예술가에 대한 숭배의 빛이 어려 있었다.

아빠는 여전히 멈출 생각을 않고 연기를 계속했다.

"나를 단순한 예술가로만 보는 건 잘못이에요.

나는 학자형의 예술가이거든요."

신랑도 탄복하는 눈빛으로 아빠를 바라봤다. 신부는 신혼집에도 까치를 몇 마리 기르자며 그러면 늘 행복할 수 있을 것이라고 신랑에게 졸랐다.

아빠의 허튼소리가 까치를 해친 것이다. 까치 몇 마리의 자유가 그렇게 아빠 때문에 깨지게 된 것이다.

사러우는 더 이상 듣고 있을 수가 없어 머리를 움츠려 문을 닫아버렸다.

달이 뜨기 전까지 까치의 울음소리는 사러우의 방도 밝게 비춰주었으며 어두운 구석까지 밝게 비추어주었다. 사러우는 끝내 침대 밑에서 잃어버린 지 며칠이 되는 작은 거울을 찾아냈다.

사려우는 자기 모습을 거울에 자세히 비춰보면서 생각했다.

"사려우야, 사려우야, 넌 왜 엄마의 모습을 선택하지 않았어? 이제 시집은 다 갔구나……"

아줌마, 당신 남편의 친 딸이 사람들의 사랑을 받는 여자아이라는 걸 믿게 만들 거야. 내가 꼭 그렇게 만들 거야.

사려우는 까치의 울음소리를 들으면서 잠이 들었다. 사려우는 내일 계획을 끝없는 밤하늘로 잠시 날려 버렸다.

11

이튿날 아침 자습시간이었다. 사쉬안이 교실에 들어서자마자 사려우가 자리에서 벌떡 일어나 사쉬안을 쳐다보지도 않고 조퇴하겠다는 말도 하지 않은 채 많은 사람이 보는 가운데 교실에서 성큼성큼 걸어 나갔다.

이 계집애가 또 싸움을 걸어오고 있음을 사쉬안은 알았다. 심지어 선생님이 미처 숨도 고르기 전에 손을 쓰려는 것이었다. 상대의 허를 찌르는 방법을 쓰려는 것임을 알았다.

사려우는 교실을 나서며 일부러 틈을 두고 문을 살짝 닫았다. 사쉬안은 그 문틈을 뚫어져라하고 바라보았다. 이 시점에서 고함을 지르며 사려우를 불러세우는 것은 어리석은 짓임에 틀림없었다. 사쉬안은 아무 내색도 하지 않았다.

그때 사려우의 목소리가 문틈으로 새어 들어왔다.

"사 선생님, 선생님과 단독으로 이야기를 나누고 싶어요.

좀 나와 주시겠어요?"

학생들은 모두 고개를 쳐들고 사쉬안을 바라보았다. 그들은 모두 사쉬안이 어떤 반응을 보일지 주시하고 있는 것이다.

사쉬안이 학생들을 향해 빙긋 웃어보이고는 문을 열고 나갔다. 사러우의 청을 받아들인 것이다.

사쉬안의 모습이 문 뒤로 사라지기 바쁘게 리싱예가 혼잣말로 중얼거렸다.

"또 한바탕 진흙탕싸움이 벌어지겠구나. 생방송을 볼 수 없어 아쉽네."

뒷자리에 앉은 학생이 말했다.

"결과는 맞춰볼 수 있잖아?"

리싱예가 분석을 해보고 나서 말했다.

"사러우의 실력은 우리도 잘 알고 있는 것이고, 사쉬안도 경륜이 두터운 능수능란한 자이니까 내가 보기엔 무승부일 것 같은데……"

토론이 미처 전개되기도 전에 사러우가 밖에서 들어왔다. 문밖의 '전쟁'은 시작도 하기 전에 끝나버린 것 같았다. 사러우의 표정이 담담하여 승부가 어떻게 되었는지는 읽을 수 없었다. 그리고 사쉬안도 뒤따라 들어왔다. 역시 표정이 지극히 정상이어서 아무런 정보도 읽을 수 없었다.

절대 비정상이었다.

두 사람이 어떤 밀약을 달성한 게 분명하다고 리싱예는 생각했다. 모두들 한바탕 의론을 거친 뒤 모두가 같은 인식을 갖기에 이르렀다.

볼거리가 없게 되자 리싱예는 조금 실망하는 눈치였고, 다른 학생들도 모두 실망하는 것 같았다.

설마 또 뭔가 기대해볼 만한 게 있을까? 모두가 서로의 눈치를 살폈다. 그 표정이 당사자들보다도 더 심각했다.

그랬다. 사쉬안은 사러우와 밀약을 맺었던 것이다.

사쉬안은 부득이한 경우를 제외하고 다시는 사러우의 집으로 가정방문을 가지 않을 것을 약속했다. 그렇게 하지 않을 경우 사러우는 가출할 것이며, 심지어 공부를 포기할 것이라고까지 했다.

그리고 사러우는 부득이한 경우를 제외하고 다시는 면전에서 사쉬안에게 말대꾸를 하지 않을 것을 약속했다. 그렇게 하지 않을 경우 사쉬안은 그날로 가정방문을 하여 사러우의 새 엄마에게 사러우의 모든 죄악을 폭로할 것이라고 했다.

그건 밀약이었다. 협약 내용은 사쉬안과 사러우 이외에 그때 지붕 위에 앉아 있던 까치만 알고 있을 뿐이다. 사쉬안과 사러우가 지붕 밑에서 만나고 있을 때 그 까치는 조용히 지붕 위에 내려앉아 사쉬안과 사러우의 협상에 좋은 징조를 보여주었던 셈이다. 두 사람의 협상이 달성되자 까치는 두 번 우짖는 것으로 축하의 뜻을 표하고는 날아가 버렸다. 까치의 임무가 끝난 것이다.

"그것 봐요. 이건 좋은 일이에요……"

사러우가 말했다.

"나쁘진 않아."

사쉬안이 말했다.

사쉬안과 사러우는 서로 마주보고 빙긋 웃는 것으로 짧은 협상을 마무리하였다. 타이양쩐 전체가 까치의 영험함을 믿고 있었다. 까치는 확실히 행운을 가져다주는 신기한 새였다.

그 동안의 힘겨루기로 그들 둘은 너무 지쳐 있었다. 휴전은 쌍방 모두에게 필요한 일이었다.

사러우와 사쉬안 사이의 긴장관계가 완화되자 사러우는 중점을 비밀의 성으로 돌렸다. 그 이름난 고추공주의 관심이 다른 곳에 가 있다는 걸 전 반 학생들도 모두 알아보았다. 사러우는 교실에 앉아 있을 때도 정신은 다른 곳에 가 있었다. 수업이 끝나고 휴식하는 시간이 되면 사러우는 늘 혼자서 높은 체조대 위에 올라서서 먼 곳을 바라보곤 했다.

반장인 리싱예가 전 반 학생들의 대표로 사러우를 인터뷰했다.

"사러우야, 요즘 넌 어디에 있는 거니?"

리싱예가 비굴한 표정을 지으며 사러우를 올려다보았다. 쩐장 아들의 위풍은 온데간데없었다.

"지평선이 보여. 저기에 자작나무가 줄을 지어 서 있어. 저기가 까치의 보금자리일 거야." 사러우가 말했다.

사실 사러우는 자신의 작은 기와집을 찾고 있었다. 그 기와집은 지평선과는 아주 멀었다.

"알겠다. 너 취미가 바뀌었구나. 까치의 보금자리를 찾아갔구나. 너랑 까치는 공통점이 없잖아!"

리싱예는 머리가 혼란스러워졌다.

그러는 리싱예를 사러우는 상대하기 싫었다.

12

학교가 끝나자 사러우의 팬 여럿이 사러우의 뒤를 따랐다. 지난번에 사쉬안과의 겨룸이 있은 뒤로 사러우의 팬이 또 몇 명 더 늘어났다. 지금껏 사쉬안에게 충성을 다해온 리싱예까지도 사러우를 몰래 경모하게 되었다. 사러우는 이런 효과가 나타나리라고는 미처 생각지 못했다.

욕심쟁이 사러우는 팬이 아무리 많아도 만족할 줄 몰랐다. 자기 팬이 우후죽순마냥 교실에서 생겨나는 것을 보면서 사러우는 매우 득의양양했다. "이런 장면은 아줌마에게 보여줘야 하는데. 사람들로부터 미움을 받는 여자아이에게 이렇게 많은 팬이 있을 수 있나?"를 말이야

오늘 사러우는 학교 문 앞에다 아무도 모르게 공고를 하나 써 붙여 헛소문을 퍼뜨렸다. 공고에는 '염소수염'의 서예반이 학생 모집을 확대하기 위해 방과 후 그 앞을 지나가는 모든 학생들에게 신비한 선물을 나눠준다고 썼다. 헛소문은 진실보다도 더 사람의 마음을 미혹시킨다. 공짜를 좋아하는 저급학년의 꼬마들이 이쪽으로 달려왔다. 사러우는 그들의 앞에 서서 걸었다. 그렇게 사러우 뒤로 대오가 형성되었다.

그 대오가 사러우 네 사진관을 지나 그 옆 서예반으로 몰려 들어갔다. 그 아이들이 신이 나서 문 앞에 몰려 '염소수염'에게 선물을 달라고 떠들어댔다. '염소수염'이 하하하고 크게 웃으며 생각했다. "다년간 운영해온 서예반이 드디어 인기를 모으게 되었구나. 이건 타이양쩐의 예술소양이 드디어 급속도로 높아지고 있음을 설명하는 거야. 비록 이처럼 인기가 넘치는 장면이 다소 늦게 나타난 느낌이 없지는 않지만 말이야." 그리고 이런 장면이 나타난 것이 다소 어리둥절하기도 하지만 '염소수염'은 그래도 대문을 활짝 열고 학생들을 받아들였다.

"예술을 대표해 너희들을 환영한다! 너희들은 최고야!"

'염소수염'이 멋진 자세, 다시 말하면 "pose"를 취했다. 이 단어는 '염소수염'

이 사러우의 아빠와 함께 예술에 대해 이야기하면서 배워온 것이다.

그 촬영가의 말에 의하면 이 단어가 요즘 촬영예술계에서 아주 핫한 유행어라는 것이다.

아이들이 재잘대기 시작했다. 마치 밖에 서 있는 큰 나무 위에 내려앉은 참새들 같았다. '염소수염'은 땅 위의 어린이와 나무 위의 참새가 동류라고 줄곧 여겨오고 있었으며, 심지어 어린이들은 참새의 혼백이 변해서 생겨났다고 여겼기 때문에 어린이들이 시끄럽게 떠들어대는 것이 싫지 않았다.

'염소수염'이 귀를 기울여 들어보니 참새들이 제기한 문제는 예술과 무관한 것이었으며, 모두가 그에게 선물을 달라고 말하고 있음을 한참 후에야 알았다. 그 아이들이 '염소수염'을 다시 실망의 경지로 떠밀어 넣었다. '염소수염'이 서글픔에 잠겨 생각했다. "아무리 절망스럽더라도 기적을 믿지 말자. 진실한 삶은 영원히 예술의 경지에 이를 수 없는 것이다."

'염소수염'이 재빨리 자신을 원래의 상태로 되돌려 놓았다.

"선물이 어디 있어?"

'염소수염'이 의심에 가득 찬 얼굴을 하고 딱 잡아뗐다. 그래서 아이들은 사러우를 내세워 교섭하게 했다. 그때 상황에서는 오직 사러우만이 그 역할을 감당할 수 있었다. 사러우가 아이들에게 둘러싸여 '염소수염'과 의논했다. 한바탕 왁자지껄 의논한 끝에 '염소수염'이 하는 수 없이 새우깡을 몇 봉지 꺼내 불같은 열정을 띤 아이들에게 나눠주었다. '염소수염'은 얼떨결에 아이들의 무리한 요구를 들어주었다. 그는 마지막까지도 사실 그 일이 은밀히 계획된 소동 사건이라는 것, 조직자는 누구이며 어떻게 조직되었는지를 알지 못했다.

사러우가 예술가의 선량함을 이용한 것이다.

그러한 장면은 물론 사진관 쪽의 주의를 불러일으켰다. 사러우는 한 여인의 눈길이 멀리서 이쪽을 향해 날아왔다가 또 가볍게 스치고 지나가는 것을 느낄 수 있었다.

사러우는 등 뒤에서 울리는 박수갈채를 떨쳐버리고 집으로 돌아왔다. 흥분으로 사러우는 얼굴이 발갛게 상기되었으며 혼자서 득의양양해 하고 있었다.

사러우는 집에 들어서기 바쁘게 혼잣말처럼 중얼거렸다.

"내가 뭐 아이돌 스타인가? 무작정 나를 좋아하고 그러지.

무작정으로 말이야."

그리고 사러우는 아줌마의 반응을 살폈다. 아줌마는 아무 일도 없는 것처럼 시치미를 뚝 떼고 사진 찍으러 온 고객과 상담을 이어갔다. 아줌마와 사러우 사이는 대화의 방식을 쓰지 않고 언제나 자기 할 말만 했다.

아줌마가 창밖을 향해 입을 쭝긋거리며 고객에게 물었다.

"밖에 있는 저 볼품없는 아이들은 왜 저렇게 모여서 떠들고 있대요?"

고객은 작달막한 체구의 신랑이었다. 작달막한 신랑이 고개를 돌려 창밖에 있는 아이들을 바라보면서 말했다.

"모르죠. 아이들은 원래 저렇잖아요. 일이 있건 없건 한데 모여서 재잘거리는 게 꼭 마치 참새 같죠. 제가 어렸을 때도 저랬거든요. 참, 저의 할머니가 그러셨거든요. 아이들은 참새의 혼백이 변해서 생겨난 것이라고요. 저 아이들은 볼품없는 참새가 변해서 생겨난 게 아닐까요?"

그러자 아줌마가 말했다.

"그건 그저 전설일 뿐이지요."

작달막한 신랑이 말했다.

"방금 전에 저 아이들이 한 계집아이를 둘러싸고 있던데…… 그 계집아이가 우두머리인 것 같았어요."

아줌마가 나지막한 소리로 말했다.

"형편없는 것들은 형편없는 것들끼리만 어울린다니까요."

그 말을 들은 사러우는 돌아버릴 것만 같았다.

아줌마가 아무렇지도 않게 내뱉은 한 마디가 사러우가 정성들여 계획한 것을 물거품으로 만들어 버렸다. 사람들로부터 사랑을 받는 사람이 그렇게 폄하되고 말았다.

13

이튿날 점심 사러우가 숨을 헐떡이며 집으로 뛰어왔다. 집에 들어서자마자 생수기를 향해 돌진했다. 그리고 생수 한 컵을 벌컥벌컥 눈 깜박 할 사이에 들이켜고 사러우가 외쳤다.

"아빠, 내일 우리 반에 공헌 좀 하세요!"

아빠가 촬영실에서 머리를 내밀며 말했다.

"얘 좀 봐라. 어디서 머슴애가 온 줄 알았잖아. 여자아이답게 조신하게 행동하면 안 되냐? 문화예술의 기질을 좀 갖출 수 없니?"

아줌마가 드레스를 안고 아빠 곁에 서서 아빠와 예능프로 '슈퍼 여가수'에 대해 토론하기라도 하는 것처럼 말했다.

"며칠 전에 아이들이 모두 리위췬(李宇春, '슈퍼 여가수'프로에 등장하는 가수 이름)에게 푹 빠져 있었잖아요? 요즘은 그런 가수에게 여학생들 인기가 많아요." 그 말에 사러우는 하마터면 물을 마시다가 사례가 들릴 뻔 했다. 사러우의 눈에는 릴위췬이 세상에서 제일 못생긴 여자였기 때문이었다. "설마 아줌마가 나를 리위췬과 동일시하는 건가?"

그러나 사러우는 그 말은 못 들은 체 자기 할 말만 했다. 사러우가 아줌마와 유일하게 맞는 것이 바로 절대 정면충돌을 하지 않는다는 것이다. 둘은 일률적으로 냉전모형을 취했던 것이다.

사러우가 말했다.

"아빠, 사쉬안이 '반에서의 스타' 사진이 필요하다네요. 아빠가 찍어주세요. 모두 3명이에요."

아줌마가 아빠를 쳐다보면서 말했다.

"우리와는 아무 상관이 없는 일이지만 공익활동을 좀 하는 것도 나쁘지 않죠."

그 말에 사러우는 크게 기뻤다.

'반에서의 스타'는 사쉬안의 아이디어다. 공부에서 발전이 큰 학생들에게만 특별히 수여하는 칭호이다. 규칙이 매우 구체적으로 제정되어 있었는데 사러우는 아예 기억할 수가 없었다. 사러우는 거기에 뽑힐 생각 같은 건 애초에 하지도 않았기 때문이다.

아빠가 사러우의 요구를 들어주었다. 사러우가 대뜸 컵을 내려놓고 뛰쳐나가더니 바로 아이 둘을 데리고 들어왔다. 아빠는 그중에서 리싱예만 알고 있었다. 아빠가 도도한 가면을 벗고 리싱예에게 말했다.

"며칠 전에 너의 아빠랑 같이 회의에 참가했었지. 향진기업가 친목회였어."

리싱예가 머리를 긁적이면서 웃었다.

"아저씨, 안녕하세요!"

리싱예는 매우 예의 바르고 수줍은 표정을 지었다.

두 아이 사진을 다 찍자 사러우가 그 두 아이에게 먼저 가라고 했다. 그 두 아이는 점심식사 전이었기 때문에 쏜살같이 학교로 뛰어갔다.

아빠가 물었다.

"반에서의 스타가 셋이라고 하지 않았니? 나머지 한 아이는 왜 오지 않았니?"

사러우가 자기 코를 가리키면서 말했다.

"그 나머지 아이가 바로 나예요. 사쉬안이 말했어요. 내 사진은 한 사이즈 크게 하라고요. 사쉬안이 날 좋아하거든요. 내가 말했었죠. 우리 둘 사이에 오해가 좀 있었는데 이제는 화해했다고요."

아줌마가 사러우를 한 번 힐끗 보더니 아빠를 도와 조명등을 밝혔다. 조명이 사러우의 얼굴을 비추자 더운 기류가 확 안겨왔다. 저 조명이 얼굴을 비추게 되면 어쩌면 엄마처럼 예쁘게 보일 것이라고 사러우는 생각했다. 엄마는 예쁘다. 사러우도 인정하고 아빠도 인정했으며 아줌마까지도 인정했다.

아빠가 셔터를 누르려는 순간에 사러우가 입을 벌리고 1초 동안 웃었다. 1초면 사진을 형성하기에 충분하다. 더 많은 미소를 낭비할 필요는 없었다. 부녀가 호흡이 척척 맞았다.

사러우가 촬영실을 나올 때 아줌마가 안에서 나지막한 소리로 말하는 말소리가 들렸다. "저 아이는 역시 제 엄마를 닮은 것 같아요. 조명을 켜기 전에는 정말 몰랐지만."

사러우가 의기양양한 표정을 지으며 씩 웃었다. 그런 의기양양한 웃음은 낭비라 할 수 없었다.

'반에서의 스타'를 위해 사진을 찍어주는 일은 아빠가 참 잘해냈다. 아빠는 또 사진마다 액자를 만들어 넣어주었다. 사러우의 것은 당연히 한 사이즈 크게 만들었다. 그것은 사쉬안의 요구였으니까. 이튿날 사러우가 책가방에서 두 개의 사진액자를 꺼내자 학생들이 바로 그를 둘러쌌다. 리싱예가 자기도취에 빠져 바보스런 자기 모습을 감상한 뒤 사러우에게 돈을 꺼내 주었다. 다른 한 명의 '반에서의 스타'도 사러우에게 돈을 꺼내 주었다.

사러우가 손을 휙 내젓고 말했다.

"이건 우리 아빠가 협찬한 거야. 돈은 받지 않기로 했어."

리싱예가 사내대장부답게 돈을 도로 집어넣더니 말했다.

"좋아. 우리 아빠와 너의 아빠가 서로 친구니까 우리 아빠가 너의 아빠에게 빚진 셈 치자."

사쉬안이 '반에서의 스타'들의 사진을 칠판 양 옆에 걸어 전 반의 학생들이 매일 보면서 본받을 수 있도록 했다. 그리고 사쉬안은 사러우 옆으로 와서 말했다.

"사러우야, 우리 반을 위해 공헌을 해줘서 고마워."

사러우가 대답했다.

"같은 반 학생을 도와 사진을 찍어준 건 우리 아빠의 공헌이에요. 우리 아줌마도 도왔고요. 저와는 아무 상관도 없어요. 사실 저도 밑진 건 없어요…… 이건 비밀이에요."

사쉬안이 또 말했다.

"앞으로 너의 등수가 10명을 앞지르면 너도 앞에 걸어줄게."

사러우가 말했다.

"저는 서양인들과 달라요. 저는 13이라는 숫자가 좋거든요. 이제 앞으로 2명만 앞지르면 딱 좋아요."

문득 사쉬안은 이번 대화가 썩 성공적이지 못함을 느끼고 더 이상 말하지 않았다. 가시가 가득 돋친 이 들장미에 대해서는 적은 노력으로 많은 효과를 거두기를 기대할 수 없는 일이었다.

사러우는 책가방 안에 들어 있는 한 사이즈 큰 액자를 몰래 어루만지면서 그 액자 속의 '사러우'에게 속삭였다.

"저 곳에 걸어두면 얼마나 바보 같겠니. 너에게 더 알맞은 곳을 찾아주마."

사러우는 자기 사진을 자신의 작은 성으로 가져왔다.

14

사러우는 아직 성 안의 모든 것을 완전히 소유할 수 없었다. 다섯째 할아버지가 시시때때로 사러우에게 자신이야말로 진정한 영주이며, 사러우는 고작 호강하는 공주일 뿐이라고 일깨워주곤 했기 때문이다.

다섯째 할아버지는 특히 마당 안에 자란 자작나무를 사러우가 건드리지 못하게 했다. 그 나무는 이 곳의 '국수(國樹, 한 나라를 상징하는 나무)'임이 틀림없었다. 이 한 가지 일만으로도 사러우는 자신의 권한을 체득할 수가 있었다.

어느 하루 사러우는 자기 권한에 도전해 보기 위해 나무껍질을 한 조각 벗기려고 했다. 그때 다섯째 할아버지가 손바닥으로 사러우의 작은 손을 꽉 움켜쥐었다. 그리고 다섯째 할아버지는 안색을 흐리고 나가더니 다시 돌아올 때는 손에 나무껍질을 몇 장 들고 들어와 사러우에게 주었다.

그 착한 행위가 사러우의 공주지위를 인정해주었던 것이다. 사러우는 얼른 그 나무껍질을 받는 것으로 곤경에서 벗어났으며, 다섯째 할아버지의 독재를 용서해주었다. 그 후로 사러우는 그 자작나무에 손댈 생각을 하지 않았다.

사러우는 한 노인의 한계를 건드리고 싶지 않았다. 사러우의 잠재의식 속에서는 다섯째 할아버지를 할아버지로 생각했다. 예전에 할아버지 앞에서 사러우는 아주 말을 잘 듣는 착한 아이였다. 지금 사러우는 할아버지에 대한 감정을 다섯째 할아버지에게로 옮겼다.

사러우와 다섯째 할아버지는 점점 호흡이 잘 맞아갔다.

매일 학교가 끝나면 사러우는 먼저 이 곳에 와서 한참 있으면서 자기 영지를 가꾸곤 했다. 그때마다 다섯째 할아버지는 사러우가 기와집에 와 있을 줄 알고 한 시름 놓고 삼륜차를 끌고 거리를 누비면서 폐품을 모으곤 했다. 그때면 자작나무 아래 작은 울안은 온전히 사러우의 세상이 되곤 했다. 주말이면 사러우는 더 오랜 시간 이 곳에 머물곤 했다. 오전 내내 머물거나 심지어 저녁 무렵까지 머물러 있곤 했다. 사러우는 이 곳에서 숙제를 하기도 하고 과장되게 과문을 낭독하기도 하며 일부러 익살스러운 표정을 짓기도 하고 괴상한 웃음소리를 내보기도 했다……

샤오성은 사러우의 편지를 받아보지 못한 지 오래 되었다. 그제야 샤오성은 자신이 자작나무껍질 위에 쓴 문자에 많이 의지하고 있음을 발견했다. 샤오성은 자신이 의지하는 것은 사러우의 문자만이 아니라 자작나무껍질의 향이라는 사실을 드디어 깨달았다. 샤오성은 끝내 참지 못하고 먼저 사러우에게 편지를 썼다. "왜 편지를 하지 않느냐? 설마 사쉬안과 힘겨루기 하느라 모든 심혈을 다 소모해 버린 것이 아니냐?"고 물었다. 사러우는 아빠의 휴대폰으로 직접

샤오성의 엄마에게 문자메시지를 보냈다. "따님에게 전해주세요. 요즘 이 공주가 좀 바쁜 일이 있어서 그러는 거니 사쉬안과는 무관하다고요……"

문자메시지를 본 샤오성은 휴대폰을 침대 위에 내동댕이쳤다.

"어느 나라 국왕을 양아버지로 삼았기에 이렇게 잘난 체 하지?"

샤오성은 실컷 자고나서야 비로소 무례한 사러우를 용서할 수 있었다.

사러우에게는 확실히 아주 체면이 서는 신분이 생겼다. 바로 자작나무공주라는 신분이었다.

사러우는 사진 액자 위에 붙였던 '반에서의 스타'라는 명칭을 떼어버리고 '자작나무공주'라고 적어 넣었다. 그런 다음 큰 소리로 노래를 불렀다.

사러우의 노래 소리가 새들의 지저귐 소리며 바람 소리며 사람들의 말소리를 덮어버렸고, 폐허에서 철근을 부수는 소리도 덮어버렸으며, 또 어디서 오는지도 알 수 없는 잡음들을 죄다 덮어버렸다. 이 세상에는 폐허 속의 성만 남았을 뿐이었다.

사러우가 큰 소리로 노래를 부르고 있을 때, 기와집 옆에 큰 지게차가 멈춰섰고 차 아래에는 사람들이 서 있었다. 그들은 허물기 힘든 이 곳 작은 기와집을 살펴보러 온 것이다. 물론 그들도 벽에 쓰여 있는 글을 보았다. "집안에 사람이 있으니 잘 살펴봐주세요."

철거이주사무소 관계자들은 아예 믿지를 않았다. 그는

"이런 수까지 동원하다니 다섯째 할아버지도 더 이상은 방법이 없었던 게로군." 하고 비평했다.

그러나 큰 지게차는 여전히 얌전히 옆에 엎드려 있을 뿐 감히 경거망동하지 못했다. 철거이주사무소의 키다리가 작은 기와집 가까이 다가갔더니 뜻밖에도 여자아이의 노래 소리가 들리는 게 아닌가!

노련하고 용의주도한 철거이주사무소 관계자들은 그런 장면을 완전히 믿지는 않았다. 그들은 "노래 소리가 나도 반드시 사람이 있는 건 아닐 걸세.

녹음했던 걸 틀어놓은 건 아닐까? 다섯째 할아버지는 꾀가 많은 사람이란 말이야."

키다리가 울안에 들어와 대체 어찌 된 영문인지 살펴보려 했다.

그때 사러우가 노래를 부르면서 춤을 추고 있었다. 사러우는 춤을 추면서 문 앞에 이르렀다. 집안의 노래 소리와 집밖의 의논하는 소리가 동시에 멎었다. 새들의 지저귐 소리며 바람 소리며 사람들의 말소리…… 등이 다시 세상을 점령했다.

서로 한참 훑어보다가 키다리가 난처한 국면을 타개했다.

"넌 왜 거기 있는 거냐? 이 곳이 철거 중이라는 걸 모르고 있었니?"

사러우가 태연하게 말했다.

"여긴 제거예요."

키다리가 뭔가 알아보겠다는 식으로 물었다.

"너 정말 여기 살아? 이전엔 널 본 적이 없는데. 다섯째 할아버지에게 언제부터 손녀가 생긴 거지?"

사러우가 문에 기대서서 말했다.

"규칙적이지 않거든요. 어떤 땐 여기 있고, 어떤 땐 여기 있지 않아요. 그러니까 이 집을 허물면 안 돼요. 나는 흙더미 아래서 살고 싶지 않거든요. 난 지렁이가 아니에요."

키다리가 성가시다는 듯 서성이면서 말했다.

"허튼소리! 허튼소리를 하는구나!"

사러우는 기분이 언짢았다.

"이보세요. 말조심하세요. 우리 아빠도 나에게 그렇게 말하진 않아요. 난 착한 딸이거든요."

키다리가 설명했다.

"내 말은 그 다섯째 할아버지 말이야. 노인네 독하네! 철없는 계집애를 데려다 이런 짓까지 꾸미고 있으니 말이야!"

사러우가 말했다.

"철없는 계집애라고요? 그 닉네임이 마음에 드네요! 큰 새우 아저씨, 잘 들어요. 만약 누가 자기 기와집을 좋아하고 자작나무 아래 흔들의자에 앉아 있기를 좋아한다면 허물지 마세요. 온통 다층집들만 지어놓으면 지평선이 보이지 않거든요."

키다리는 '큰 새우'라는 닉네임이 마음에 들지 않는 게 분명했다. 그리고 철없는 계집애의 말을 듣고 있을 기분은 더욱 아니었다.

키다리는 담배를 붙여 물고 앞에 펼쳐진 폐허를 바라보며 한숨을 지었다.

폐허 앞에는 대면적의 기와집이 있었다. 그것은 키다리가 2년 내에 완성해야 할 철거 임무였다. 그들의 임무는 내년까지 옛 쩐의 도시개조를 전부 완성하여 이곳 주민들이 새 집으로 이주하여 새로운 생활을 시작하도록 하는 것이다. 그런데 많은 사람들이 그들의 철거계획을 받아들이려 하지 않았으며 그들의 보상기준도 받아들이려 하지 않았다. 그 주민들은 원래의 기와집을 더 좋아했으며 심지어 더 오래 전의 목조건물까지 보존하려고 했다. 그들은 나무와 함께 지내는 것을 좋아하며 벽돌과 시멘트를 좋아하지 않았다.

어떤 집들에서는 오래 전 벌목할 때 뜨던 공구까지 보존하고 있었다. 사실 삼림 채벌장에서 이미 벌목을 중지시켰기 때문에 그 공구들은 오래 전에 벌써 쓸모가 없게 되었던 것들이었다. 그들은 여전히 과거의 기억 속에서 살아가고 있었으며, 기꺼이 그 기억의 일부가 되기를 원했다. 만약 누구라도 뛰어들어 현재의 평온함을 깨뜨리려 한다면 그들은 강경하게 저항할 것이다. 그들은 과거를 배신할 수가 없었다…… 이 때문에 철거 관계자들은 협의를 한 부 체결할 때마다 입이 닳도록 설득을 해야 했고, 매 한 걸음 추진할 때마다 골머리를 앓아야 했다. 낡은 주택 한 채를 겨우 밀어버렸지만 앞으로 얼마나 많은 다섯째 할아버지가 기다리고 있을지 알 수가 없었다.

지금 눈앞의 다섯째 할아버지가 벌써 3개월째 앞을 가로 막고 있는 것이다. 다섯째 할아버지가 협의서에 사인하지 않는 한 그의 저 큰 지게차는 탱크가 아니라 고철일 뿐이었다.

키다리와 사러우는 각자 자기 생각이 있었다. 사러우는 계속 밖에 있는 어른들에게 자기 아름대로의 도리를 설명하고 있었다.

"해가 서쪽 지평선으로 스며들고 동쪽의 지평선으로 솟아오르잖아요. 아저씨들이 그렇게 많은 다층집들을 짓게 되면 지평선을 볼 수가 없어요……"

키다리기 긴 담배꽁초를 내뱉더니 고개를 쳐들고 사러우를 설득했다.

"얘야, 어서 이사를 가거라. 이 곳은 네가 있을만한 곳이 아니야. 위험하단 말이야."

사러우가 말했다.

"벽에 다 쓰여 있잖아요. 여기 사람이 산다고요. 글자 못 읽으세요? 한 번 읽어 보세요. 아저씨가 글을 읽을 줄 안다면 나는 위험하지 않거든요."

키다리가 절반 태우다가만 담배꽁초를 발로 힘껏 밟더니 마구 비볐다. 온통 진흙범벅인 그 구두가 마치 사러우의 몸을 딛고 있는 것처럼 사러우는 온몸이 오그라들며 우두둑 소리가 나는 것만 같았다.

"아야! 아파!"

사러우가 비명을 질렀다. 키다리가 고통스러운 표정을 지으며 차갑게 웃더니 자기 사람들을 데리고 떠났다. 지게차도 몇 번 킁킁거리더니 방향을 돌려 사람들 뒤를 따라 떠나갔다. 그들 전체가 서쪽으로 걸어갔다. 그들은 서쪽으로 한참 걸어가다가 폐허를 완전히 벗어난 뒤 검붉은 저녁 해 속으로 빨려 들어갔다. 그리고 잠깐 뒤 또 저녁 해와 함께 서서히 지평선 아래로 스며들어갔다. 사러우는 고약한 생각을 했다.

"그것 봐. 지평선을 하찮게 여기더니! 이제 지평선이 당신을 사라지게 했거든!"

저녁 해가 지평선 아래로 내려가자 날이 어두워졌다.

이 방에는 등불이 필요했다.

15

지붕이며 벽 밑을 다 뒤졌으나 사러우는 등불을 찾지 못했다. 이곳을 죄다 허물려고 하니 전기선 하나도 찾을 생각을 말라고 다섯째 할아버지도 말했었다. 다섯째 할아버지는 양초 한 대로 밤을 지낸다고 했다. 양초도 마음대로 쓸 수 없어 때로는 달빛을 빌려 쓰곤 한다고 했다.

사러우는 이 외로운 성에 빛을 가져다줄 방법이 있다고 다섯째 할아버지에게 큰소리쳤다. 그리고 사러우는 방법을 생각하느라고 머리를 쥐어짜 머리카락이 다 헝클어져 엉망이 되었다. 사러우는 샤오성에게 이메일로 편지를 써서 물었다.

"어떻게 하면 빛을 얻을 수 있을까?"

샤오성은 사러우로부터 이메일 편지를 받은 게 너무 의외인 듯 답장에 이렇게 썼다.

"사러우야, 넌 점점 성급해지는 것 같아. 나는 자작나무껍질에 편지를 쓰던 나날들이 그리워."

사러우가 또 메일을 보냈다.

"넌 상황을 알지 못하면서 함부로 말하지 마. 난 지금 너랑 분위기타령이나 하고 있을 시간이 없어……"

샤오성은 아무 말도 하지 않았다. 사러우가 직면한 난제를 해결하는 데 아무 기여도 하지 못한 셈이다.

그래서 사러우는 계속 머리카락을 쥐어뜯어야만 했다.

옆자리에 앉은 같은 반 짝꿍이가 물었다.

"사러우야, 넌 또 왜 그래?"

사러우가 성가시다는 듯 말했다.

"귀찮게 하지 마. 난 빛이 필요하단 말이야."

그러자 짝꿍이가 동정에 어린 말투로 말했다.

"계모가 생긴 아이는 마음이 어두운가 보구나!"

사러우가 짝꿍이를 흘겨보고 나서 말했다.

"너 혹시 잊은 거 아니지. 우리 아빠가 사진관 해. 제일 흔한 게 빛이거든."

옆자리에 앉은 여학생은 더 이상 사러우의 기분을 건드릴까봐 몸을 돌려 옆에 있는 다른 여학생들과 미야자키 하야오(宮崎駿)의 애니메이션영화에 대해 이야기했다. 미야자키 하야오라는 소리에 사러우는 찌푸렸던 눈썹을 드디어 활짝 폈다.

사러우가 벌떡 일어나며 큰 소리로 물었다.

"얘들아, 투명한 유리병이 급히 필요한데 누가 좀 지원해줄 수 없을까?"

교실 안에는 어디서 생겨났는지 시뿌연 플라스틱병들이 여러 개 나타났다. 사러우는 머리를 가로저어 그들의 호의를 완곡하게 거절했다.

반드시 투명한 유리병이어야만 했다. 유리병이야만 빛을 낼 수 있단 말인가? 그런 것도 아니었다. 사러우에게는 유리병으로 자기 기와집을 밝게 비추고 그 폐허를 밝게 비출 수 있는 방법을 따로 생각하고 있었다.

학교가 끝나자 사러우는 학교 옆에 있는 슈퍼로 향했다.

"유리병에 담긴 음료수 있어요?"

사러우가 물었다.

"음료수? 있지. 왼쪽 선반 위에 있다."

점원이 인터넷을 하면서 되는대로 대답했다.

"유리병으로 된 음료수가 있냐고요."

"플라스틱 병은 안 되니? 다 같은 맛인데."

"유리병이요!"

사러우의 분노가 폭발하기 직전이었다.

"유리병으로 된 거? 그럼 과일통조림을 사거라. 역시 저기 선반 위에 있어. 이상한 아이군……"

"쓸 데가 있어서 그래요."

사러우가 제일 싼 통조림을 하나 골랐다. 호주머니를 만져보니 비어 있었다. 사러우는 돈을 학교 책상 안에 두고 온 것이다. 지금은 교실 문이 잠겼을 것이다. 점원이 사러우를 보고 웃었다. 그 웃음 속에는 경멸의 빛이 역력했다.

사러우는 화가 나서 거리를 걷고 있었다. 그러다가 사러우는 걸으면서 길가를 살피기 시작했다. 사러우는 기적을 믿지 않았다. 그러나 기적이 일어나기를 바라는 수밖에 다른 방법이 없었다. 같은 반 학생 몇이 사러우 옆을 지나가면서 모두 상상조차 할 수 없다는 표정을 지었다. 그들 사이에서는 이런 악의에 찬 소문이 퍼지기 시작했다. 사러우가 과외시간에 거리에서 돈을 줍고 있다는 소문이었다. 사러우의 그 동작은 한참 동안이나 계속되었다. 사러우의 머릿속에는 한 가지 직업이 떠올랐다.

그렇게 걷다보니 한 사람이 삼륜차를 타고 이 거리로 굽어들어 오고 있었다. 그도 사러우처럼 가면서 길옆을 살피고 있었다. 사러우는 드디어 같은 업계 종사자를 만났음을 알았다. 자세히 보니 마주 오고 있는 사람은 다섯째 할아버지였다.

같은 업계 종사자는 라이발이라고 했다. 지금 마주 오는 사람은 다섯째 할아버지가 아니라 바로 라이발이었다.

"다섯째 할아버지, 왜 아직도 집에 돌아가지 않았어요? 큰 지게차가 또 왔었어요."

사러우가 말했다. 라이발이지만 다섯째 할아버지라고 불러야 했다.

"내가 협의에 사인하지 않은 이상 그들도 감히 어쩌지 못한다. 더군다나 네가 우리 기와집에 살고 있어 다섯째 할아버지는 더 시름이 놓이는구나."

다섯째 할아버지가 득의양양해서 말했다.

"유리병은 모으기 쉬워요?"

사러우가 다섯째 할아버지의 업무에 대해 물었다.

"유리병은 값이 싸. 그래도 보이면 다 모아들이지. 할아버지는 값이 많이 나가는 걸 많이 모아야 해. 그래야 내년에 작은 기와집 둘레에 튼튼한 담장을 쌓아 자작나무를 단단히 에워쌀 수 있거든.

그래서 지게차가 허물 수 없게 할 거야."

다섯째 할아버지는 혼자서 득의양양해했다.

사러우가 다섯째 할아버지를 격려해주었다.

"다섯째 할아버지, 행운을 빌게요!"

다섯째 할아버지가 갑자기 말했다.

"먼저 우리 기와집에 가 있거라. 할아버지는 날이 어두워지면 돌아갈게."

"할아버지, 제가 주워드릴게요……"

사러우는 플라스틱 병을 발견하면 할아버지에게 주어 할아버지가 돈을 벌 수 있게 하고, 유리병을 발견하면 무조건 가지고 도망치기로 작심했다. 다섯째 할아버지는 이름난 깍쟁이였다. 그는 남에게 주는 것이 아까워 수단과 방법을 가리지 않고 빼앗을 게 틀림없었다.

"6학년이 되더니 사러우도 이제 철이 들었구나……"

다섯째 할아버지는 말하면서도 길옆에서 눈을 떼지 않았다. 병 하나만 놓쳐도 그는 마음이 아파 죽을 지경일 것이기 때문이었다.

다섯째 할아버지의 말은 칭찬이기도 하고 비평이기도 했다. 그래서 사러우는 그 말을 듣고 마음이 편치 않았다. 다섯째 할아버지는 늘 칭찬도 이렇게 깍쟁이답게 했다. 정말 별 수 없는 사람이었다.

"선생님이 날 좋아해요, 할아버지. 선생님이 나에게 사진을 가져오라고까지 했어요, 할아버지."

사러우가 말했다. 그러는 사이에 다섯째 할아버지가 문득 목표를 발견했다. 그래서 사러우의 말은 듣지도 않고 잽싸게 오른쪽 다리를 번쩍 쳐들어 차에서 뛰어내렸다. 사러우는 다섯째 할아버지가 미처 땅에 뛰어내리기도 전에 다섯째 할아버지가 발견한 목표를 향해 "쌩"하니 뛰어갔다.

플라스틱 병이었다. 사러우는 실망하여 그것을 주워 다섯째 할아버지에게 바쳤다. 다섯째 할아버지는 엄청 흡족해했다. 그 병은 오늘 저녁 할아버지의 "첫 번째 수확"이었던 것이다.

"할아버지를 도와 잘 살펴봐주라! 할아버지가…… 사탕 사줄게."

다섯째 할아버지가 큰마음을 먹고 이렇게 호쾌하게 말했다.

"난 다이어트 중이에요. 요즘 누가 사탕을 좋아해요. 할아버지는 너무 촌스러워요."

사러우는 사탕은 사양했지만 진심으로 다섯째 할아버지를 도와 일했다. 잠깐 사이에 두 번째, 세 번째 수확을 얻었다. 사러우가 갑자기 고분고분해지자 다섯째 할아버지는 너무 뜻밖이라는 느낌이 들어 말했다.

"사람은 말이야. 역시 학교에 가서 공부를 해야 돼. 공부를 하면 발전이 있거든……"

다섯째 할아버지가 사러우에게 삼륜차에 타라고 했다. 두 사람은 거리를 따라 앞으로 나아갔다. 다섯째 할아버지는 보물을 하나라도 놓치지 않으려고 거리를 샅샅이 훑어나갔다. 사러우가 한가로이 삼륜차 변두리에 걸터앉아 길옆을 살피면서 다섯째 할아버지의 말벗이 되어주었다.

"할아버진 대학공부를 했었나요?"

다섯째 할아버지가 한숨을 지었다.

"할아버진 딱 하루 서당에 갔었어. 서당에 간 날 훈장의 계척(戒尺, 옛날 글방 선생이 학생을 벌할 때 쓰던 목판, 회초리 – 역자 주)을 부러뜨렸거든. 훈장은 나에게 물어내라고 하지 않고 날 쫓아냈어."

사러우는 다섯째 할아버지에게 엄지손가락을 들어보였다. 사러우는 계척이 글방의 훈장이 아이들을 벌할 때 쓰는 도구라는 것을 알고 있었다. 그것은 사쉬안이 가장 그리워하고 가장 숭배하는 물건이었다.

다섯째 할아버지가 말을 계속했다.

"무슨 공부를 했느냐면…… 할아버진 식단을 읽은 적이 있어. 할아버지가 예전에 국영 식당에서 종업원으로 일했었거든."

사러우가 물었다.

"할아버진 저의 할아버지와 삼림 벌목장에 있었잖아요? 할아버진 종업원이 아니라 벌목공이죠."

다섯째 할아버지가 남쪽에 솟은 뭇산들을 바라보더니 말했다.

"벌목공은 내가 젊었을 때의 생업이었고. 너의 다섯째 할머니가 죽고 나는 자신이 늙었다는 사실을 깨달았어. 벌목하는 일도 할 수 없게 되었고. 그래서 쩐장을 찾아가 사정해서 종업원이 된 거야. 그것도 국영식당에서 말이야.

폼 났지."

사러우가 다섯째 할아버지에게 고개를 돌리고 물었다.

"아이고 세상에나! 식당에 그렇게 늙은 종업원이 있었어요?

국영식당이 뭐에요?"

다섯째 할아버지가 길옆을 가리키며 말했다.

"사러우야, 날 쳐다보지 말고 땅을 봐.

얘기하면서 일에 지장을 주지 말아야지."

그래서 사러우는 계속 땅만 살폈다.

다섯째 할아버지는 그제야 말을 계속했다.

"국영식당은 바로 국가에서 경영하는 식당이다."

사러우가 놀랍고도 신기해했다.

"와, 그럼 식당 사장은 원자바오(溫家寶, 중국 총리)겠네요? 폼 나네요."

다섯째 할아버지가 못내 아쉬워하면서 말했다.

"아냐. 아냐. 사장이 누구였던지는 기억이 나지 않아. 할아버진 단지 식단만 기억하고 있어."

사러우가 말했다.

"한 번 읊어 봐요."

다섯째 할아버지가 목청을 가다듬으며 말했다.

"잘 들어."

그러더니 다섯째 할아버지는 식단을 줄줄 읊어 내려갔다.

"훙사오러우(红烧肉)·꿔바오러우(锅包肉, 탕수육)·장쓰러우(姜丝肉, 생강고기채)·취안바이러우(汆白肉, 데친 삼겹살)·마라떠우푸(麻辣豆腐, 마라두부)·지파오떠우푸(鸡刨豆腐, 두부계란볶음)·사꿔두부(砂锅豆腐, 두부전골)·창반떠우야(炝拌豆芽, 녹두나물무침)·창반투떠우스(炝拌土豆丝, 감자채무침)·찬반하이따이수(炝拌海带丝, 미역채무침)·여우자떠우(油炸豆, 콩튀김)·

여우자화성(油炸花生, 땅콩튀김)……"

어떤 요리 이름은 사러우가 한 번도 들어본 적이 없는 것이었다.

그런데 사러우의 배는 예민한 미식전문가인지라 그것들이 맛있는 것들임을 알고 "꼬르륵 꼬르륵" 하며 다섯째 할아버지와 사러우에게 빨리 달라는 신호를 보냈다. 그러나 사러우는 아직 밥을 먹으러 집에 돌아가고 싶지 않았다. 오늘 저녁에는 무슨 일이 있어도 자기 영지에서 밝은 빛을 되찾고 싶었다.

사러우가 다섯 번째 병을 주워 다섯째 할아버지의 차에다 막 던져 넣으려다 말고 "와"하고 소리를 지르며 도로 가져갔다.

다섯째 할아버지가 말했다.

"던져 넣어라. 할아버지는 '댕그랑 댕그랑'…… 하는 소리가 제일 듣기 좋단 말이야."

그런데 사러우가 자기 옆에 잠복한 라이발이었다는 사실을 다섯째 할아버지가 어찌 알았겠는가!

사러우는 그 반짝거리는 병을 다섯째 할아버지 눈앞에 쳐들고 흔들어 보이더니 차에서 뛰어내려 줄행랑을 놓았다.

사러우 뒤로 다섯째 할아버지의 아쉬움에 젖은 고함소리가 들려왔다.

"나쁜 계집애 같으니라고, 네가 그걸 가지고 뭐에 쓰려고 그래…… 그게 할아버지한테는 목숨과 같은 것인데…… 목숨과 같은 것이란 말이야……"

다섯째 할아버지는 정말 알고도 모를 일이었다. "요즘 선생님들은 어찌하여 예쁘지도 않고 성격도 나쁘고 마음씨도 나쁜 저런 계집애를 좋아하는 것일까? 어떻게 가르치고 있는 것일까?"하고 중얼거렸다.

사러우의 귀는 다섯째 할아버지의 고함소리를 차단해버렸다. 다섯째 할아버지의 안타까워하는 소리가 두터운 장벽에 가로막혀 버렸던 것이다.

16

사러우는 유리병을 들고 한달음에 쩐을 벗어났다. 귓가에서 바람소리가 쌩쌩 날 정도였다. 사러우는 자신이 서쪽 하늘의 붉은 빛 속으로 뛰어 들어가고 있음을 느꼈다. 사러우의 손에 들려 있는 병 안에도 붉은 빛이 가득 찼다…… 타임슬립이 바로 이런 걸까? 사러우는 저도 모르게 긴장되었다. 사러우는 옆에 아무 사람도 없는 것처럼 리싱예의 옆을 스쳐 지나갔다. 리싱예가 그러는 사러우의 뒷모습을 멍하니 바라보고 서 있었다. 병 하나가 한 여학생을 이처럼 날뛰게 하다니. 리싱예는 완전히 어리둥절해져 있었다.

은빛이 반짝이는 강이 사러우의 앞을 가로막았다. 환상적인 타임슬립이 끝났다. 강물에 가로막혀 사러우는 은하수의 이쪽에 멈춰 섰다. 빛은 맞은 편 강변 아득히 먼 곳에서 가물가물 보일 듯 말 듯 희미하게 보였다. 사러우가 눈을 깜박여 보았다. 그 강은 은하수가 아니라 진 외곽을 돌아 흐르는 그냥 강이라는 사실을 확인했다.

그 강은 삼림을 만났었다. 그 강은 동북의 원시림에서 발원하여 흐르는 내내 끊임없이 이어지는 나무숲을 보았다.

그 강은 착실하고 반듯하여 단 한 번도 자기 방향을 바꿔보려는 생각을 한 적이 없었다. 그 강은 겨울에는 얼음이 얼어붙었다가 봄이 되면 어김없이 녹아 서남쪽으로 계속 흘러갔다.

그 강도 광분하였던 적이 있다. 여름이 되면 이곳은 남학생들의 세상이 된다.

생기발랄한 남학생들이 강물에 뛰어들어 첨벙거리며 강물을 흐려놓았다. 강은 더는 참을 수 없어 그중에서 제일 온순한 3학년 남학생을 골라 반성을 시킬 셈으로 그 아이를 강바닥에 가라앉혔다. 그 뒤로 남학생들은 모두 강기슭에 앉아 초조해하고 망설이면서 다시는 그 경계선을 한 걸음도 넘을 엄두를 내지 못했다.

그러나 지금은 그저 강일뿐이다. 강의 전생과 현세는 가을바람에 날려 흩어져버리고 맑고 찬 강물만 남았다.

사러우는 강가에 쪼그리고 앉아 유리병을 물에 담갔다. 사러우는 유리병을 씻고 또 씻었다.

그리고 사러우는 병의 투명도를 검사하려고 병을 허공에 쳐들었다.

그러다가 사러우는 깜짝 놀라 입이 딱 벌어졌다.

서쪽 하늘이 완전 새빨갛지 않은가. 땅과 하늘이 한데 맞붙었는데 그 부분은 지평선도 사라져버렸다. 지평선 위에 들어앉은 마을도 마침 그 속에 묻혀 버렸다. 마을의 남정네들은 모두 술을 마신 것처럼 얼굴이 불그레해졌고 여인네들은 모두 빨갛게 연지를 바르고 기뻐서 어쩔 바를 몰라 하는 듯 했다. 흰 거위들도 서로가 낯설어서 긴 목을 빼들고 서로를 훑어보고 있었다. 어찌 하여 빨간 스웨터로 갈아입었을까? 오리며 까치들도 모두가 어리둥절해졌다. 오리는 오리가 낯설고 까치는 까치가 낯설었으며, 까치는 나무둥지 위에 있는 둥지가 낯설었다…… 모두가 이 세상이 낯설었다.

마을과 서로 어우러지는 것은 북쪽에 있는 자작나무숲이다. 나무줄기는 젖빛이고 나뭇잎은 황금빛인데 나뭇가지의 끝자락은 홍조를 띠고 있었다. 서녘하늘의 빨간 꽃물은 자작나무 꼭대기에까지 끼얹은 것 같았다.

사려우는 갑자기 마음이 텅 비어버린 것 같았다.

사려우는 땅에 털썩 주저앉아 크게 심호흡을 했다. 그래도 텅 빈 마음은 채워지지 않았다. 사려우는 왜 그런지 알 수가 없었다. 어쩌면 배가 고파서 그럴지도 모른다. 사려우는 가끔 아름다운 경치가 사람의 마음을 텅 비게 만들 수 있다는 이치를 미처 알지 못한 것이다.

사려우는 정신을 가다듬고 조용히 일어서서 둔치 아래 풀숲으로 걸어 들어가 병을 민들레 위에 올려놓았다. 그리고 서녘 하늘을 바라보고 누웠다. 가을의 풀숲은 건조하고도 푹신하였으며 적어도 다섯 가지 잡초의 향기가 풍겼다. 그중에서도 쑥의 향기가 제일 짙었으며 다른 것은 깊은 맛이 나는 조미료와 같았다.

사려우는 너무 행복해서 울 것만 같았다.

행복하기도 했으나 한편 깊은 시름에 빠져 들었다.

사려우는 눈도 한 번 깜박하지 않았다. 그 아름다운 경치들이 눈을 깜박하는 순간에 날아가 버릴까 두려웠다. 지금은 그 아름다운 경치와 함께 있는 순간을 소중히 여겨야 했다.

하늘이 미묘한 변화를 일으키고 있었다. 홍조가 점점 대지에 빨려 들어가고 청회색이 원래의 영역을 점령해 나갔다. 후에는 하늘 전체가 어두워졌다. 이 모든 변화에서 사려우는 시간의 흐름을 느끼고 있었다. 저녁이 온 것이다. 이제 조금만 더 기다리면 숲에서 벌레를 잡을 수 있었다.

사려우는 반딧불 죄수들이 필요했다.

대량의 반딧불을 자기 유리성에 가두면 유리성이 빛을 뿌릴 것이다. 유리성이 빛을 뿌리면 사려우의 성을 밝게 비출 수 있을 것이다.

이것이 바로 사러우가 하루 종일 궁리해낸 계획이었다. 사러우는 반딧불들에게 자유를 잃는 대신 수정으로 된 성을 얻을 수 있을 것이라고 약속했다.

그리고 그들은 아무런 학대도 당하지 않을 것이며 그들의 대우는 연금과 비슷한 것이 될 것이라고 약속했다.

사러우는 계획하면서 또 입장을 바꿔 생각해보았다. 만약 내가 반딧불이라면 나의 자유로 수정으로 된 성을 바꾸기를 원할까? 원한다…… 원치 않는다…… 사러우도 주견이 없어졌다.

그러는 사이에 날이 어두워졌다. 서녘 하늘의 홍조가 깡그리 소리도 없이 사라져버렸다. 사러우는 한참 동안 서글픔에 젖어 있다가 벌떡 일어나 앉았다. 풀숲에서 기이한 빛이 반짝이고 있는 것이 보였다. 그 빛이 사방으로 튀면서 텅 빈 사러우의 마음을 점점 채워나갔다.

그 빛이 바로 사러우가 청하고자 하는 빛의 사자였다.

사러우가 두 손을 내밀었다. 사러우는 두 손을 그물 모양으로 모으고 그중의 한 불빛을 조심스레 모아 쥐었다. 순간 그 불빛이 꺼져버렸다. 그리고 사러우의 손은 빈 채로였다. 사러우의 습격은 아무 것도 수확하지 못했다.

사러우는 단념하지 않고 그 동작을 계속 반복했다. 그러나 결과는 똑같았다.

사러우는 실망하여 풀숲에 주저앉았다. 가냘픈 사러우의 몸이 부드럽고 푹신한 풀숲에 푹 묻혀버렸다. 수많은 풀들이 사러우를 감쌌다. 사러우가 눈을 떠보니 주변은 온통 별들로 반짝이고 있었다. 사러우가 손을 뻗어 잡아보니 별이 아니라 축축한 이슬이었다. 사러우는 그제야 깨달았다.

사러우가 계속 놓쳐버리기만 했던 그 불빛들은 반딧불이 아니라 풀잎에 맺힌 이슬이었다는 것을……

이번에 사러우는 방법을 바꾸었다. 사러우는 조심스레 풀숲을 헤치고 손전지를 켜고 풀포기를 따라 찾아내려갔다. 풀포기 아래 작은 골목에서 어지럽게 뛰어가는 발걸음소리가 들리는 것 같았다. 그 소리는 놀란 비명소리 같기도 했다. 거대한 빛줄기에 벌레들이 깜짝 놀라 황망히 도망치고 있는 소리였다.

사러우는 여전히 아무 수확도 얻지 못했다.

사러우는 다시 행동을 잠시 멈췄다. 왜 이렇게도 운이 좋지 않지? 이 풀숲에는 해마다 반딧불이 매우 많았었다. 지난해 여름 전 반 학생 중 절반이 그 반딧불에 대한 일을 작문으로 썼었는데 올해는 왜 없을까? 그 반딧불들이 죄다 작문을 쓴 초등학생들 때문에 놀라 도망이라도 친 것일까?

사러우가 수색을 멈추자 주변의 소리가 다시 회복되었다. 뜻밖에도 풀숲에서 가을벌레들의 협주곡이 한창이다.

삐-이, 찌-이, 삐-이, 찌-이 찌-이……

그 협주곡에 불협화음이 하나 섞여 너털웃음소리처럼 들렸다. 마치 사러우의 황당한 행동을 비웃기라도 하는 것 같았다.

설마 이는 벌레들이 만들어놓은 올가미란 말인가?

그렇다면 무슨 올가미일까?

사러우가 손전지를 켜고 풀포기 아래서 자신을 비웃었던 벌레를 찾기 시작했다. 그런데 그 오만방자했던 녀석이 바로 입을 다물어버리는 바람에 그만 단서가 끊겨버렸다. 사러우는 손전등을 끄고 녀석이 다시 머리를 내밀기를 기다렸다. 웃음소리가 금세 또 회복되었고 전체 악단의 연주가 다시 시작되었다…… 사러우가 손전등을 켜고 찾으려고 하자 그들은 또 다시 침묵했다. 사러우가 나타나면 그들은 사라졌다가 사러우가 사라지면 그들은 다시 나타나곤 했다. 사러우는 그 강박증과도 같은 게임에 중독되어가고 있었다. 그러나 결국 사러우는 아무 재능도 발휘하지 못한 채 그 녀석들을 끝내 찾아내지 못했다.

사러우는 안달이 났다. 그렇다고 다른 뾰족한 수가 있는 것도 아니어서 자신을 비웃은 그 가을벌레를 이해하는 수밖에 별다른 도리가 없었다. 걔들은 이제 곧 죽게 된다. 아무리 장수한다고 해도 다섯째 할아버지보다 더 오래 살 수는 없으니까. 추석이 걔들 생에서 마지막 날이 될 것이다. 사러우는 자신의 너그러움에 푹 빠져버렸다. 그런데 누가 알았으랴. 사러우가 또 새로운 조롱을 사게 될 줄이야.

이번에 조롱은 높은 곳에서 왔다.

풀숲 한가운데는 백양나무가 두 그루 자라고 있었다. 사러우를 비웃은 것은 그 백양나무가 아니었다. 백양나무는 조용히 거기 서 있을 뿐 사러우의 행위에 대해 평가하지 않았다. 사러우를 비웃은 것은 나무둥지에 내려앉은 까마귀들이었다. 까마귀들은 원래 왈가왈부하는 것을 좋아하여 툭하면 "까~악 까~악" 하고 이 세상에 대고 코웃음을 치곤 한다. 비웃음은 사람을 분노하게 하지만 또 정신이 들게도 한다.

까마귀가 세 번째로 코웃음을 쳤을 때 사러우는 뭔가를 깨달았다.

까마귀는 사러우의 무지함을 비웃고 있는 것이었다. 사러우가 아주 어리석은 실수를 한 것이다. 지금은 가을이다. 반딧불들은 벌써 다른 곳으로 가서 빛을 내고 있거나 아니면 번데기나 혹은 또 다른 형태로 변해 땅에 기어들어가 잠을 자고 있을 것이기 때문이다.

여기까지 생각이 미치자 사러우 스스로도 그만 냉소를 짓고 말았다. 사러우가 웃자 까마귀도 웃음을 거두었다.

풀숲 한가운데 자란 두 그루의 백양나무가 평정을 되찾았다.

사러우는 늦가을의 마지막 가을벌레 악대에 작별을 고하고 사러우에게 제 정신이 들게 한 까마귀에게 작별을 고했다.

반딧불을 찾지 못한 것이 손전등의 잘못은 아니었지만 반딧불 대신 '연금'을 당해야 했다. 사러우는 가느다란 손전등을 유리병 안에 '가두어' 유리병과 함께 묶어 기와집 방 안에 걸어두었다.

그 불빛이 반딧불보다는 낭만적이지 않았지만 반딧불보다 훨씬 밝았다. 사러우는 다소 서운한 듯 그 불빛을 바라보았다.

다섯째 할아버지가 삼륜차를 끌고 울안에 들어서면서 자작나무에게 말을 건넸다.

"여보, 나 다녀왔어. 당신이 보살펴 준 덕분에 오늘 수확이 괜찮아…… 엉? 정말 불빛이 있네. 멀리서도 보이더니……"

다섯째 할아버지는 자작나무를 배우자로 생각하면서 살고 있었다. 외로운 노인은 나무 한 그루, 차 한 대, 지팡이 하나도 배우자로 생각하기를 좋아했다. 그들의 영혼은 허무맹랑한 것으로 만약 구체적인 사물에 부착하지 않으면 완전히 흐트러져 버리게 된다.

사러우와 다섯째 할아버지는 모두 동무가 없다. 그러나 나무며, 반딧불이며, 등불이며 이런 것들은 모두 그들의 동무가 될 수 있었다. 기실 그들의 동무는 온 천지에 가득했던 것이다.

17

사러우는 곁눈질을 하지 않고 곧장 위층으로 올라갔다. 책가방을 벗어 방에 들여놓고 사러우는 바로 내려와 밥 먹을 채비를 했다. 늦게 돌아왔으니 밥이며 반찬이 식은 지 이미 오래였다. 사러우는 자기가 좋아하는 생선조림을 골라 랩을 씌워 전자레인지에 넣었다.

사러우가 주방에서 덜거덕거리는 소리를 내는 바람에 아빠가 촬영실에서 머리를 내밀었다. 사러우가 돌아온 것을 보자 내밀었던 머리를 바로 움츠려 들어가 버렸다. 아빠는 오늘의 다섯 번째 신혼부부에게 웨딩 촬영을 해주고 있었다. 아빠는 그 다섯 번째 신부와 신랑 때문에 애를 먹고 있었다. 그는 원래 딸에게 요즘 뭘 하고 다니는지, 왜 항상 늦어서야 집에 돌아오는지를 물으려던 참이었다. 그런데 딸이 모습을 드러내자 신부가 어떤 요구를 제기하는 바람에 그는 하려던 말을 도로 삼켜버렸다. 신부가 갑자기 화장을 고쳐달라고 요구했다. 그 신혼부부는 삼림지역에서 왔는데 신랑이 오토바이를 타고 6시간을 달려서야 비로소 교외에 위치한 이 사진관을 찾을 수 있었다고 했다. 그래서 그런지 특별히 각박한 요구를 제기해오고 있는 것이었다. 신랑은 또 시내에 있는 사진관에는 가지 않으려고 했다. 그가 약재를 재배해서 모은 돈은 다른 데도 써야 했기 때문이었다. 웨딩 촬영을 하는 데만 너무 많은 지출을 할 수가 없었던 것이다.

사러우는 주방에서 매우 정성을 들여 볶음밥을 만들었다. 볶음밥에는 당근이며 오이며 표고버섯…… 등이 빠져서는 안 되었다. 사러우가 자기가 만든 볶음밥을 두고 흡족해하고 있을 때 의외의 일이 터졌다.

전자레인지가 "쾅"하는 굉음과 함께 폭발했다. 주방 절반이 새까맣게 그을려 버렸다. 사러우는 짙은 연기 속으로 사라져 버렸다.

신부가 촬영실에서 뛰쳐나오더니 웨딩드레스에 걸려 비틀거리면서 겨우 거리로 뛰어나갔다. 신랑은 신부를 버려둔 채 냅다 뛰어 더 먼 곳까지 도망쳐서는 쭈그리고 앉아 대성통곡하고 있었다. 신랑의 행동에 신부는 너무 실망하여 웨딩드레스를 마구 찢어발기면서 그 드레스만 입지 않았어도 엎어지지는 않았을 것이라며 그 웨딩드레스를 입은 걸 후회한다면서 넋두리를 해댔다. 신랑이 재빨리 뛰어가 신부를 달랬지만 이미 만회할 수 없는 상황이 되었다. 그들은 계약금도 내지 않고 오토바이를 타고 산 속으로 달아나버렸다. 웨딩 촬영을 포기한 것이다.

아빠가 주방 구석에서 사러우를 찾아냈다. 사러우는 얼굴이 새까맣게 그을리었으나 머리카락 한 올도 다치지 않았다. 아빠가 사러우를 일으켰을 때 사러우는 웃기까지 했다.

사러우의 웃음소리가 멎자 줄곧 잠자코 있던 아줌마가 끝내 거실에서 한 마디 했다.

"저렇게 멍청한 애를 선생님이 좋아한다고? 말도 안 돼."

사러우가 벌떡 일어서자 아빠가 황망히 딸을 말렸다.

사러우가 냉소를 지으며 말했다.

"아빠, 걱정 마세요. 아빠의 아내랑 정면으로 충돌하지는 않을 테니까."

사러우가 주방에서 나와 거실을 지나 직접 위층으로 올라갔다. 몇몇 남학생이 머리를 들이밀고 폭발 효과를 구경하고 있었다. 그들은 늠름한 사러우의 모습에 감명을 받아 진심으로 찬탄했다. 사러우는 그들에게 예의적으로 손을 흔들어 보이고는 계단 귀퉁이로 자취를 감춰버렸다.

그 뒤로 사러우에게는 '폭발녀'라는 매우 야성적인 별명이 따라붙었다. 그 별명은 이튿날 아침 자습시간 동안에 전 반에 널리 퍼졌으며 점심도 되기 전에 전교에 널리 퍼졌다.

쉬는 시간에 사쉬안이 소문을 듣고 사러우에게 괜찮은지 폭발이 일어난 원인이 대체 무엇인지를 물었다.

사러우가 뭔가 깊이 감추는 것 같은 표정을 짓고 대답했다.

"유리가 전부 산산조각이 나고 그 물고기도 완전히 산산조각이 났어요. 폭발녀만 털끝 하나 다친 데가 없었지요."

사쉬안은 또 다른 것도 물으려고 했다. 예를 들면 아줌마는 안전한지 따위의 질문이었다. 그런데 사러우가 애걸했다.

"그건 폭발녀의 사적인 일이어서 말씀 드릴 수 없어요."

사러우는 사쉬안이 또 가정방문을 하려고 할까봐 너무 두려웠다. 그럼 사러우는 가출하는 수밖에 없을 테니까……

방과 후 리싱예가 총망히 뒤따라왔다. 사러우가 고개를 돌리자 리싱예는 그 자리에 멈춰 섰다. 사러우가 성가시다는 듯 말했다.

"얘, 할 말이 있으면 해. 남자가 쩨쩨하게 좀 그러지 않으면 안 돼?"

리싱예가 몇 걸음 다가서며 말했다.

"난 널 숭배하기 시작했어……"

사러우가 무시하는 듯한 말투로 말했다.

"경고하는데 날 숭배하는 건 좋아. 말리지 않을게. 그런데 조기연애로만 발전하지 말았으면 좋겠어. 안 그러면 쩐 정부에 가서 고발할 거니까."

리싱예가 눈을 깜박이더니 목이 움츠러들었다. 그리고 둘 사이에는 말이 없었다. 리싱예는 너무 어색했다.

갑자기 리싱예가 또 말했다.

“오늘 아침 시장에서 너의 계모를 봤어.”

사러우가 바로잡았다.

“계모는 무슨, 아줌마지. 우리 둘은 ‘모녀’관계도 아니고 ‘계모’관계도 아니야.”

리싱예가 바로 시정했다.

“너의 아줌마가 네가 반에서 스타가 맞느냐고 나에게 물었어.”

문득 사러우는 문제의 심각성을 느꼈다.

“그래서 뭐라고 말했는데?”

사러우는 쩐이 너무 작아서 거짓말을 하면 바로 들통이 날 것임을 이미 알고 있었다.

리싱예가 말했다.

“사러우 넌 날 잘 모르지? 사실 난 성숙해졌거든.”

사러우는 구원의 신을 대하듯 리싱예를 바라보았다.

“믿어……”

리싱예가 말했다.

“난 네가 반에서 스타가 맞다고 너의 아줌마에게 알려주었어.”

사러우는 아무 말도 없이 감격에 찬 눈으로 리싱예를 바라보았다. 리싱예는 사러우에게 손을 흔들어보이고는 자전거를 타고 집으로 달려갔다. 리싱예는 우상 앞에서 바른 일을 한 가지 하는 것이 얼마나 중요한지를 깊이 깨달았다.

문에 들어서기 바쁘게 사러우는 촬영실로 기어들어가 아빠에게 말했다.

“사진 한 장만 더 찍어줘요.”

아줌마가 사러우를 힐끗 쳐다보았으나 곧 이어 아빠에게 말했다.

“찍어주세요. 반에서 인기 스타잖아요……”

사러우가 말했다.

"아빠, 사쉬안이 집에다 내 사진을 한 장 놓고 싶다고 했어요."

사러우가 촬영실 배경 옆으로 뛰어가 모래사장을 배경으로 바꾸고 '모래사장' 위에 누웠다.

"사쉬안은 고향이 장하이(長海)현이래요. 바닷가에서 태어났대요. 그래서 모래사장에서 찍은 사진을 줄 거예요."

딸에게 '모래사장 사진'을 찍어주는 것을 아빠는 당연히 달갑게 생각했다.

저녁이 되자 사러우의 모래사장 사진이 액자에 곱게 담겼다. 저녁밥을 먹자 사러우는 '모래사장 사진'을 가지고 문을 나섰다.

아빠가 한 마디 했다.

"날이 어두워지는데 또 어딜 가는 거냐?"

아줌마가 사러우 대신 대답했다.

"선생님에게 사진을 가져다드려야죠. 당연히 갖다드려야죠."

그 말에 사러우가 말했다.

"정답."

사러우와 아줌마 간의 교류가 저도 모르는 사이에 정면 대화로 발전한 것이다. 이에 사러우는 다시 경계하기 시작했다.

18

사러우가 자기 영지에 두 번째 사진을 들여놨다.

사러우는 두 사진을 서로 마주보게 놓았다. 이제 영지에는 사러우가 셋이었다. 세 명의 사러우가 대화를 시작했다.

"너 외롭지 않니?"

"며칠 전에는 너무 외로웠어. 기와집 안에 나 혼자였었거든. 이제는 괜찮아. 친구가 한 사람 더 왔거든."

"얘들아, 왜 너희들끼리만 얘기하고 그래? 나 아니었다면 너희 둘은 없었을 테지. 우리 아빠가 아니었다면 우리 셋이 없었을 테고…… 우리 셋이 아니었다면 이 기와집은 벌써 없어졌을 거야. 지게차가 벌써 밀어버렸을 테니까."

사러우가 흔들의자에 누워 횡설수설하고 있었다.

어둠이 폐허 전체를 뒤덮으며 내려앉고 있었다. 다행히도 기와집에서 희미한 불빛이 새어나오고 있어 그 희미한 불빛이 끝없는 어둠을 막아내고 있었다. 사러우는 자기 처지가 딱한 것 같아서 큰 소리로 웃기도 하고 노래를 부르기도 했다. 노랫소리와 불빛이 어우러져 어둠 속에서 팽창하면서 더 큰 공간이 만들어진 것 같았다. 그런데 노랫소리가 멎기만 하면 외로움과 어둠이 합세해 달려드는 바람에 사러우는 자신이 사라져버릴 것만 같았다.

노랫소리와 불빛이 너무 희미하여 외로움과 어둠을 막아낼 수 없었다.

사러우는 사진들과 마주 보면서 말했다.

"너희 둘은 정말 외롭지 않아? 그런데 나는 왜 여전히 외로운 거니?"

이때 밖에서 누군가 사러우의 이름을 부르는 소리가 들렸다.

"폭발녀…… 사러우……"

사러우는 가슴 가득 감동을 느끼며 일어나 창밖을 내다보았다. 그러나 그 다음 순간 사러우는 그만 아연해지고 말았다.

"리싱예! 날 숭배하는 것까진 말리지 않겠다고 했지 날 미행하는 것까지 허용한다고는 하지 않았잖아!"

사러우가 발을 동동 구르며 리싱예에게 소리를 질렀다. 리싱예는 한 손은 바지주머니에 질러넣고 다른 한 손은 개 목줄을 쥐고 부잣집 도련님처럼 사러우를 바라보며 서 있었다.

개도 리싱예와 같은 표정을 짓고 사러우를 올려다보았다.

자작나무는 잠자코 두 불청객을 노려보고 서 있었다.

19

원래 개는 리싱예가 키우는 것이 아니었다. 개는 아빠의 것, 즉 리 쩐장의 것이었다.

저녁을 먹은 뒤 리싱예가 울안에서 멍하니 서 있었는데 리 쩐장이 개를 끌고 나오더니 리싱예에게 맡겼다. 개는 리 쩐장보다도 리싱예와 같이 있는 것을 더 좋아하는 것 같았다. 그러나 리싱예는 아빠의 의도를 알아차리지 못한 체했다. 아빠가 개에게 신즈(星子)라는 이름을 지어준 것 때문에 리싱예는 줄곧 아빠에게 불만이 있었다. 명백한 침권 행위라고 생각하고 있었다. 그러나 리 쩐장의 머릿속에 있는 글자 탱크가 너무 작아 그중에서 이 두 글자가 가장 마음에 들었던 것이다. 문제는 싱즈도 묵인했다는 것이다.

주인이 싱즈야 하고 부르면 개는 꼬리를 살래살래 흔들면서 따라가곤 했다.

리 쩐장이 말했다.

"개도 밥을 배불리 먹은 후에는 산책을 좀 해야 돼. 그렇잖으면 개도 고지혈증에 걸릴 수 있거든."

리 쩐장은 개를 산책시키는 임무를 리싱예에게 전담시키려는 심산이었다.

"싱즈는 아빠가 거두었잖아요. 아빠가 거두었으니 아빠가 책임져야죠."

리싱예가 말했다.

"아빠 대신 하루만 산책을 시켜주렴."

리 쩐장이 아들에게 애걸하듯 말했다.

싱즈라고 불리는 개도 주인이 하는 대로 애걸하는 눈빛으로 리싱예를 올려다봤다. 싱즈는 남을 따라 하는데 천부적인 재능이 있는 개였다. 싱즈의 가장 큰 재능은 주인을 따라 하는 것이었다. 싱즈가 만약 다음 생에 사람으로 태어난다면 연예계에서 활약해도 될 것 같았다.

싱즈는 확실히 연기파였다. 싱즈의 눈빛이 리싱예의 마음을 움직였다. 리싱예는 목줄을 받아 쥐었다.

그 이전에는 리 쩐장이 개를 산책시켰었다.

어떤 때는 리 쩐장이 싱즈를 끌고 가고 어떤 때는 싱즈가 리 쩐장을 끌고 가곤 하면서 둘은 매우 조화롭게 어울렸다. 그렇게 줄곧 호흡을 잘 맞출 수만 있다면 그들의 산책은 참으로 즐거웠을 것이다. 그런데 길 가는 행인들은 그들이 즐거울 수 있게 내버려두지를 않았다.

길 가는 행인들은 늘 쩐장은 눈에 띄었지만 싱즈를 보지 못하였기 때문에 자연히 싱즈의 느낌은 별로 개의치 않았다. 그들은 모두 쩐장에게 인사를 건네곤 하였으며 때로는 어떤 일에 대해서 묻곤 했다. 지난 몇 개월간 그들 대다수가 철거 이주에 대해서 묻곤 했다. 그들의 가옥을 허물려고 하였으므로 그들은 썩 내켜 하지 않았다. 며칠 전에는 나무막대기 하나에 각별한 관심을 기울였다. 그들은 그 나무막대기가 그냥 막대기가 아니라 까마귀를 공양하던 사우론 막대기라면서 거기 세워진 지 백년이 다 된다고 말했다. 그러면서 왜놈들도 감히 건드리지 못하였고 홍위병들도 그 막대기를 건드리지 않았던 것이라고 했다……

리 쩐장은 퍽 난감한 기색을 띠었다. 그는 그곳에 빌딩을 한 채 지어야 한다면서 돌아가서 연구해보겠다고 했다. 이튿날 저녁 무렵 산책을 나갔을 때는 싱즈가 쩐장을 이끌고 걸었다. 여전히 여러 명의 주민이 쩐장과 싱즈가 반드시 지나가야 하는 길에서 그들을 기다리고 있었다.

리 쩐장은 어쩔 수 없어 말했다.

"돌아가서 알아봤더니 그 나무막대기가 있는 위치에 빌딩을 한 채 짓기로 계획되었더군요. 빌딩 한 채와 나무막대기 중 한 가지는 반드시 물러나야 해요."

리 쩐장이 한숨을 쉬자 그 몇 명도 한숨을 지었다. 그들과 쩐장은 한참 동안 서로 바라보며 서 있었다. 그들은 아무도 말을 하지 않았다. 이제 사람들은 점차 공동인식을 갖게 되었다. 한 채의 새 빌딩과 한 대의 낡은 나무막대기 중 물러나야 하는 것은 마땅히 후자여야 한다는 것이었다…… 결국 그들은 리 쩐장과 싱즈에게 길을 비켜주었다. 그러나 리 쩐장과 싱즈는 둘 다 산책을 계속할 기분이 아니었다. 리 쩐장은 마치 쓴 과일이라도 먹은 것처럼 매우 고통스러운 표정이었다. 싱즈도 리 쩐장의 표정을 따라 하려고 했지만 몇 번을 시도했으나 성공하지 못했다.

인류의 고통스러운 표정을 따라 하는 건 너무 어려운 일이었다.

싱즈는 리 쩐장의 뒤를 따라 쓸쓸히 걸어갔다. 이번에는 리 쩐장이 싱즈를 이끌고 걷고 있었다.

쩐장은 새로운 산책노선을 개척하고 싶었으나 전 쩐에 거리가 하나뿐이어서 다른 적당한 산책로는 없었다. 리 쩐장은 큰 길을 몇 갈래 더 닦아야겠다고 생각했다. 그러기 전에는 거리에서 산책하면서 아는 사람과 마주치지 않을 수 없다고 생각했다. 그래서 리 쩐장은 어디다 길을 닦을지, 어느 곳의 낡은 가옥을 철거해 이주시킬 지에 대해 연구하기 시작했다. 그러나 현재로서 리 쩐장은 공포와 불안에 떨면서 조마조마한 심정으로 원래의 길을 따라 산책하는 수밖에 없었다.

또 어느 하루는 폐품을 줍는 다섯째 할아버지가 개를 데리고 산책하는 리 쩐장이 반드시 지나야 할 길을 삼륜차로 가로막았다. 다섯째 할아버지는 말을 아주 직설적으로 했다. 그는 리 쩐장을 큰 조카라고 불렀다. 다섯째 할아버지는 이사를 가지 않을 것이라며 새로 지은 고층집에 살지 않고 원래의 작은 기와집에 살 것이라고 말했다.

리 쩐장은 매우 존경스런 말투로 다섯째 할아버지에게 말했다.

"다섯째 아저씨, 그 낡은 기와집 두 칸은 뭐하려고 지키고 있어요? 지금 태양 사무처는 도시화 건설에 열을 올리고 있어요. 도시의 일부가 되는 게 발전 방향이거든요. 아저씨는 옛날 생각을 하고 있는 거예요. 새 시대에 뒤처진 것이라고요."

다섯째 할아버지가 말했다.

"우리 집 울안에는 나무도 한 그루 있네. 그건 내 할아버지가 심은 거란 말이야. 그 나무를 내 세대에서 죽일 수는 없잖는가."

그러자 리 쩐장이 말했다.

"그깟 나무 한 그루 때문에 그러세요? 새 아파트단지에 나무를 새로 심을 거예요. 자작나무, 오동나무, 목부용, 무슨 나무나 다 심을 수 있어요. 말씀만 하세요. 아저씨, 우리가 무슨 일인들 못해내겠어요?”

다섯째 할아버지가 말했다.

“자네들이 심은 건 자네들이 심은 것이지 우리 할아버지가 심은 나무가 아니야. 그리고……”

다섯째 할아버지가 한숨을 쉬더니 눈빛을 번쩍이면서 말했다.

“큰 조카, 뭐라고 말할까. 그 자작나무는 일반 자작나무와는 다르단 말이야.”

리 쩐장이 말했다.

“다섯째 아저씨, 혹시 노망이 난 건 아니죠? 자작나무가 다 거기서 거기죠, 뭐가 다르다는 거예요. 요 며칠 안으로 합의서에 사인하세요. 철거이주사무소의 키다리가 속이 타 죽겠대요. 속이 타니 술을 마시고 술만 마시면 마누라를 두들겨 패니까, 만일 키다리네 가정이 깨져 가족이 뿔뿔이 흩어지면 아저씨에게 책임이 있는 거예요. 기어이 남의 가정을 파괴해야 직성이 풀리겠어요?”

그 말에 다섯째 할아버지는 아무 말도 하지 않고 잠자코 있었다.

쩐장은 방금 전 자신의 연설에 대해 매우 흡족해했다. 고집불통인 다섯째 할아버지, 타이양쩐의 마지막 “알박기 주민”이 드디어 흔들리는 것 같았기 때문이었다. 그런데 누가 알았으랴. 다섯째 할아버지가 한참 동안 잠자코 있더니 차분한 어투로 말했다.

“그럼 자네들이 내 가정을 파괴하는 건 괜찮은가? 누가 뭐래도 난 이사를 가지 않을 거네!”

리 쩐장은 말문이 막혔다. “알박기 주민”들과는 말이 통하지 않는다고 키다리가 평소에 늘 불평을 늘어놓곤 하였었다. 이제 보니 키다리의 말이 전혀 과장된 게 아니었다.

다섯째 할아버지가 몸을 날려 삼륜차에 올라타더니 페달을 힘껏 밟아 리 쩐장과 싱즈에게 길을 비켜주었다. 삼륜차가 몇 미터 굴러가다가 멈춰 섰다. 다섯째 할아버지가 머리를 돌려 말했다.

"아무도 내 나무를 밀어버릴 생각 말라고! 자네 다섯째 숙모도 허락하지 않을 걸세."

리 쩐장이 조심스럽게 한 마디 물었다.

"우리 다섯째 숙모는 돌아가신 게 아니었어요? 십년도 넘었죠?"

다섯째 할아버지는 머리도 돌리지 않고 말했다.

"죽었으면 뭐? 죽었다고 해서 자네들을 어쩌지 못할 것이라는 말인가?"

리 쩐장은 다섯째 할아버지의 뒷모습을 바라보면서 어처구니가 없다는 듯 머리를 절레절레 흔들었다. 싱즈도 고개를 살래살래 흔들었다. 다섯째 할아버지가 정말 늙었나보다. 갈수록 세상 물정을 모르는 것 같았다. 그날부터 리 쩐장은 더는 개를 산책시키기 위해 밖에 나가지 않고 숨어버리기로 작심했다. 그래서 개를 산책시키는 임무가 자연히 리싱예에게 떨어진 것이었다.

싱즈는 새 주인을 기다리고 있던 참이었다. 싱즈는 옛 주인을 따라 산책하는 것이 싫어진 지가 오래였다. 전혀 즐겁지 않았기 때문이었다.

20

사러우는 리싱예가 자신을 미행했다고 하였지만, 리싱예는 억울할 것이 없었다. 방금 전에 사러우가 총망히 집에서 나올 때 리싱예는 마침 거리에서 개를 데리고 산책하고 있었다. 사러우가 뛰어나왔을 때 리싱예는 사러우 앞에 바로 나타나지 않았다. 사러우가 한참 앞으로 걸어가기를 기다렸다가 리싱예는 그제야 싱즈를 끌고 사러우의 뒤를 따르기 시작했다. 처음에 싱즈는 어린 주인을 따라 앞에서 가고 있는 여학생의 뒤를 밟는 것이 싫었다. 그런데 한참 걷던 싱즈가 갑자기 적극성이 발동하여 앞에서 뜀박질을 하면서 리싱예를 끌어당겼다. 그래서 리싱예는 사러우와의 거리가 너무 가까워지지 않도록 목줄을 힘주어 잡아당겨야만 했다.

"사러우야, 너 참 대단해. 이런 걸 좋은 집에 미인을 감춰 두었다고 하는가!"

리싱예는 이제 막 엄마에게서 배운 표현을 써먹었다.

어쨌건 리싱예가 오는 바람에 울적하고 답답하던 기와집에 활기를 가져다주었다. 그래서 사러우는 리싱예의 경거망동을 바로 용서해주었다.

"비밀 지켜야 돼. 여긴 나의 개인 별장이거든. 우리 아빠랑 아줌마도 몰라."

리싱예가 말했다.

"나 아무에게도 말하지 않을게. 아참, 내가 아는 비밀이 점점 많아지고 있어. 그렇다고 날 암살하면 안 돼."

사러우가 대범하게 말했다.

"너 입이 무거워 비밀만 지켜준다면 무사할 수 있어. 약속할게."

리싱예가 또 말했다.

"나 차라도 한 잔 주지 않을 거야?"

사러우가 솔직하게 말했다.

"난 지금 가진 게 아무 것도 없어. 너 같은 도련님에게 대접할 차가 없다고. 우리 쩐윮 돌아가 놀까?."

리싱예가 머리를 끄덕이며 동감을 표하더니 또 물었다.

"너 스캔들 터질까봐 두렵지 않니?"

사러우가 '흥' 하고 콧방귀를 뀌었다.

"두렵지 않아. 난 엄마를 닮지 않아 예쁘지 않거든. 예쁘지 않은 제일 큰 좋은 점이 스캔들에 휘말릴 일이 없어 두려울 것이 없다는 거야."

리싱예가 또 머리를 끄덕이며 동감을 표했다. 그러자 사러우는 오히려 실망스러운 느낌이 들었다. 사러우는 리싱예가 자기 말에 반대할 것을 바랐다. 그런데 사러우의 말에 리싱예가 어찌 감히 반대 의사를 표현할 수 있었겠는가.

사러우와 리싱예 그리고 싱즈가 짧지 않은 대열을 지어 폐허를 벗어나 쩐 쪽으로 걸어갔다.

걸어가는 동안 리싱예가 그 "역사상에서 가장 놀라운 별장"의 내력에 대해서 몇 번이나 물었으나 사러우는 계속 알려줄 수 없다고만 대답했다. 그렇게 꾸물거리면서 걷다가 싱즈가 갑자기 급히 집에 돌아가고 싶어졌는지 리싱예를 억지로 끌어당기는 바람에 가버렸다. 거리에는 몇 군데 희미한 불빛을 제외하고 사러우만 남았다.

문득 사러우는 자신이 폐허에 있을 때 동무가 필요하다는 느낌이 들었다. 그 동무가 다섯째 할아버지일 수는 없었다. 다섯째 할아버지는 매일 아침 일찍 폐품을 모으러 나가곤 했다. 그렇다고 그 동무가 리싱예일 수도 없었다. 샤오성일 수도 없었다. 샤오성은 시내에서 학교를 다니고 있어 주말이 되어야 교외의 타이양쩐에 올 기회가 있기 때문이었다. 사러우는 그 동무가 동물이었으면 좋겠다고 생각했다. 그러나 싱즈라는 개는 아니었다. 싱즈는 자아감각에 지나치게 신경을 쓰기 때문에 동무로 두기에는 적합하지 않았다.

그 앵무새! 갑자기 그 새의 모습이 사러우의 뇌리를 스쳐지나갔다. 그 새는 가무잡잡하고 무던하였으며 괴상하고 또 말을 할 줄 알았다……

그 앵무새는 여전히 화조 시장에서 사러우를 기다리고 있을 것이다.

21

사러우와 그 앵무새는 전생에 인연이 있었던 것 같았다. 그건 샤오성이 증명할 수 있었다.

그 앵무새와 처음 만난 것은 지난 주말이었다. 다섯째 할아버지가 사러우에게 시내에 들어가 국기를 하나 사오라고 했다. 다섯째 할아버지는 국기를 지붕 위에 꽂아 철거이주사무소 사람들에게 본때를 보여줄 생각이었다. 사러우는 다섯째 할아버지의 기발한 아이디어에 탄복했다. 국기가 있는 곳은 남들이 함부로 침범할 수 없을 것이며 지게차도 피해 가야 할 것이다.

사러우는 즉시 샤오성에게 전화를 걸었다. 6학년에 올라가자 샤오성은 시내로 이주하였다. 그러니 자연히 시내 학교로 전학을 간 것이다. 샤오성은 사러우의 유일한 도시 친구이다. 둘은 문화상가에서 만나기로 약속했다. 거기서는 국기를 팔 것이다. 거기에는 또 장식 소품가게도 많았다. 사러우는 거기에 있는 자잘한 물건들을 좋아했다. 사실 꼭 살 마음이 있어서도 아니었다. 그저 그 자잘한 물건들 사이를 누비는 느낌이 좋아서였다.

그런데 사러우는 시내에 들어서자 길을 잘못 들고 말았다. 화조(花鳥)시장이 사러우의 갈 길을 가로막았다. 국기를 사러 가는 사러우의 앞길을 가로막았던 것이다.

사러우는 샤오성과 만날 마음이 급해서 화조시장을 돌아 문화상가를 찾으려 했다. 그런데 한참 돌아 올려다보니 여전히 그 화조시장이었다. 사러우가 혼잣말로 중얼거렸다.

"시내에서도 한 곳을 계속 빙빙 돌아 목적지에 가지 못하는 일도 있구나!"

사러우는 한참을 망설이다가 마침내 조심스레 그 신비로운 꽃과 새들의 세계로 걸어 들어갔다.

그곳은 새들이 지저귀고 꽃들이 향기로운 무릉도원이었다. 사러우는 화사하게 핀 꽃들에 마음이 끌리지 않았다. 그저 그 안에서 이리저리 거닐면서 다른 출구를 찾고 있었다. 어서 그곳을 벗어나 문화상가로 갈 마음에 한시가 급했다. 샤오성이 초조하게 기다리고 있을 것이 분명했다. 게다가 사러우는 휴대폰도 가지고 오지 않았다.

"아가씨, 앵무새를 좀 보지 않겠어요?"

땅딸막한 아저씨가 알랑거리며 사러우의 눈치를 살폈다. 새 조롱들이 눈앞에 나타나 사러우의 갈 길을 가로막았다.

간상배라는 생각이 제일 먼저 사러우의 뇌리를 스쳐 지나갔다. 두 번째로 떠오른 생각이 나쁜 사람이라는 생각이었다. 왜 그런 생각이 떠올랐을까? 그 사람이 악당처럼 생겼기 때문이었다. 그 사람에게서는 부정적 인물의 기질이 보였던 것이다. 웬 일인지 그 새 파는 사람을 보자 사러우는 원래의 담임선생님이 떠올랐다. 둘 다 땅딸막하고 둘 다 작은 동물과 학생들을 가두기를 좋아하였기 때문이다. "둘은 너무 비슷해!"하고 중얼거렸다.

"이봐요, 아저씨. 새들은 하늘에서 자유롭게 날아다녀야 하는데 조롱에 가둬 놓으면 어떡해요. 이건 불법감금이에요!"

사러우는 이런 나쁜 사람들이 가장 용서가 안 되었다.

"내가 잘못했어! 내가 나빠! 그러니 네가 얘를 사가렴. 사가지고 가서 조롱을 열어주면 얘는 자유를 얻을 수 있을테니까……"

땅딸보가 진지하게 말했다.

"50원만 주면 네 거야."

"내가 바보인 줄 아나봐. 얘를 사가는 건 속임수에 빠지는 거죠."

사러우가 호주머니를 만져봤다. 안에는 잔돈이 조금밖에 들어있지 않았다. 사실 만약 주머니만 불룩했다면 사러우는 그 앵무새에게 자유를 사주었을 것이다. 사러우는 자신이 착하다는 사실을 한 번도 의심해본 적이 없었다.

앵무새는 잠자코 머리를 갸우뚱하고 사러우를 노려보고 있었다. 앵무새의 반짝이는 눈은 어떤 기대로 가득 차 있었다. 앵무새는 사러우의 결정을 기다리고 있는 것 같았다. 그때 마침 누군가 사러우의 어깨를 탁 쳤다. 머리를 돌려보니 뜻밖에 샤오성이 서 있었다.

사실 둘이 만나기로 약속한 장소는 여기가 맞았다. 다만 원래의 문화상가가 막 이사를 가고 이곳에 임시로 화조시장이 들어섰던 것이다.

샤오성이 사러우를 끌고 화조시장을 나왔다. 문화상가가 없어져서 샤오성도 어디 가야 국기를 살 수 있는지 몰라 둘은 그저 자유로이 둘러보기로 했다. 사러우는 샤오성에게 끌려 나가면서 고개를 돌려 앵무새를 쳐다봤다. 앵무새는 눈도 깜박이지 않고 멀어져가는 사러우를 바라보고 있었다. 앵무새의 표정이 사러우의 마음을 흔들었다. 사러우는 앵무새와 자기 사이에 무슨 이야기가 발생할 것 같은 느낌이 들었다.

"사가렴. 고작 50원인데."

땅딸보도 사러우의 표정에서 새로운 희망을 본 것이다. 그 여자아이의 표정이 그의 마음도 흔든 것이다. 어쩌면 그는 운이 트일지도 모른다. 그 앵무새를 몇 달째 팔고 있지만 세심한 손님들이 결국 사가지 않았던 것이다.

그때 샤오성이 말했다.

"아직은 사지 마. 말을 할 줄 아는지 테스트 좀 해보자. 얘는 말을 할 줄 모르는 것 같아."

사러우가 "그래" 하고 대답했다.

샤오성이 앵무새를 노려보면서 말했다.

"말해봐. 부자 되세요."

앵무새는 입을 열지 않았다.

사러우가 말했다.

"너무 길어. 너무 속되고. 간단한 말로 하자. 앵무새야 말해봐. 안녕, 안녕!"

앵무새는 여전히 아무 말도 하지 않았다. 사러우는 실망했다. 그래도 앵무새의 눈빛을 포기하기는 아쉬운 듯했다.

샤오성이 사러우를 잡아당기며 말했다.

"그만 봐. 아무 소리도 내지 않고 있는 걸 보면, 말할 줄 모르는 게 분명해. 그렇지 않고서야 왜 그리 싸겠어. 우리 할아버지에게 한 마리 있는데 몇 백 원이나 주고 사왔거든."

사러우는 그렇게 샤오성에게 이끌려 나왔다.

땅딸보는 여전히 포기하지 않고 뒤에서 소리를 질렀다.

"얘는 네 거야! 너희 둘은 인연이 있어!"

앵무새의 태도에 땅딸보는 더는 참을 수 없었다.

사러우가 멀어져가자마자 땅딸보는 참대 젓가락을 조롱 안에 들이밀고 "탁

탁" 하고 앵무새를 때리기 시작했다. 땅딸보는 앵무새 깃털이 한 대 빠져 떨어지는 걸 보고서야 때리기를 멈췄다. 그는 아직은 앵무새의 외모를 망가뜨리고 싶지 않았던 것이다. 땅딸보에게 잡혀 조롱에 갇힌 날부터 앵무새는 울지도 지저귀지도 않기로 작심했다. 하물며 사람의 언어야 더 말할 나위가 있겠는가. 이번에 학대를 받은 뒤로 앵무새는 더욱 침묵했다.

그 앵무새는 고집이 셌다. 그 고집스러움 때문에 앵무새는 한 연못에 연연하다가 예민한 까마귀들을 따라 제때에 도망치지 못하는 바람에 조롱에 갇히는 신세가 된 것이다. 그 고집스러움 때문에 조롱에 갇힌 뒤에도 인류의 환심을 사지 않고 자존심을 지키면서 살아온 대가로 자유를 포기하는 수밖에 없었던 것이다. 자유를 얻으려면 자존심을 버려야 했고, 자존심을 지키려면 자유를 버려야 했다.

그날 앵무새는 단식을 하다가 자살할 계획이었다. 사러우를 만난 뒤로 앵무새는 그 황당한 생각을 포기했다. 그러나 결국 그 여자아이는 앵무새를 선택하지 않았다. 앵무새는 한참을 망설인 끝에 일단 살아가기로 결심하고 계속 모이도 쪼아 먹고 물도 마셨다. 앵무새는 어쩌면 그 여자아이와 인연이 있다고 한 땅딸보의 말에 동감을 했는지도 모른다. 비록 그 말 역시 거짓말이었지만 말이다……

그것이 사러우와 앵무새의 첫 만남이었다. 그 후 사러우는 꿈에 또 앵무새를 보았다. 그것이 사러우와 앵무새의 두 번째 만남인 셈이었다.

사러우의 꿈에 앵무새가 교실 안 새장 속에 걸려 있었다. 사러우는 책상 위에 엎드려 소설을 읽고 있었다. 문득 앵무새가 말을 했다. 그것도 뜻밖에 영어로 말했다. shalou! I love you ' shalou! Who love you…… 영어까지 할 줄 아는 앵무새였던 것이다. 앵무새의 소리가 너무 커 사러우는 더 이상 듣고 있을 수가 없었다……

"무슨 헛소리를 하는 거야? 이제부터 누가 날 좋아한다고 말하면 나와 원수가 되는 거야." 사러우는 영어로 자기 뜻을 표현하려고 하였지만 말할 수가 없었다. 그래서 사러우는 책상 안에서 영한사전을 찾아 뒤적였으나 적절한 단어를 찾을 수가 없었다. 그 단어들은 마치 개미들처럼 책 위에서 마구 기어 다녀 한 개도 잡을 수가 없었다.

사러우는 급해서 안달을 하다가 꿈에서 깼다. 사러우의 모든 꿈은 다 급해서 안달을 하다가 깨곤 했다. 그래서 사러우가 한 반 학생들에게 물어봤더니 그들도 모두 꿈에서 안달을 하다가 깨곤 한다고 했다.

며칠이 지나자 사러우는 그 앵무새를 잊어버렸다.

22

만약 누가 사러우에게 좋아한다고 말한다면 사러우는 믿지 않을 것이다. 그런 거짓말을 사러우가 믿을 리 없었다. 앵무새 입에서 나온 말이라면 사러우는 더욱 믿지 않을 것이다. "앵무새는 사람의 말을 할 줄 모르니까. 하물며 영어라니……" 사러우는 정신이 말짱한 여자아이였다.

사러우 네 아줌마도 정신이 말짱한 여인이었다. 만약 누가 사러우를 좋아한다면 그녀도 믿지 않을 것이다. 이 문제에서만큼은 아줌마와 사러우가 서로 통하는 곳이 있었다. 사러우는 둘 사이에 그런 면에서 서로 통하는 데가 있음을 눈치 채고 있었다. 그러나 아무도 그런 식으로 서로 통하는 것은 좋아하지 않았다. 사러우도 마찬가지로 좋아하지 않았다.

23

아니나 다를까 그 앵무새가 여전히 거기 있었다. 이전에 꾸었던 꿈이 갑자기 다시 또렷하게 생각났다.

사러우와 앵무새 둘 다 머리를 갸우뚱하고 서로를 바라봤다. 땅딸보의 말을 빌린다면 그 앵무새가 사러우와 인연이 있어 줄곧 사러우를 기다리고 있었다고 한다. 땅딸보의 그 말에 사러우는 갑자기 그 앵무새가 매우 필요해졌다.

샤오성은 여전히 말짱한 정신을 유지하고 있었다.

"사실은 팔리지 않은 거잖아요. 단순한 여자아이를 속이고 그러시는 거 아니에요."

그런데 사러우가 말했다. "30원에 파세요. 살게요."

땅딸보가 단호하게 말했다.

"40원에 줄게."

결국 35원에 거래가 성사되었다.

사러우와 샤오성이 화조시장에서 나왔을 때 건달처럼 생긴 남학생 둘을 만났다. 그 둘은 좋지 않은 눈빛으로 앵무새를 노려보았다. 그중 한 명이 멍청하게 말했다.

"구워 먹으면 무슨 맛일까? 구워 먹으면 말이야……"

그러나 다른 한 명은 자기 생각을 말하지 않고 사러우와 샤오성의 뒤를 바싹 따라 왔다. 사러우는 이상한 낌새를 전혀 눈치 채지 못하고 있었다. 지금 사러우의 눈에는 앵무새밖에 없었다. 그러나 그 모든 것이 샤오성의 눈은 벗어나지 못했다. 샤오성은 이 멍청한 사러우를 위해 뭔가 해야 함을 알았다.

사러우가 새 조롱을 들고 버스터미널로 향하였고 샤오성도 그 뒤를 따라 버스터미널로 갔다. 사러우가 교외 행 버스에 오르자 샤오성도 따라서 버스를 탔다. 그러나 사러우는 앵무새에만 정신이 팔려 있어서 샤오성의 존재를 발견하지 못했다.

"날 좋아한다고 말했어? 사러우를 좋아한다고 말했어?"

돌아가는 길에서 사러우는 조금 있다가 그 질문을 중복하곤 했다. 그러나 앵무새는 아무 말도 하지 않았다.

"그만 물어. 얜 벙어리야. 이제 더 물어보면 너 공주병에 걸린 줄로 알겠어."

샤오성이 입을 열어서야 사러우는 비로소 자기 옆에 앉은 여자아이가 샤오성임을 알았다. 어쩐지 옆에서 익숙한 냄새가 난다고 생각했었다.

"나랑 앵무새는 집으로 돌아가고 있어. 그런데 넌 왜 따라 오는 거니?"

사러우가 어리둥절해서 물었다.

"너와 같이 집에 가주는 거잖아. 전혀 감동하지 않았어? 넌 언제 철이 들래?"

샤오성이 어처구니가 없다는 눈빛으로 사러우를 바라보았다. 그러나 사러우는 얼이 빠져서 앵무새만 바라보고 있었다.

"고마워……날 좋아한다고 말했어?"

사러우가 또 같은 질문을 시작했다. 샤오성은 정신이 붕괴된 것 같았다.

사러우는 타이양역(太陽驛)에 내렸다. 샤오성도 따라서 내렸다. 뒤돌아보니 나쁜 마음을 품은 그 두 남학생은 보이지 않았다.

사실 사러우는 몰래 그 폐허에 가고 싶었다. 그래서 샤오성에게 이제부터 어쩔 생각이냐고 물었던 것이다. 사러우는 아직 샤오성을 자기 비밀 영지로 초대하고 싶지 않았던 것이다.

샤오성이 입을 삐죽거리며 물었다.

"넌 아직 날 너의 사진관으로 초대하지 않았어. 난 웨딩촬영 하는 걸 구경하기 좋아하는데 말이야……"

그런데 사러우가 수심에 잠긴 얼굴로 말했다.

"다음 날 초대할게. 오늘은 다른 일이 있어."

사러우는 유일한 친구인 샤오성을 너무 박대하고 있었다. 지금 사러우의 마음은 온통 앵무새로 꽉 차버렸다. 샤오성은 그제야 사러우의 마음속에서 자신은 말할 줄 모르는 앵무새보다도 못하다는 사실을 깨달았다. 사러우는 쉴 새 없이 재잘대는 샤오성이 싫어지기라도 한 것일까?

샤오성은 눈물이 그렁그렁해서 사러우가 멀어져가는 것을 바라만 볼 뿐이었다. 사러우는 샤오성의 슬픔과 원망 따위는 아예 눈치도 채지 못했다. 샤오성은 사러우와 헤어진 후 직접 할머니 집으로 갔다. 샤오성의 온 가족이 도시로 이주한 뒤 할머니는 당분간 타이양쩐에서 계속 지내고 있었다. 할머니가 아직 여기서 지내고 계셔서 천만다행이었다. 그렇잖으면 이번 주말 샤오성은 정말 거리를 헤매는 신세가 될 뻔했다. "하필 저런 인정머리 없는 친구를 만날 건 뭐람? 편지를 하고 싶으면 끝도 없이 써서 보내다가도 쓰고 싶지 않으면 한 글자도 써 보내지 않고, 그러고도 뭐 자작나무껍질이 턱없이 부족하기 때문이라고…… 사러우는 너무 제멋대로야."하고 생각하면서 샤오성은 자신의 인내가 한계에 이르렀음을 느꼈다.

그리고 아주 많은 날이 지난 뒤에야 샤오성은 비로소 사러우를 용서했다. 시간은 마치 밴드 반창고와 같아 상처를 아물게 할 수 있는 것이다.

24

샤오성이 억울하고 서러워서 할머니 품에 안길 때쯤 사러우는 앵무새 집을 막 창틀 위에 걸어 놓았다. 작은 기와집 안에 갑자기 생기가 도는 것 같았다.

사러우는 서둘러 앵무새에게 말을 가르치기 시작했지만 앵무새는 계속 입을 꾹 다물고 있을 뿐이다.

"안녕!"

앵무새는 여전히 말이 없었다.

"널 좋아해."

앵무새는 발을 들어 날개를 쓰다듬었다.

수차례 노력을 거치면서 사러우는 비로소 국어선생님의 고충을 이해할 수 있었다. 전 반 학생들을 데리고 과문을 낭독하고 있는데 학생들이 아무런 반응도 없으면 누구라도 벽에 머리를 찧고 싶을 것이다.

그러나 사러우는 벽에 머리를 찧지는 않았다. 그렇다고 또 땅딸보를 찾아가 따지고 싶지도 않았다. 어쨌든 동무인데 말할 줄 몰라도 하나의 생명체가 아닌가? 이 외로운 기와집 안에서 필요한 건 생명이 아니었던가?

사러우가 말하고 앵무새가 들어주고 그러면 목적을 이룬 셈이다. 어떤 말은 누군가 귀를 기울여 들어주기만 하면 족했다. 만약 굳이 대화를 하려다가는 오히려 슬픈 변론으로 바뀌게 될 수도 있다.

"날 좋아한다고 말했었지, 그렇지?"

"'사러우야, 널 좋아해'라고 말했었잖아?"

"말했었어. 그것도 영어로 말이야."

"사러우야, 널 좋아해. 한 번만 더 말해봐."

"천 번을 말한다고 해도 믿지 않아. 사러우를 좋아하는 사람은 아무도 없어. 사러우를 좋아하는 앵무새도 없을 거야."

이것이 사러우가 앵무새에게 늘 중복하는 말이었다. 이런 말들을 앵무새는 늘 얌전히 듣고만 있었다. 찬성도 하지 않고 반대도 하지 않았다. 사러우는 반대하지 않는 건 곧 절대적으로 찬성하는 것이라고 이해했다.

창밖에서 바람이 불어 들어왔다. 아마도 들판의 냄새를 맡은 때문인지 앵무새가 신이 나서 조롱 안에서 파드득 하고 뛰어 오르다가 그만 먹이통을 뒤집어엎었다. 그 바람에 좁쌀이 조롱 안의 쟁반에 쏟아졌다. 그런데도 앵무새는 소리라도 질러 흥분을 표현하거나 하지는 않았다. 앵무새는 아직도 인간에게 화가 나 있는 것이다. 앵무새는 침묵이 가장 좋은 반항 방식이라는 것을 알고 있었다.

사러우는 인간과 조류 간의 원한에 대해 따지지 않았다. 사러우는 앵무새가 집안에 박혀 있는 것보다 가까이서 들판의 냄새를 느낄 수 있기를 원할 것이라고 생각했다.

사러우는 걸상을 자작나무 아래에 옮겨다 놓았다. 사러우는 앵무새를 나무와 가까운 곳에 있게 하고 싶었다. 더 높은 나뭇가지에 닿을 수 없는 사러우는 새 조롱을 제일 낮은 나무둥지 위에 걸어놓았다. 조롱 안의 앵무새는 자작나무 가지를 통해 큰 나무숲의 모습을 보았다. 앵무새가 격동하였는지 조롱 안에서 푸드득거리며 뛰어 다녔다.

"얘, 기분 좀 가라앉혀."

사러우가 흔들의자에 앉아 흔들거리면서 말했다.

"사실 우리 둘은 같은 처지거든. 나 좀 봐. 얼마나 침착한가. 침착하란 말이야. 알겠어?"

신기하게도 앵무새는 정말 차분해지더니 머리를 들어 밖을 바라보았다. 황금빛이 번쩍이는 수관(樹冠, 많은 가지와 잎이 달려 있는 줄기의 윗부분 - 역자 주)이 앵무새에게 허황된 생각이 들게 한 것이다.

자작나무가 실제 행동으로 앵무새에 대한 환영을 표했다. 잎사귀 하나를 떨어뜨려준 것이다. 잎사귀가 정확하게 조롱 위에 떨어져 "사르륵"하고 부딪치는 맑은 소리가 났다.

앵무새가 날개를 한 번 퍼덕이더니 중간 가름대 위로 뛰어 올랐다. 이제 앵무새는 조롱 위에 떨어진 선물과 더 가까워졌다. 그리고 앵무새는 부리로 그 잎사귀를 쪼았다. 그런데 잎사귀가 너무 가벼워 부리가 닿자마자 옆으로 미끄러져 떨어졌다. 앵무새는 그 잎사귀를 잡을 수 없었다.

사러우의 흔들의자가 문득 멈춰 섰다. 사러우는 눈을 동그랗게 뜨고 앵무새와 자작나무 잎사귀가 겨루는 것을 지켜보고 있었다. 제 발로 걸어 들어온 선물이지만 그걸 가질 능력이 있어야만 하는 것인데 앵무새는 그러지를 못했다. "이 자작나무는 역시 보통이 아니야!"라고 중얼거렸다.

인내심이 많은 앵무새는 계속 시도했다. 사러우의 영지에 입주한 뒤로 앵무새는 별로 할 일이 없어 한가했다. 그 나뭇잎이 떨어지면서 앵무새는 존재의 가치를 찾은 것이다. 앵무새는 여러 모로 각도를 바꿔가면서 그 잎사귀를 잡을 수 있는 최적의 위치를 찾아 헤맸다. 가운데서 변두리로, 왼쪽에서 오른쪽으로, 위치를 바꿔가는 사이에 잎사귀는 점점 피할 수 있는 여지가 없어졌다. 승부가 중요한 시각에 이르렀다. 사러우는 앵무새의 주의력을 방해할까 두려워 속으로만 앵무새에게 갈채를 보내고 있었다.

드디어 앵무새가 부리로 나뭇잎꼭지를 물고 힘껏 당기자 잎사귀 전체가 새 조롱으로 빠져 들어왔다.

앵무새가 성공했다!

사러우는 그제야 앵무새에게 큰 소리로 박수갈채를 보내주었다.

십분 남짓한 시간 동안 사러우는 손을 내밀어 도와주지 않았다. 앵무새를 도우려 했다면 너무 간단하게 해낼 수 있었다. 그러나 사러우는 앵무새의 끈질김에 흠뻑 빠져 버렸다. 만약 사러우가 다가가서 잎사귀를 새 조롱 안으로 떨어뜨려 주었더라면 그 긴 과정은 존재하지 않았을 것이다. 그 과정은 앵무새에게 속하는 과정이었다. 사러우에게는 앵무새에게 속하는 그처럼 흥미롭고도 어려운 과정을 빼앗아갈 권리가 없었다.

"얘, 날 인정머리 없다고 원망하지 마. 이 과정이 너에겐 의미 있는 거니까."

라고 사러우가 말했다. 앵무새가 나뭇잎을 단단히 물고 머리를 갸우뚱하며 사러우를 바라보았다. 그 순간 앵무새는 말을 하려 해도 할 수가 없었다. 어렵사리 얻은 잎사귀를 쓸데없는 말을 하기 위해 놓칠 순 없었으니까 말이다.

25

저녁 해가 서쪽 하늘을 빨갛게 물들였다. 태양은 빨간 색을 좋아한다. 태양의 야심은 자기 색깔로 온 하늘에 영향을 끼치는 것이다. 그러나 그 계획은 매일 한 번씩 수포로 돌아가고 만다. 사실 태양은 저녁 무렵 서쪽의 작은 범위밖에 통제할 수가 없다. 대부분 하늘은 전통적인 쪽빛을 유지하고 있다.

쪽빛 하늘이라는 배경이 있어 다섯째 할아버지의 기와집 지붕에 꽂혀 있는 삼각기가 유난히 붉고 선명해 보인다. 그 삼각기는 마치 작은 불꽃처럼 온종일 꺼지지 않고 온종일 팔락이면서 쪽빛 하늘을 빨갛게 달구고 있다. 태양은 하루 종일 그 빨간 삼각기를 내려다보는 것이 좋았다. 태양의 이상이 그 작은 기와집 지붕 위에서 실현된 것이다.

삼각기는 기실 사러우의 붉은 넥타이였다.

사러우가 국기를 사러 시내에 들어갔다가 빈손으로 돌아오자 다섯째 할아버지가 많이 실망스러워했다. 그때 사러우는 기발한 생각이 떠올랐다. 소선대(少先隊)에 입대할 때 맸던 붉은 넥타이를 들춰내다가 다섯째 할아버지에게 주었다. 다섯째 할아버지가 의문에 찬 눈빛으로 붉은 넥타이를 바라보았다.

사러우가 말했다.

"붉은 넥타이는 붉은 기의 한 귀퉁이니까 국기의 일부인 셈 치면 돼요."

다섯째 할아버지는 태도표시를 하지 않았다. 그는 마당을 나서더니 폐허를 지나 그 앞 건축현장으로 비틀거리며 걸어갔다. 다섯째 할아버지의 그런 행동을 사러우는 이해할 수 없었다. 한참이 지나자 다섯째 할아버지가 사다리를 하나 둘러메고 돌아왔다. 사다리는 다섯째 할아버지가 공사현장에서 빌려온 것이다. 다섯째 할아버지는 사다리를 타고 몇 걸음에 지붕 위로 기어 올라갔다. 그리고 그는 사러우에게 손짓하여 그 붉은 넥타이를 건네 달라고 했다.

다섯째 할아버지가 붉은 넥타이를 지붕 위 텔레비전 안테나 위에 걸어놓았다. 케이블텔레비전방송이 들어오면서 그 안테나는 폐기된 지 여러 해가 되었다. 십여 개 채널에 달하는 신호가 있으니 그 안테나는 벌써 사람들에게 잊혀져버린 지 오래다. 텔레비전을 보기 좋아하는 다섯째 할아버지마저도 그 안테나를 잊어버렸다. 다행히도 참새 두 마리가 이삼일에 한 번씩은 날아와 안테나 어깨에 내려앉아 재잘재잘 말동무가 되어주곤 했다. 그들은 오랜 친구 사이였다.

사람들에게 잊혀져버렸지만 안테나는 여전히 원래 자리를 꿋꿋이 지키고 있었다. 안테나는 그렇게 정리해고당하는 것이 달갑지 않았다. 십 년간 비바람을 맞으며 기다린 끝에 안테나는 드디어 새로운 업무를 맡게 된 것이다. 더 장엄한 업무 즉 국기의 깃대 역할을 맡게 된 것이다.

삼각형의 붉은 기가 활기차게 휘날리고 다섯째 할아버지도 활기에 차 있었다. 다섯째 할아버지는 지붕 위에 서서 폐허의 사람들에게 큰 소리로 선포했다. "그의 기와집은 신성불가침이라고……" 그 기와집 지붕 위에 국기의 일부가 걸려 있기 때문이었다. 다섯째 할아버지는 그렇게 선포한 뒤 삼륜차를 몰고 많은 사람들이 지켜보는 가운데 의기양양하게 폐허를 벗어났다. 키다리는 정말 더욱 멍해졌다. 지게차도 시동을 끄고 육중하게 폐허에 엎드려 있었다.

저녁 무렵, 키다리가 울타리 밖에서 다섯째 할아버지를 불렀다.

사러우가 창문을 빠끔히 열고 내다보니 키다리가 얼굴이 시뻘개져서 싸울 기세로 서 있었다. 사러우가 물었다.

"협상하러 오셨나요, 아니면 싸우러 오셨나요?"

키다리가 술 트림을 하면서 말했다.

"그래. 아니다!"

사러우가 또 물었다.

"그렇다는 거예요? 아니면 아니라는 거예요?"

키다리가 말했다.

"싸우러 온 게 아니라 협상하러 왔어. 우리 둘이 얘기 좀 하자."

그러자 사러우가 말했다.

"싸우러 오신 거라면 흥미로울 것 같은데 협상이라니 그럴 필요가 없을 것 같아요."

키다리가 내키지 않아하며 말했다.

"이제는 '알박기 주민'들과 싸우지 못하게 하거든. 협상만 할 수 있어. 그런데 난 싸우는 것밖에 몰라. 협상을 할 줄 모르거든. 정말 미쳐버리겠다."

사러우가 말했다.

"정말 미쳐버릴 일이네요. 우리 둘 다 같아요. 나도 협상은 할 줄 모르거든요. 나중에 우리 둘은 같은 정신병원에 들어가야겠어요. 너무 재미있을 것 같지 않아요?"

키다리가 말했다.

"내가 어렸을 때는 너보다도 훨씬 더 지독했어. 넌 일개 계집애가 너무 건방지게 굴지 만 말아."

사러우가 고개를 홱 돌리며 입을 다물었다. 사러우는 잘난 척 하는 놈과는 대화하고 싶지 않았다.

키다리가 집안을 가리키며 물었다.

"방금 전에 누구랑 말하고 있었니? 늙다리 알박기는 돌아왔니? 어서 나오라고 해. 나 그 사람을 찾아다니느라고 얼마나 고생했는지 알기나 해?"

사러우가 말했다.

"난 앵무새와 얘기하고 있었어요. 앵무새에게 걱정거리가 있나 봐요. 인간에게 불만이 있는지 나를 상대해주지 않거든요."

키다리는 다섯째 할아버지를 만날 수 없게 되자 갑자기 너무 심심해졌다. 마침 사러우도 답답한 마음을 풀고 싶었다. 그래서 두 사람은 너 한 마디 나 한 마디 대화를 주고받기 시작했다.

"너에게도 걱정거리가 있는 거니?"

"네. 그래서 나도 아저씨를 상대해주는 것이 싫거든요. 그걸 느끼지 못하셨어요?"

"너 연애 하니?"

"촌스럽긴! 어른들은 요즘 아이들이 다 연애를 할 것이라고 생각하고 있죠?"

"어쨌든 모두가 그렇게들 말하고 있잖니. 텔레비전에서도 그렇게 말하고."

"헛소문이죠. 헛소문은 독감보다도 더 무섭다니까요."

"아무튼 아이들은 다 인정하지 않으니까 잘 모르겠다만은……"

"어른들은 다 똑같은 눈으로 문제를 보는 것 같아요. 어른들은 자기만의 눈으로 문제를 볼 수는 없나요?"

"아무튼 학교 끝나고 집에 돌아가지 않는 아이들은 무조건 문제가 있어. 인정하지?"

"난 이곳이 좋아요. 여기 이 자작나무가 좋거든요. 뭐 문제가 있어요?"

"아니. 문제없어."

"다섯째 할아버지도 이곳이 좋아 이사 가고 싶지가 않은 거죠. 다섯째 할아버지도 문제가 있나요?"

“다섯째 할아버지가 이사를 가지 않는다면 문제가 있는 거지. 이 넓은 지역의 낡은 집들이 다 철거되었는데, 그 할아버지 한 집만 합의서에 사인하지 않고 있으니 말이야.”

말하다가 키다리는 점점 격해지기 시작했다. 사러우도 그런 대화를 계속하고 싶지가 않아 창문을 “탕”하고 닫아버렸다.

키다리가 밖에서 큰 소리로 말했다.

“다섯째 할아버지에게 전해. 이 집을 꼭 허물고 말 것이라고!”

“어디 한 번 해봐……”

다섯째 할아버지의 목소리였다.

삼륜차에 기대선 채 다섯째 할아버지가 키다리 뒤에 모습을 드러냈다. 지붕 위의 삼각기가 더 세차게 펄럭이면서 다섯째 할아버지의 사기를 북돋아주고 있었다. 다섯째 할아버지가 차를 밀고 울안에 들어서면서 먼저 자작나무와 인사를 했다.

“여보, 나 다녀왔어. 오늘은 소득이 많지 않아. 당신은 우리 집 소득을 보살피지 않고 뭘 하느라고 그리 바삐 보내고 있어?”

다섯째 할아버지가 삼륜차 위에서 물통을 들어 내렸다. 오는 길에 삼륜차가 흔들려 물이 반통도 채 안 되게 남았다. 그래도 다섯째 할아버지는 매우 흡족해하면서 말했다.

“요즘은 바쁘니까 별 수 없지만 며칠 뒤에 울안에 우물을 팔 거야. 예전에 삼림을 채벌할 때 산에 한 번 들어가면 몇 개월씩 있곤 했었지. 그래서 난 형제들을 데리고 기어이 우물을 팠지 뭐야.”

키다리가 절망스런 눈빛으로 다섯째 할아버지를 바라봤다. 그는 다섯째 할아버지의 오만방자함이 여전하다고 생각했다. 그러나 지금 당장 다섯째 할아버지를 공격할 수 있는 좋은 방법이 있는 것도 아니어서 애꿎은 담배만 "뻑뻑" 빨아대다가 담배꽁초가 입가까지 타들어가자 뱉어버리고 가버렸다.

전기 공급 중단으로도 다섯째 할아버지를 쫓아내지 못했다. 누군가 다섯째 할아버지에게 흔들의자를 가져다주었다. 다섯째 할아버지는 흔들의자를 마당에 내다놓고 매일 달빛을 빌려 자작나무와 대화를 주고받곤 했다. 단수로도 다섯째 할아버지를 넘어뜨리지 못했다.

다섯째 할아버지는 매일 빈 통을 가지고 나갔다가 돌아올 때면 통에 물이 담겨 있었다. 다섯째 할아버지는 우물을 팔 공구들을 이미 장만해 놓았다. 삼림 채벌장에서 함께 일하던 친구들이 알고 자발적으로 도와주겠다고 나섰다. 그들은 폐허 한가운데 우물을 팔 예정이었다.

키다리는 이제 별다른 방법이 없었다.

키다리가 돌아갔으나 다섯째 할아버지는 별로 기뻐하는 기색이 없었다. 키다리가 왔다 갔다 하는 것을 다섯째 할아버지는 대수롭지 않게 여겼다. 다섯째 할아버지의 관심은 그의 '아내'에게 집중되어 있었다.

사러우는 인류가 나무에게 느끼는 감정을 이해하고 있었다. 나무는 지구를 도와 이산화탄소를 흡수하고 인류를 위해 산소를 제조하고 있다. 나무는 인류의 좋은 벗이라고 과학자들이 말한다. 삼림 감시원인 사러우의 외삼촌은 나무가 삼림 감시원의 애완물이라고 말한 적이 있다. 그러나 다섯째 할아버지처럼 나무를 자기 아내로 생각하는 경우는 많지 않다.

자작나무를 에워싸고 한 바퀴 돌던 다섯째 할아버지가 갑자기 쭈그리고 앉더니 눈이 휘둥그레지면서 나무 아래를 살펴보는 것이었다.

뭔가 발견한 게 틀림없었다.

다섯째 할아버지는 삼륜차에서 삽을 꺼내더니 소리를 질렀다.

“너 앵무새를 나무 위에 걸어놨어?”

사러우가 멀찍이 떨어져서 다섯째 할아버지를 바라보면서 대꾸했다.

“그럼요. 할아버지도 나무를 떠날 수 없는데 새는 더 하죠.”

다섯째 할아버지가 말했다.

“너의 앵무새가 나무 밑에다 새똥을 싸놨어. 이러면 안 되지.”

다섯째 할아버지가 그 새똥을 삽으로 떠서 울타리 밖으로 던졌다.

사러우는 억울하다는 표정을 지으며 말했다.

“앵무새가 좋은 마음에 할아버지의 자작나무 할머니에게 비료를 주려고 하였는데 그 마음을 알아주지는 못할망정 좋고 나쁨은 아셔야 하잖아요?”

다섯째 할아버지는 아무 대꾸도 하지 않고 새똥이 떨어졌던 곳을 삽으로 열몇 번이나 반복해서 평평하게 긁으면서 새똥을 말끔하게 걷어냈다.

사러우가 말했다. “새똥은 가장 좋은 비료예요. 할아버진 아마 모를 거예요. 사사군도(西沙群島)라는 곳에는 온통 새똥에 뒤덮여 있는데 엄청 비싸대요.”

마침내 다섯째 할아버지가 한 마디 내뱉었다.

“아무리 비싸도 내 마누라 머리 위에 싸는 건 안 돼……”

다섯째 할아버지는 ‘흥’ 하고 콧방귀를 뀌더니 삽을 내던지고 다짜고짜 삼륜차 위에서 얇은 판지를 한 조각 꺼내 새 조롱 아래 펴 놓았다.

다섯째 할아버지는 매우 난폭하게 그 일련의 동작들을 끝냈다. 그 바람에 앵무새가 놀라서 푸드득거리면서 거친 숨을 몰아쉬었다. 앵무새는 역시 저 여자아이가 자기를 자상하게 대해주고 얼굴에 주름투성이인 이 인간은 비우호적이라고 생각했다.

사러우는 다섯째 할아버지에게 경고했다.

"할아버지, 제 '친구'도 좀 존중해주면 안 되겠어요?"

다섯째 할아버지가 새 조롱을 흔들었다. 그 바람에 조롱이 세차게 흔들렸으나 할아버지는 거들떠보지도 않았다. 그는 또 자작나무 아래에 쭈그리고 앉아 손으로 새똥이 떨어졌던 자리를 토닥토닥 다독였다. 자작나무 잎에서 물방울이 배어 나오는지 반짝반짝 빛났다.

다섯째 할아버지는 그 물방울을 자작나무의 눈물로 여겼을 것이다. 그래서 고개를 쳐들고 멍하니 쳐다보았다.

사러우는 그 물방울이 자작나무의 감격의 눈물은 절대 아니라고 생각했다. 한로(寒露)라는 절기에는 저녁만 되면 하늘에서 차가운 이슬이 내리는데, 그 이슬이 자작나무를 젖게 한 것이라고 사러우는 생각했다.

사러우가 냉정하게 말했다.

"한로가 내리고 있어요. 온 하늘 천지에요."

그러나 다섯째 할아버지는 고집스레 머리를 가로 저으며 자작나무를 쳐다보았다. 사러우는 다섯째 할아버지의 억지를 참을 수 없어 폐허를 떠나고 말았다. 이는 사러우와 다섯째 할아버지 사이에 처음으로 생긴 불쾌한 일이었다. 그 뒤 불쾌한 일이 잇달아 사러우에게 나타났다.

26

드디어 아빠가 사러우의 행적에 관심을 기울일 여유가 생긴 것이다.

사려우가 집에 돌아오기 전에 아빠는 '염소수염'과 예술에 대해 담론하고 있었다. 이번 담론은 촬영과 무관하고 서예와도 무관한 내용이었다. '염소수염'이 흥미진진해서 저녁 해에 대해 이야기하였고 촬영가는 달에 더 큰 흥미를 느꼈다. 요즘 들어 신혼부부들이 달빛 아래서 사진 찍는 것을 더 좋아하고 있기 때문이다. 그저께도 두 쌍의 신혼부부가 달빛 아래서 사진을 찍었고 어제도 두 쌍이 찍었다…… '염소수염'은 계속 저녁 해에 집착하면서 저녁 해가 더 아름답다고 주장했다. 두 사람이 할 말이 끊긴 틈에 사려우가 돌아온 것이다. 사려우가 저녁 빛을 밖에 차단시키고 문을 닫아버렸다.

사려우는 머리카락이 부스스 헝클어진 채 얼굴에는 비밀이 씌어져 있었다.

아빠가 '염소수염'을 제쳐두고 사려우에게 물었다.

"요즘 너 뭐하고 다녀? 이렇게 늦도록 말이야."

'염소수염'은 촬영가 앞에서 발표할 관점이 아직도 남았는지 입을 크게 벌린 채 무슨 말을 하려는 듯했다.

아줌마의 눈빛이 사려우의 몸을 훑고 지나갔다. 그리고 그 눈빛은 모든 것을 꿰뚫어본 듯 텔레비전 화면으로 이동했다. 아줌마의 손은 줄곧 멈추지 않고 잽싼 솜씨로 털실을 감고 있었다. 아줌마는 이제야 이미 유행이 지난 지 한참 된 드라마에 빠져 들고 있는 것이다. 아줌마는 '반사궁'이 너무 긴 부류에 속하는 여인이라는 것을 사려우는 알고 있었다.

아빠의 추궁은 사려우가 거짓말을 하도록 핍박했다.

대부분 거짓말은 죽어 마땅한 죄이다. 그러나 일부 거짓말은 강요에 못 이겨 어쩔 수 없이 빚어낸 결과이다. 사려우는 자신이 다섯째 할아버지를 도와 낡은 집을 지키고 있다는 사실을 말할 리가 없었다. 아빠는 다섯째 할아버지에 대한 인상이 그다지 좋지 않았다. 아빠는 다섯째 할아버지가 너무 고집이 세어 아무리 옮기려고 하도 끄떡도 하지 않는 돌사자라고 말했다.

사러우는 사쉬안을 끌어들이는 수밖에 없었다.

"사쉬안을 도와 숙제를 검사해줬어요. 사쉬안이 눈이 나빠서 나더러 도와달라고 했어요. 사쉬안이 다른 사람은 믿지 못하거든요."

사러우의 경멸에 찬 눈빛이 아줌마를 스쳐갔다. 아쉽게도 아줌마는 드라마에 정신이 팔려 사러우의 말에는 관심이 없었다. 아줌마의 손에는 커다란 털실꾸러미가 쥐어져 있었다.

"사쉬안 선생님이라고 불러. 어떻게 선생님의 이름을 직접 부를 수 있어?"

아빠가 사러우를 그냥 내버려두지 않았다.

'염소수염'은 하는 수 없이 하다가 만 말을 도로 삼키고 잠시 입을 다무는 수밖에 없었다. 사실 하다가 만 말은 매우 중요한 예술 관련 화제여서 도로 삼켜버리는 것이 너무 아쉬웠다. 도로 삼켜버린 말은 다시 명확하게 말할 수 없었다. 그래서 '염소수염'은 그런 식으로 말이 중단되는 것이 제일 두려웠다. 그의 언어표현은 연속성이 필요했다. 그것은 그의 기억이 새로운 사물에 덮여버리기 쉽기 때문이다. 그의 머리는 보통 머리가 아니라 특별한 자재로 형성된 것 같았다. 그것은 그 본인이 술을 끊기 전에 발견한 중요한 사실인데 다른 사람에게는 웬만해서는 알려주지 않았다. 그런데 누가 비밀을 누설하였는지는 모르지만 많은 사람들이 다 알고 있었다.

그러나 부녀는 '염소수염'의 생각 따위에는 아예 관심이 없었다.

사러우가 말했다.

"나는 사쉬안과 친구예요. 보통 사생(師生)관계와는 다르거든요."

'염소수염'이 입을 딱 벌렸다. 이번에 그가 말하고 싶은 것은 저녁 해가 아니라 사러우였다. 그 계집아이가 거짓말을 하고 있기 때문이었다.

그는 서예를 배우러 오는 아이들이 수군거리는 말을 들었던 것이다. 태양 학교에서 사쉬안이 가장 골치 아파하는 여학생은 사러우라고.

사러우는 재앙이 눈앞에 닥쳤는데도 그 자신은 정작 아직 모르고 있었다.

'염소수염'이 부녀의 대화에 끼어들었다.

"내가 아는 사실은 그렇지 않은데……"

그러나 사러우는 운이 좋았다. '염소수염'이 막 사러우와 사쉬안의 진실한 관계에 대해 말하려는 참에 아빠가 달에 대한 이야기를 계속하였던 것이다. 아빠의 달빛 웨딩촬영은 인기가 폭발할 것 같다. 오늘도 세 쌍의 신혼부부가 상담을 하였는데 그중 두 쌍은 상담이 성사되었고 다른 한 쌍은 가격을 흥정하는 중이었다. '염소수염'은 하려던 말이 중단되자 사쉬안과 사러우의 일을 깡그리 잊어버리고 말았다.

'염소수염'은 이제는 갈수록 촬영예술가가 아닌 수학가와 한담하는 것 같다며 불만을 늘어놓았다.

'염소수염'의 말이 맞았다. 아빠는 갈수록 숫자에 흥미를 느끼고 있었다.

27

행운은 마치 여름철의 싱싱하던 딸기가 하룻밤이 지나자 곰팡이가 끼고 변질해 버리는 것과도 같다. 그래서 저녁에 찾아온 행운이 이튿날 아침까지도 그 싱싱함이 반드시 유지되는 것은 아니었다.

이튿날 아침 무의식중에 달력을 쳐다본 사러우는 마음에 따스한 기운이 가득 차는 것 같았다. 그런데 좋지 않은 일도 거센 물결처럼 몰려들었다.

사러우가 계단을 내려갈 때 아빠는 '염소수염'과 한담 중이었다. '염소수염'은 최근 잠이 적어 아침 일찍 아빠를 찾아와 한담을 하곤 했다. 사러우가 어깨에 둘러멘 백팩 가방끈을 당겨보면서 의미 있는 눈빛으로 아빠를 힐끗 쳐다보았다. 최근 아빠는 '염소수염'과 한담을 하다가도 늘 주의력이 분산되곤 했다. 그래서 사러우의 눈빛에 주의를 돌릴 수 있었다.

"그런 눈으로 사람을 보지 마. 할 말이 있으면 해."

아빠가 말했다.

"할 말 없어요……"

사러우는 아빠의 불감증에 너무 실망했다. '염소수염'이 사러우에게 웃어보였다. 뭔가 생각이 날 듯 하였지만 그 단서가 마치 가는 실처럼 언뜻 나타났다가는 다시 사라져버렸다. '염소수염'의 기억이 또 끊긴 것이다.

아빠는 여전히 아무런 관심도 보이지 않고 계속 '염소수염'과 해와 달에 대해 토론하고 있었다. 아줌마는 조용히 스웨터를 뜨고 있었다. 아주 작고 두터운 스웨터였는데 에스키모인의 갓난아기가 겨울을 나기에 충분한 것이었다. 며칠 전에 아줌마는 아주 얇은 홑옷 저고리를 막 완성하였는데 얼핏 보기에도 여름에 입을 옷이었다…… 아줌마는 아주 작은 아이를 위해 봄 여름 가을 겨울을 준비하고 있는 것이다.

사러우는 집 전화 번호표시를 뒤져보았는데 선쩐에서 온 전화번호는 없었다. 그쪽에 계신 엄마도 전혀 무관심한 것이다.

오전 내내 리싱예는 새로 전학해온 여학생의 환심을 사려고 알랑거렸다. 그 여학생은 외 꺼풀 눈과 작은 입을 가졌으며 민감하고 의심이 많은데다가 툭하면 잘 울곤 했다…… 영락없는 귀한 아가씨였다. 사러우는 그제야 리싱예의 심미가 사실은 매우 전통적이라는 사실을 알게 되었다.

모든 학생이 평소와 별반 다르지 않았다. 그랬다. 이날은 아주 평범한 하루였던 것일까?

리싱예가 많은 우스운 이야기로도 그 미인의 웃음을 얻지 못했다. 후에 리싱예는 책상 안에서 곰 인형을 하나 꺼내더니 그 미인에게 물었다.

"오늘 무슨 날이게? 맞추면 선물 주지."

미인은 말도 없고 표정도 없었다. 그러자 리싱예는 너무 창피했다. 그렇다고 곰 인형을 바로 도로 집어넣기도 뭐하여 한 책상에 같이 앉은 짝꿍이에게 물었다.

"오늘 무슨 날이지? 맞추면…… 선물 줄게."

짝꿍이 어리둥절한 표정으로 머리를 가로저었다. 그러나 또 내키지 않았던지 불쑥 말했다. "알았다. 오늘은 너의 아빠가 기분 나쁜 날이다. 오늘 아침에 너의 아빠가 풀이 죽어 쩐정부로 들어가는 것을 보았거든. 무슨 고민이 있는 것 같았어."

그 말에 리싱예가 짝꿍에게 주먹을 한 대 날렸다.

"우리 아빠와 엄마가 싸우는 건 늘 있는 일이야. 오늘은 특별한 날이거든. 다시 맞춰봐."

리싱예가 사러우를 바라보았다. 그 눈빛이 매우 심상 찮었다.

"사러우야, 너 말해봐…… 선물 있어."

사러우는 리싱예의 선물이 탐난 건 아니었지만 기적에 대한 기대를 걸고 입에서 나오는 대로 말했다.
"내 생일이야!"
그 말에 리싱예가 곰 인형을 거둬들이며 말했다.
"사러우야, 이깟 곰 인형 하나 때문에 생일까지 바꾸니. 널 다시 봤다. 집에 가 호구책(戶口冊) 가져와. 확인해보자."
리싱예의 짝꿍이 바로 말을 받았다.
"그래 맞아. 호구책 안 가져오면 누가 믿겠어?"
사러우는 순간 흥미를 잃어버렸다. 기적을 믿는 것은 잘못된 심리였다. 특히 절망에 빠진 여학생에게는 말이다.
리싱예가 전 반 학생들에게 큰 소리로 물었다.
"우리 반에는 맞출 사람이 없니? 왜 다들 맞추지 못하는 거야?"
리싱예가 의기양양해 있을 때 사쉬안이 교수안을 옆구리에 끼고 들어왔다. 들어오자마자 사쉬안이 말했다.
"오늘은 세계 손 씻는 날이다. 다들 손을 어떻게 씻는지 아니?"
리싱예가 자리에서 일어서더니 사쉬안을 향해 곧장 걸어 나갔다. 곰 인형 하나가 '털썩' 사쉬안의 앞에 내려놓이졌다. 사쉬안의 손이 흠칫 떨리더니 분필이 땅에 떨어졌다.
"선생님, 얜 선생님 거예요!"
말을 마치고 리싱예는 곧장 제 자리로 돌아와 앉았다. 사쉬안은 정신을 가다듬더니 손을 씻는 방법에 대해 설명을 계속했다.
사러우의 세계가 손세정제에 의해 깨끗이 씻겨 버렸다. 사쉬안과 리싱예, 그리고 모든 학생, 모든 소리, 교실 전체…… 이 모든 것이 깨끗하게 씻겨 버렸다.

수업이 끝나자 사쉬안이 옷 주머니에서 편지 한 통을 꺼내 사러우에게 주려고 했다. 사러우가 멍하고 있는 것을 보자 사쉬안은 손가락으로 사러우의 책상을 똑똑 두들겼다.

"사러우야, 너 눈이 꼿꼿해졌어. 퀭하니 비어 있구나."

사러우는 마치 딴 세상에 있다가 황량한 교실로 되돌아온 것 같았다. 사쉬안이 무슨 말을 계속하려고 하는데 교도주임이 문 앞에 나타나더니 사쉬안을 불러 갔다. 그렇게 사러우는 그 편지와 함께 스쳐갔다. 그 편지는 사쉬안이 학교 문을 들어설 때 경비실 할아버지가 건네준 것이었다.

"선생님 네 반의 편지입니다."

경비실 할아버지가 차분하게 말했다. 사쉬안은 편지를 받아 옷 주머니에 넣었다. 만약 사러우가 오늘 그 편지를 보았더라면 사러우의 나쁜 운이 바뀌었을 것이다. 그런데 그 편지는 이튿날 아침까지 사쉬안의 주머니에 들어 있었다.

수신자는 사러우이고 발신자는 샤오성이었다. 아주 간단했다. 카드 한 장이었는데 카드에 작은 글씨로 이렇게 한 줄 씌어져 있었다.

사러우야, 생일 축하해! 샤오성이

그 작은 글씨가 사러우의 텅 빈 세계를 가득 채워주기에 충분했던 것이다. 그러나 그 글씨는 그저 사쉬안의 옷 주머니만 채웠을 뿐이었다.

28

사러우는 폐허 옆에 한참을 쪼그리고 앉아 있었다. 하루 종일 타이양쩐은 큰 구름에 뒤 덮혀 있었다. 작은 기와집은 유난히 외롭고 초췌해 보였다.

지붕 위의 작은 깃발도 후줄근하게 처져 있어 펄럭이지 않고 있었다. 황금빛 자작나무도 생기가 없고 어두워보였으며 모든 잎이 눈을 감고 졸고 있는 것 같았다. 철근을 부수는 노동자들도 오늘은 게으름을 부려 일하러 나오지 않아 폐허에는 있기 드문 고요가 깔렸다.

사러우는 한 걸음 한 걸음 작은 기와집으로 흐느적거리며 걸어갔다. 총 557 걸름을 걸었다. 평소에는 306걸음밖에 걸리지 않았는데, 폐허를 가로지르는 길이 길어졌던 것이다.

사러우가 흔들의자에 누워 앵무새에게 물었다.

"오늘이 무슨 날이지?"

앵무새는 대답이 없다. 앵무새는 머리 위의 나뭇잎을 쳐다보고 있었다. 그는 또 다른 황금빛 기적을 기다리고 있는 것이었다. 기적이 다시는 나타나지 않았지만 앵무새는 그 기적을 바라면서 날을 보내기 시작했던 것이다.

자작나무는 나뭇잎의 흔들림으로 말을 한다. 그러나 바람이 없었으므로 자작나무도 잠자코 있는 수밖에 없었다.

사러우가 바로 정답을 공개했다.

"세계 손 씻는 날이야……"

앵무새가 발을 들어 날개 깃 속을 싹싹 문질렀다. 사러우의 답안에 대한 호응인 셈이다. 자작나무는 여전히 아무런 반응도 없었다. 바람이 없으니 자작나무도 뭐라고 표현할 수 없었던 것이다.

사러우가 또 말했다.

"오늘은 선물이 없는 날이야."

바람은 없는데 자작나무가 어디서 얻은 힘인지 알 수 없지만 '사르륵'하고 황금빛 나뭇잎 하나를 사러우의 발 아래로 떨어뜨려주었다.

사러우는 끝내 소리 내어 울기 시작했다. 그것은 사러우가 받은 유일한 생일 선물이었다.

사러우가 가장 슬퍼할 때 다섯째 할아버지의 노래와 삼륜차의 삐걱거리는 소리가 폐허에서 울려왔다. 다섯째 할아버지는 일부러 사러우와 엇나가기라도 하는 것 같았다. 다섯째 할아버지가 신이 나서 울안에 들어섰다. 한 차 가득 수확해가지고 돌아온 것이다. 틀림없이 어제 할아버지의 어떤 행동이 '마누라'를 감동시켰을 것이다. 그래서 '마누라'가 그를 보살펴 한 차 가득 수확하

도록 한 것이리라.

"여보, 한 가지 큰 일이 있는데 대신 결정해주구려. 좀 있다가 키다리가 나에게 저녁식사를 사겠다는데 가? 말아?"

자작나무는 아무 말이 없다.

다섯째 할아버지가 사러우를 바라봤다. 사러우는 고개를 돌려 다섯째 할아버지를 쳐다보지 않았다.

다섯째 할아버지가 갑자기 야릇하게 웃더니 머리를 가로저으면서 말했다.

"갈 거야. 공짜인데 왜 안 먹어? 먹고 나서도 합의하지 않으면 되지 뭐. 꿔바오러우(鍋包肉)가 먹고 싶어."

20여 년 전에 식당 종업원을 그만둔 뒤로 다섯째 할아버지는 그렇게 많은 요리를 본 적이 없었다. 그저 그 요리들의 맛과 명칭만 기억에 남아 있을 뿐이었다. 세월이 흐르면서 어떤 요리는 맛도 점차 기억에서 사라지고 요리명만 기억에 남아 있을 뿐이었다. 다섯째 할아버지는 꿔바오러우와 친분이 가장 깊어 아직까지도 맛과 명칭을 똑똑하게 기억하고 있었다.

오늘 사러우는 다섯째 할아버지가 싫었다. 다섯째 할아버지도 그걸 눈치 챘다. 다섯째 할아버지가 사러우에게 물었다.

"왜 여태 집에 돌아가지 않았니?"

사러우가 말했다.

"오늘 저녁에는 집에 돌아가지 않을 거예요."

다섯째 할아버지가 이상야릇한 표정으로 사러우를 힐끗 바라보았다.

"그럴 줄 알았어. 세상에 좋은 계모가 어디 있겠니. 나중에 꿔바오러우 가져다줄게."

사러우가 흔들의자에서 꼼짝도 하지 않고 말했다.

"안 먹어요. 고기 끊었어요."

다섯째 할아버지가 물었다.

"고기를 끊어? 그럼 할아버지가 목이버섯볶음을 가져다줄게."

사러우가 말했다.

"모든 걸 다 끊었어요."

다섯째 할아버지가 가까이 다가가며 물었다.

"혹시 감기에 걸린 거 아니니?"

사러우가 대답했다.

"네. 그래요. 날이 너무 추워요. 세계 손 씻는 날인데 날이 너무 추워요."

다섯째 할아버지가 허공에 손을 내밀어 보더니 말했다.

"춥지 않은데. 아직 겨울에 들어서지도 않았는데……"

사러우가 말했다.

"할아버지가 뭐 온도계예요?"

다섯째 할아버지가 말했다.

"함부로 쏘다니지 말고…… 여기 있어. 할아버지가 돌아올 때까지."

사러우가 말했다.

"방을 나에게 빌려주었으니 할아버지 동의가 필요 없어요."

다섯째 할아버지는 더 이상 할 말이 없었다. 이 계집아이가 기분이 좋지 않을 때는 말을 적게 해야 한다는 것을 다섯째 할아버지도 알고 있었다. 다섯째 할아버지는 입귀를 실룩거리더니 연회에 참석하러 갔다.

다섯째 할아버지가 마당을 나섰다. 폐허의 상공에는 또 한로가 한층 내려 앉아 멀어져가는 다섯째 할아버지의 발자국소리를 덮어버렸다. 폐허에 고요가 깃들었다.

사러우가 앵무새에게 말했다.

"밤에도 집에 돌아가지 않기로 했어. 오늘 밤에는 여기서 너의 동무가 되어줄게."

앵무새는 마음에 감동이 가득 차올랐다. 그래서 앵무새는 입을 벌렸으나 아무 말도 하지는 않았다.

"지금은 우리 둘과 자작나무뿐이야. 오늘이 무슨 날인지 생각하지 말자. 너의 수림도 생각하지 말고, 우리 엄마도 생각하지 말고, 인정머리 없는 샤오성도 생각하지 말자……"

사러우가 목소리를 가다듬더니 시를 읊기 시작했다. 고원에 사는 한 활불이 지은 시라고 했다. 누가 지었든지 사러우는 그 구절이 마음에 들었다. 사러우는 누구에게 들려주어야 할지도 알지 못했다. 그러나 앵무새와 자작나무는 들을 수 있을 것이고 낮에는 시끌벅적하다가 지금은 텅 빈 폐허도 들을 수 있을 것이었다.

그대는 내가 보이든 혹은 보이지 않던 나는 거기에 있네.
슬프지도 기쁘지도 않네.
그대가 나를 그리워하든 혹은 그리워하지 않던 정은 거기에 있네.
오지도 가지도 않네.

한로가 또 한층 내려 앉아 사러우의 옷을 적시자 사러우는 저도 모르게 몸을 움츠렸다. 한로가 나뭇잎을 적시자 자작나무가 가볍게 떨었다.

사러우는 방금 전에 내려앉은 한로가 달에서 쏟아져 내렸을 것이라고 생각했다.

그대가 나를 사랑하든 혹은 사랑하지 않던 사랑은 거기에 있네. 늘어나지도 줄어들지도 않네.

그대가 나를 따라오든 혹은 따라오지 않던 내 손은 그대 손 안에 있네. 버리지도 포기하지도 않네.

내 품으로 오든지 혹은 내가 그대 마음에 들어가 살게 해주오.

묵묵히, 서로 사랑하며, 조용히, 기뻐하며.

자작나무의 모든 잎사귀가 반짝반짝 빛을 뿌린다. 마치 놀란 불빛처럼 눈물이 반짝이는 눈처럼.

달은 한로를 거두고 애써 부드러운 빛을 뿜어 폐허 위의 작은 울안을 어루만지고 있었다.

29

키다리가 다섯째 할아버지를 초대한 장소는 신청(新城)식당이었다. 신청식당은 쩐정부 옆에 있는데, 바로 원래의 국영식당이다. 국영식당이 도급제를 실행하고부터 개체 경영으로 바뀌기까지 다섯째 할아버지는 매일 그곳을 주시했다. 매일 다섯째 할아버지가 그 식당 문 앞을 지나갈 때면 귓가에는 언제나 주방도구들의 "댕그랑 댕그랑"하는 소리가 들리곤 했다.

"그때는 모두 내가 한 요리를 먹었었지...... 그때만 해도 넌 철부지 어린 아이였어." 키다리가 겸손하게 머리를 끄덕이면서 다섯째 할아버지에게 음식을 주문할 것을 권했다.

"꿔바오러우, 목이버섯볶음, 다른 요리는 아저씨가 시키세요. 생선 요리도 시켜야죠. 술상에는 생선이 빠질 수 없죠."

다섯째 할아버지가 식당 안을 둘러보면서 그때 눈에 익은 모습을 찾았다.

그러나 모두가 새로운 모습과 장식들이어서 다섯째 할아버지는 그때의 느낌을 찾을 수가 없었다. 그때까지만 해도 다섯째 할아버지는 건장하고도 노련한 벌목공이었다. 친척에게 부탁하여 직업을 바꿔 식당에 와서 음식을 나르게 되었는데 요령을 몰라 접시도 적잖게 깨부쉈다. 그래서 첫 두 달 월급은 한 푼도 받지 못하고 접시 값을 배상하는 데 다 써버렸었다.

키다리가 요리를 주문하기 시작했다.

꿔바오러우, 잉어찜, 추류무얼(醋溜木耳), 쏸라탕(酸辣湯).

다섯째 할아버지가 머리를 끄덕끄덕하면서 그만하면 됐다고 거듭 말했다.

키다리가 다섯째 할아버지에게 무슨 술을 드실 건지를 물었다. 다섯째 할아버지는 우리 쩐에서 빚은 산바이(散白)이면 된다고 대답했다.

다년간 다섯째 할아버지는 줄곧 그 술만 고집하여 마시고 있으며 다른 브랜드로 바꾸지 않았다.

키다리는 다섯째 할아버지가 원하는 대로 다 따랐다. 반드시 다섯째 할아버지를 기쁘게 해드리고 다섯째 할아버지가 술을 거나하게 마시게 하라고 리쩐장이 지시하였던 것이다.

꿔바오러우가 제일 먼저 상에 올라왔다. 다섯째 할아버지는 일회용 젓가락을 내려놓으며 목재 낭비일 뿐 아니라 쓰기도 불편하다면서 대나무 젓가락을 요구했다. 키다리가 다섯째 할아버지에게 대나무 젓가락으로 바꿔 주었다. 다섯째 할아버지는 대나무 젓가락을 손에 쥐고 꿔바오러우를 뚫어져라 내려다보았다. 다섯째 할아버지는 그 요리의 모양새를 구경하고 있는 것이었다. 고기 빛깔은 산뜻하였으나 제멋대로 접시에 담겨 있었다. 다섯째 할아버지는 아무 말도 하지 않고 속으로 요리에 6점을 매겼다.

다섯째 할아버지가 한 입 베어 물더니 끝내 참지 못하고 말했다.

"맛이 너무 진해. 설탕과 초를 사용해 요리한 게 아니야. 설탕과 초를 사용했다면 이런 맛이 아니지."

종업원이 한 마디 끼어들었다.

"토마토케첩을 사용하였어요."

다섯째 할아버지가 잠깐 얼떨떨해 있다가 말했다.

"토마토케첩을 쓰면 안 되지……"

키다리가 술잔을 들면서 말했다.

"아저씨, 그건 옛날 생각이세요. 어서 한 잔 드시지요."

다섯째 할아버지는 더 이상 아무 말도 하지 않았다. 그는 말을 많이 했다가 주방의 요리사가 직장을 잃게 될까봐 걱정되었던 것이다. 다 같은 업계 종사자인데 힘들게 일하고 있을 텐데. 다섯째 할아버지는 술 한 잔을 다 비웠다. 그러자 키다리도 서둘러 잔을 비우고 또 다섯째 할아버지의 잔에 술을 채웠다.

다섯째 할아버지가 입을 쩝쩝 다시면서 말했다.

"술맛은 변함이 없어. 여전히 맵군! 이 다섯째 할아버지 성격보다도 더 맵군. 다섯째 할아버지의 성격은 자네들도 다 겪어봤을 테지?"

다섯째 할아버지는 얼굴이 벌겋게 상기되었다.

키다리가 서둘러 말했다.

"오늘은 일 얘기 하지 마세요. 그냥 아저씨와 가까워지고 싶은 것뿐이에요. 어찌 되었건 아저씨랑 제 일 때문에 사이가 멀어지면 안 되잖아요."

다섯째 할아버지가 술을 한 모금 마시더니 독한 술 냄새를 풍기면서 말했다.

"그 말 한 번 잘 했네 그려. 자네 아직도 자네 다섯째 숙모 기억하나?"

키다리가 대꾸했다.

"어찌 기억하지 못하겠어요? 숙모는 아저씨보다 성격이 좋으시죠."

다섯째 할아버지가 고개를 갸우뚱하고 물었다.

"네 숙모가 누구를 제일 예뻐하였는지 아느냐?"

"거야 아저씨죠."

"허튼소리! 아이들 중에서 널 제일 예뻐하였어. 네가 너의 다섯째 숙모를 잊어버린다면 넌 양심이 없는 거야!"

그 말에 키다리는 두 번째 잔도 다 비웠다.

"어렸을 때 제가 강 저쪽 아이들과 싸움을 자주 하였었죠. 그 아이들에게 맞아서 얼굴이 온통 피투성이가 되곤 하였는데 다섯째 숙모가 절 불러다 소금물로 얼굴을 깨끗이 씻어주고 집으로 돌려보내곤 하였죠."

다섯째 할아버지가 "헤헤" 하고 웃더니 잔을 비웠다. 두 사람은 또 서로 술을 따라주었다.

"깨끗하게 씻지 않으면 집에 가서 또 한 번 맞아야 했거든요. 다섯째 숙모는 아이들을 잘 감싸주었죠."

"그 사람은 원래 그런 사람이었어!"

"숙모는 또 창(전통극을 노래하는 것)을 좋아하였죠. 제 얼굴을 닦아주면서 창을 하곤 하였는데 그러면 이상하게 상처가 아프지 않더라고요."

"그 사람은 이인곡예 「서상기(西廂記)」를 즐겨 불렀지. 한 평생 불렀으니 나도 배워서 부를 수 있을 정도였지. 그 사람은 다른 건 부를 줄 몰랐어."

"요즘 '스타의 길(星光大道)'에 나간다면 틀림없이 인기 폭발일 거예요! 그렇죠, 아저씨?"

"창을 하면서 길에 나가면 쓰나? 요즘 길에 자동차가 얼마나 많은데. 자네 숙모를 해치는 일이지."

"스타의 길은 방송프로 제목이에요. 필(畢) 씨를 모르세요? 삐푸젠(畢福劍)이라는 사람이 진행을 맡은 방송프로거든요."

"자네가 그 사람을 해치지 않아도 그 사람 벌써 죽었어……"

"그러게요. 30년이 다 돼가죠?"

다섯째 할아버지는 갑자기 얼굴이 어두워지더니 테이블 위에 머리를 푹 떨어뜨렸다.

키다리가 얼른 다섯째 할아버지에게 안주를 집어 주면서 불렀다.

다섯째 할아버지는 '흥' 하고 외마디소리로 대답하며 맛이 영 아니라고 한 마디 한 뒤 조용해졌다.

키다리가 재빨리 옷 주머니에서 합의서 두 부와 인주를 꺼내서는 다섯째 할아버지의 손가락을 당겨다 두 부의 합의서에 손도장을 찍었다. 그리고 휴대폰을 꺼내 문자를 발송했다.

"해결했어. 시작해."

키다리가 이 모든 것을 마쳤을 때 다섯째 할아버지가 갑자기 머리를 번쩍 쳐들더니 술에 취해 몽롱한 눈을 해가지고 키다리 귓가에 대고 말했다.

"아저씨가 비밀 하나 알려줄까? 아무에게도 말한 적이 없거든. 그러니 비밀 지켜야 돼. 약속할 수 있나?"

키다리가 얼른 고개를 끄덕였다.

"자네 숙모가 저쪽에서 외로울 테고 나도 여기서 외롭잖아. 이렇게 살아서는 안 되지."

"안 되죠."

"자네 숙모는 저 원시림 속에 있잖은가? 자네도 알지?"

"숙모가 원시림으로 아저씨에게 물만두를 가져다주러 가다가 늑대를 만났다고……"

다섯째 할머니 이야기에 대해서는 타이양쩐의 오랜 세대들 대다수가 기억하고 있었다. 아주 오래 전 겨울 폭설이 내려 벌목공들이 오도 가도 못하고 원시림에 갇히게 되었다. 다섯째 할머니는 물만두를 삶아 가지고 원시림으로 향했던 것이다. 깊은 발자국만이 그녀를 따라 깊은 산속으로 향하고 있었다.

"어느 날 밤, 나 몰래 원시림으로 가서 그 사람이 누워 있는 그 작은 유골함을 파왔어.

"자네들도 다 봤을 테지. 우리 울안에 자작나무가 한 그루 서 있는 걸."

"그래. 그것이 내 마누라야."

"자네들 내가 왜 그 나무를 마누라라고 부르는지 모르지. 사려우 그 계집아이도 왜 그러는지 모르고 있지."

"아저씨가 나무를 좋아해서죠."

"내가 자네 다섯째 숙모의 유골함을 자작나무 아래에 묻어뒀어. 벌써 20년이 넘었지."

다섯째 할아버지가 흡족해하며 웃었다. 웃으면서 꿔바오러우를 한 입 베어 씹으면서 말했다.

"맛이 괜찮은데. 솜씨가 이만하면 괜찮아……"

순간 키다리의 술잔이 허공에서 멈췄다.

"자작나무가 바로 자네 다섯째 숙모야. 자네 다섯째 숙모가 자작나무고. 그러니 집을 허물면 안 돼.

나무를 베면 안 돼……" 키다리가 술잔을 내려놓으며 말했다.

"아저씨, 숙모는 숙모고, 자작나무는 자작나무죠. 숙모가 나무 위로 기어 올라갈 수 있는 것도 아니고. 자작나무가 없어져도 숙모는 여전히 나무 아래 그대로 있을 거잖아요……"

"자네가 뭘 알아? 7년이 넘었는데 자네 숙모는 벌써 나무와 하나가 되었어. 자작나무가 그 사람을 나무꼭대기까지 실어다주었어. 그래서 그 사람은 다시 돌아왔어. 그 사람은 나무꼭대기 위에서 뭐나 다 볼 수 있어. 자네 믿겠나?"

"아저씨……"

"됐어. 그만 마시지. 내가 술 마시고 있는 걸 그 사람이 다 보고 있어."

"아저씨, 뭐가 급해요."

"난 집에 돌아가 자네 다섯째 숙모와 동무가 되어줘야 해. 그리고 그 머슴애 같은 계집애도 집으로 쫓아 보내야 하고. 오늘 자네 숙모 발아래다가 새똥을 뿌렸거든. 그 아이를 쫓아 보내야겠어. 앞으로는 다시는 놀러오지 못하게 해야지……"

그때 키다리가 갑자기 자리에서 벌떡 튀어 일어났다.

"그 계집애가 기와집 안에 있다고요? 이거 큰 일 났군!"

30

키다리가 비틀거리면서 폐허로 달려왔다.

그러나 작은 기와집은 이제 거기에 없었다. 새로 조성된 폐허와 전체 폐허가 하나로 이어져 드넓은 평지를 이루었다. 커다란 지게차가 달빛 아래서 힘차게 밀고 나가며 남아 있는 담장을 평평하게 깎고 있었다. 그런데 지게차가 한 걸음 밀고 나갈 때마다 아래서 고집스럽게 삐걱삐걱 하는 소리가 났다. 마치 폐허의 나지막한 반항인 것만 같았다.

"멈춰! 멈추라고!"

키다리의 고함소리가 모터의 "윙윙" 거리는 소리보다도 더 컸다.

지게차가 시동을 끄고 진격을 멈췄다. 어둠 속에서 폐허 전체가 고요해졌다. 키다리가 한달음에 지게차 조종실 위에 뛰어 올라가 기사를 끄집어 내리더니 걷어찼다. 지게차 아래로 굴러 떨어진 기사가 너무 아파 욕설을 퍼부으며 키다리를 노려보았다. 그때 다섯째 할아버지도 헐레벌떡 당도했다. 그는 부들부들 떨면서 새로 생겨난 폐허 앞에 섰다. 거칠게 몰아쉬던 숨소리가 갑자기 멎으며 목구멍에서 가벼운 흐느낌소리가 새어나왔다.

그의 눈에는 머슴애 같은 계집아이도 보이지 않았고 그의 아내도 보이지 않았다. 그녀들은 묵중한 어둠과 한데 뒤섞여버려져 있었던 것이다.

가을바람이 폐허 밖에서 불어와 어둠 속의 폐허에 처량한 분위기를 더해주었다. 다섯째 할아버지는 당장 쓰러질 것 같아 얼떨결에 지게차 캐터필러를 짚었다. 그리고 자신이 의지하고 있는 것이 피도 눈물도 없는 쇠붙이라는 것을 의식하는 순간 다섯째 할아버지는 그 쇠붙이를 밀쳐버리고 가을바람 속에 비틀거리며 서 있었다. 그때 바람소리와 함께 사러우의 웃음소리가 들려왔다. 그 웃음소리는 고요한 폐허에서 유난히 맑고 또렷하게 들렸다.

"고개를 돌려 보세요. 고개를 돌려 보세요."

사러우의 목소리가 말했다. 다섯째 할아버지가 고개를 돌려보니 황금빛 나뭇잎이 얼굴에 와 닿았다. 자작나무는 말이 없고 낙엽만 다섯째 할아버지 얼굴을 스치고 있을 뿐이었다.

나뭇가지 위에는 앵무새가 앉아 있었다. 사러우의 웃음소리는 나뭇잎들 사이로 떠다녔다.

지게차가 작은 기와집을 향해 돌진해오고 있을 때 사러우는 어두운 방에 있었다. 사러우는 일부러 등불을 끄고 달빛을 기다리고 있었던 것이다.

갑자기 앵무새가 조롱 안에서 갈팡질팡 뛰어다녔고 기와집 전체가 흔들리기 시작했다. 사러우가 무슨 일이 일어나고 있음을 알아채고는 새 조롱을 들고 문어귀를 향해 냅다 뛰었다. 그런데 문틀이 벌써 일그러져 있었다. 사러우는 있는 힘을 다해 새 조롱을 밖으로 던졌다. 새 조롱이 부서지자 앵무새는 자작나무 위로 날아올랐다. 그러나 지게차는 그러한 상황을 전혀 알지 못하고 단호하게 앞으로 밀고 나갔다.

먼지가 모든 것을 덮어버렸다. 우지끈 뚝딱하며 뼈가 부서지고 근육이 부러지는 소리가 이어졌다. 앵무새는 성이 함락하는 전 과정을 목격했다.

키다리는 기사에게 또 한 방의 주먹을 안겼다. 그리고 그에게 손을 내밀어 담배를 한 대 얻어 태우기 시작했다. 깜박깜박하며 타들어 가는 담뱃불이 마치 멀어져가는 자동차 꽁무니 불빛 같았다.

다섯째 할아버지의 입귀가 심하게 떨리고 있었다. 메마른 눈에서 맑은 눈물이 흘러내렸다. 모든 사람이 할 말을 잃은 채 잠자코 있었다. 이날 밤 달빛이 또 한로(寒露)를 한층 뿌려주었다. 한로가 자작나무 위에 내려앉자 자작나무에서 낙엽이 우수수 떨어져 내렸다. 자작나무가 온 세상 사람들에게 하소연하고, 다섯째 할아버지에게 하소연하고 있는 것 같았다.

앵무새가 눈을 깜박이면서 난생 처음으로 말을 했다.

"사러우야, 난 널 좋아해!

31

일 년 뒤 폐허에 새로운 아파트단지가 들어섰다.

새 아파트단지 안에는 가느다란 자작나무묘목이 가득 심어져 있었다. 그중 높고 큰 자작나무 한 그루가 서 있었는데 수관(樹冠)이 그 아래 작은 묘목들을 가리고 있었다. 한 노인이 나무 아래에서 잠이 들었는데 온 몸에는 낙엽이 가득 내려앉아 있었다. 노인은 꿈을 꾸고 있었다. 꿈에 겹겹이 이어진 산들이 둘러서 있고 어둠속에서 빨간 리본을 맨 젊은 여인이 하얀 수림 속에서 천천히 움직이고 있었다…… 그녀는 뭔가를 찾고 있었고 뭔가를 기다리고 있는 것 같았다. 한 계집아이가 반딧불 초롱을 들고 멀리서 그 뒤를 따르고 있었다.

"105, 106, 107……" 그 계집아이는 여인의 뒤에 남겨진 발자국을 세고 있었다 …… 계집아이는 망연히 그 여인의 뒤를 따르고 있었다.

겨울에 어찌 반딧불이 있을 수 있단 말인가?

꿈속의 일은 사리에 맞지 않는 것 같았다.